Marlene Bach wurde 1961 in Rheydt geboren und wuchs nahe der holländischen Grenze auf. Sie ist promovierte Psychologin und heute im klinischen Bereich tätig. Seit 1997 lebt sie in Heidelberg. Im Emons Verlag erschienen ihre Kriminalromane »Elenas Schweigen«, »Kurpfälzer Intrige«, »Ab in die Hölle« und »Kurpfalzblues«.

Dieses Buch ist ein Roman. Handlung, Personen und manche Orte sind frei erfunden. Ähnlichkeiten mit lebenden oder toten Personen sind rein zufällig.

MARLENE BACH

KURPFÄLZER INTRIGE

DER BADISCHE KRIMI

Emons Verlag

© Emons Verlag GmbH
Alle Rechte vorbehalten
Umschlagzeichnung: Heribert Stragholz
Druck und Bindung: booksfactory.de, Szczecin
Printed in Poland 2021
Erstausgabe 2007
ISBN 978-3-89705-520-9
Der Badische Krimi
Originalausgabe

Unser Newsletter informiert Sie
regelmäßig über Neues von emons:
Kostenlos bestellen unter
www.emons-verlag.de

Für Joachim

Schneewittchens Hölle

Es roch eigenartig. Er kannte diesen Geruch, das wusste er ganz genau. Aber woher, das wusste er nicht mehr. Auf jeden Fall roch es hier nicht so, wie es riechen sollte. Nicht nach Wald.

Kai Hansen lauschte in die Dunkelheit, auf das leise gurgelnde Geräusch des kleinen Bachs, der sich seinen Weg durch die Steine den Hang hinab suchte.

Er öffnete die Heckklappe des Wagens und zog eine der schweren Kisten hervor. Zum Glück war der Himmel sternenklar. Da vorne im Gestrüpp würde er sie abstellen. Das war ein guter Platz für sein Abschiedsgeschenk an die Heidelberger Stadtverwaltung. Den ganzen unnützen Kram, den er nicht mit zurücknehmen wollte, den konnten sie gerne haben.

Der Schrei eines Vogels tönte durch die Nacht. Ein heller, durchdringender Schrei. Kai Hansen zuckte unweigerlich zusammen. Ein kalter Schauer lief ihm über den Rücken. Dann hörte er das Rauschen in der Luft. Leise und bedrohlich. Von großen Schwingen getragen, schwebte das Tier fast lautlos über seinen Kopf hinweg.

Die Geschichten über die Steinbrüche hier in der Gegend fielen ihm ein. Von den Menschen, die gekommen waren, um sich in den Tod zu stürzen. Wer weiß, was mit den armen Seelen dann passierte. Vielleicht hatten die was dagegen, dass er hier seinen Müll ablud.

Was für ein Quatsch! Kai Hansen rief sich zur Ordnung. Das hatte dieser esoterische Mist aus ihm gemacht, mit dem Karina ihn vollgequatscht hatte. Geister, Wiedergeburt, Seelenwanderung. Alles Karinas Schwachsinn. Er hätte ihr niemals hinterherziehen sollen. Ein Nordlicht und eine Süddeutsche, das konnte einfach nicht gutgehen.

Diese Heidelberger, das waren ja schon Halbitaliener. Saßen die meiste Zeit draußen im Café und schlürften Cappuccino. Nix mit Schaffengehen. Dolce Vita. Aber dann mit dem Sperrmüll rumknausern. Anmelden sollte er seinen Müll. Ja, wo gab es denn so was? Wollten die vielleicht eine nette Postkarte von ihm? *»Liebe Stadt Heidelberg, darf ich höflichst ankündigen, dass mein Kühlschrank auf Ihren ehrenwerten Besuch wartet, um verschrottet zu werden.«* Da lachen ja die Hühner.

Es wurde Zeit, dass er wieder in seine Heimat kam. In den kühlen Norden. Da gab es einen Kalender, da standen die Termine drauf, dann stellte man alles an die Straße, und am nächsten Tag war das Zeug weg. Klare Sache. Und da oben, da roch alles genau so, wie es riechen sollte. Das Meer roch nach Meer. Der Mist roch nach Mist. Und das Gras nach Gras.

Er hob die braune Pappkiste an. Sie war so groß, dass er nicht ganz darüber wegschauen konnte. Nur mit Mühe konnte er sie allein tragen. Er ging auf das Gestrüpp am Wegrand zu. Den Stein am Boden hatte er nicht gesehen. Kai Hansen fiel nach vorne, die Kiste entglitt seinen Händen, und er schlug der Länge nach unsanft auf dem Boden auf.

Einen kurzen, benommenen Augenblick blieb er liegen. Als er den Kopf vorsichtig hob, blickte er auf einen Schuh. Einen Damenschuh. Der konnte nicht aus seiner Kiste gefallen sein.

Kai Hansen rappelte sich auf. Sah das Bein, an dem der Schuh hing, den Körper und das wächsern bleiche Gesicht der Toten, die mit weit aufgerissenen Augen in den unendlichen Sternenhimmel starrte.

*

Weiß wie Schnee, rot wie Blut, schwarz wie Ebenholz. Hauptkommissarin Maria Mooser betrachtete die Leiche der Frau, deren blasses ovales Gesicht, das dunkle Haar, das fein geschwungene Kinn. Ein schönes Gesicht mit zarten Zügen. Der schmale Körper lag im Gras, ein Bein leicht angewinkelt. Ein Bild, das fast friedvoll wirkte. Wäre da nicht das Blut gewesen. Unmengen von Blut. Blut, das das helle T-Shirt der Frau dunkelbraun gefärbt und selbst dem Gras seine harmlose grüne Farbe genommen hatte. Getrocknet und doch noch mit diesem typischen Geruch, den Maria von anderen Tatorten kannte.

Sie blickte hoch und schaute direkt in das Gesicht ihres Assistenten Roland Alsberger, der gebannt auf den Leichnam starrte und dessen gelblich grüne Hautfarbe deutlich anzeigte, dass er in seinem erst kurzen Berufsleben bei der Heidelberger Kriminalpolizei noch nicht allzu viele Mordopfer gesehen hatte.

»Alsberger, gehen Sie sich dahinten mal was die Beine vertreten.« Maria machte eine Kopfbewegung auf den Weg zu. Das hätte jetzt noch gefehlt, dass Alsberger auf die Leiche kotzte.

»Der junge Kollege ist wohl noch nicht so ganz tatortfest«, bemerkte Jörg Maier, der neben der Toten kniete und deren Handgelenke begutachtete.

Maria warf dem grauhaarigen Rechtsmediziner einen gequälten Blick zu. »Willst du ihn haben?«

Jörg Maier lachte. Dass Maria ihren jungen Assistenten, den man ihr ohne ihr Einverständnis an die Seite gestellt hatte, nicht besonders leiden konnte, war allgemein bekannt.

»Also, sag was!« Sie schlug den Kragen ihrer Jacke hoch. »Wann ist sie gestorben? Nicht lange her, was?«

»Maria, wie lange bist du schon im Geschäft? Zwanzig Jahre? Dreißig? Ich muss sie erst auf dem Tisch gehabt haben, sonst kann ich nichts Genaues sagen. Wir müssen wissen, wie kalt es heute Nacht war, herausfinden, wann sie zuletzt etwas gegessen hat. Und wenn ich alles weiß, was ich wissen muss, dann werde ich es berechnen, und dann bekommst du deine Zeit. Verstanden?«

»Klar. Und jetzt sag was! Elf Uhr, zwölf Uhr, fünf Uhr? Drei Uhr vierundzwanzig würde ich auch nehmen.«

Maria kannte den akkuraten Rechtsmediziner lange genug, um zu wissen, dass seine Schätzungen nahezu immer mit dem Endergebnis seiner langen, wissenschaftlich sicherlich höchst korrekten Berechnungen übereinstimmten. In all den Jahren hatte sie noch nie erlebt, dass er sich einmal getäuscht hätte.

»Nervensäge!«, murmelte Jörg Maier kaum hörbar, ergab sich aber in sein Schicksal. »Ich schätze, gestern am frühen Abend. Soweit im Moment zu sehen ist, gibt es mehrere Einstiche auf der linken Körperhälfte im Unterbauchbereich. Sie ist vermutlich verblutet.«

»Hier?«

Der Rechtsmediziner zuckte mit den Schultern. »Da fragst du besser die von der Spurensicherung. Die haben eben schon Bodenproben genommen.«

Er zog ein Büschel Gras auseinander, das bis zu den Wurzeln mit Blut überzogen war. »Bei der Menge Blut am Boden würde ich aber mal davon ausgehen, dass sie hier getötet wurde.«

»Vielleicht ist der Wagen dahinten ja von ihr«, dachte Maria laut nach.

Wenige Meter entfernt hatte man einen roten Ford Transit gefunden. Ungewöhnlich, denn hier am Höllenbach war es zu dieser Zeit absolut einsam, und die Stelle war so weit von Handschuhsheim und auch von Dossenheim entfernt, dass wohl niemand auf die Idee käme, hier über Nacht seinen Wagen abzustellen.

»Ist hierhergefahren, um sich mit jemandem zu treffen.« Maria musterte die hochhackigen Stiefeletten der Toten. Schon beim Anblick taten ihr die Füße weh. »Joggen war die hier auf jeden Fall nicht.«

Irgendwie hatte die Tote etwas an sich, was sie sehr weiblich erscheinen ließ. Vielleicht lag es an den mörderischen Schuhen mit den hohen Absätzen, mit denen manche Frauen ihre Beine verlängerten und ihre Fußgelenke zugrunde richteten. Oder waren es die langen Haare? Oder das schmale Gesicht? Sie hätte es nicht benennen können.

»Gibt es Hinweise auf ein Sexualdelikt?«

»Was denkst du, Maria, was kann ich dazu im Moment sagen?« Der Ton, in dem der Rechtsmediziner seine Frage stellte, ließ sie vorsichtig werden.

»Na ja, sie ist ja noch völlig bekleidet. Hose, Schuhe, T-Shirt. Oder was davon übrig ist. Hat zwar keine Jacke an, aber gestern war es relativ warm. So rein optisch würde ich jetzt sagen: eher nicht.«

»Rein optisch würde ich dir recht geben.« Jörg Maier kramte in seiner Tasche, die neben der Toten auf dem Boden stand. »Aber wir arbeiten nicht rein optisch, wusstest du das schon? Und ob irgendwo hier Sperma zu finden ist, kann ich so nicht sagen. Oder ob sie Geschlechtsverkehr hatte oder Verletzungen im Genitalbereich vorliegen. Durch die Kleidung kann ich leider nicht durchsehen, und die von der Spurensicherung werden mich lynchen, wenn ich sie jetzt hier ausziehe, um einen Vaginalabstrich zu machen.« Er schaute zu Maria hoch. »Du kriegst alles heute Nachmittag. Frühestens. Und frag jetzt bloß nicht, um wie viel Uhr!«

Offensichtlich hatte der Kollege heute nicht die beste Laune. Aber wer hatte die schon, wenn er in aller Herrgottsfrühe aus dem Bett geklingelt wurde und bereits vor dem ersten Kaffee im Gras herumkriechen musste. Maria hatte vollstes Verständnis für ihn. Mit Mitte fünfzig lag man morgens um halb sechs lieber noch im Bett. Das ging ihr genauso. Auch ihr wäre es lieber gewesen, wenn der anonyme Anrufer bis Dienstbeginn gewartet hätte. Oder die Kollegen vom Dauerdienst nicht völlig richtig gefolgert hätten, dass hier wohl niemand an heftigem Nasenbluten verstorben war und Maßnahmen wie die Einrichtung einer Sonderkommission erforderlich wurden.

Suchend wandte sie sich um. Wo Alsberger wohl abgeblieben war? Sie entdeckte ihn in einiger Entfernung, um ihn herum weiße Nebelschwaden. Es war diesig, und trotz der aufgestellten Lichtmasten blieb alles schemenhaft. Versprengt im Gelände sah man die Kollegen von der Spurensicherung, die in ihren hellen Schutzanzügen Zentimeter für Zentimeter den Boden absuchten. Eine gespenstische Szenerie, und es hätte Maria nicht sehr verwundert, wenn eine durchscheinende Elfe hinter einem Baum hervorgetreten wäre. Aber bei dem, was hier passiert war, hätte es wohl eher der Teufel sein müssen. Wäre auch irgendwie passender gewesen, wo neben der Leiche schon der Höllenbach floss.

»Was macht der denn dahinten?«, hörte sie hinter sich Jörg Maiers empörte Stimme, der den Kopf in die Höhe gereckt hatte und wie sie in Richtung Alsberger blickte. Im gleichen Moment roch Maria den Zigarettenqualm und begriff, dass Alsberger nicht etwa in mysteriöse Nebelschwaden gehüllt war, sondern rauchte. Seine Zigarettenasche am Tatort hinterließ und wahrscheinlich gleich seine Kippe ins Gestrüpp schnippen würde! Aber dazu würde es nicht kommen. Vorher würde sie ihn umbringen.

Eine halbe Stunde später lebte Roland Alsberger immer noch. Zu seinem Glück war Jantzek, der Leiter der Spurensicherung, Maria zuvorgekommen. Nachdem er den Rauch gerochen und seine Herkunft geortet hatte, war er auf Alsberger zugestürzt und hatte einen solchen Tobsuchtsanfall bekommen, dass wahrscheinlich alle Heidelberger im Umkreis von zehn Kilometern senkrecht in ihren Betten standen. Alsberger hatte sich tausendmal entschuldigt und dabei so erbärmlich ausgesehen, dass Maria beschloss, dass es erst mal genug war.

Nun standen sie mit den Kollegen der Spurensicherung vor dem roten Transit. Das HD auf dem Nummernschild zeigte an, dass der Wagen in der Stadt gemeldet war. Das Wageninnere war ausgesprochen übersichtlich. Es enthielt schlicht und ergreifend nichts. Lediglich auf dem Beifahrersitz konnte man eine helle Strickjacke liegen sehen.

»Alsberger, lassen Sie sich den Halter durchgeben«, wies Maria den jungen Mann an.

Dank Datenbankenzugriff war die Ermittlung eines Wagenhalters heute eine Sache von Sekunden. Dank der Geschicklichkeit ihres Assistenten dauerte es deutlich länger.

Alsberger suchte hektisch nach seinem Handy. Als er es dann schließlich in der Innentasche seines Mantels gefunden hatte, rutschte es ihm aus der Hand und fiel auf den Boden.

»Nicht ins Gras spucken!«, kommentierte Jantzek, als Alsberger sich bückte. Mit verschränkten Armen stand er da und beäugte den jungen Kollegen argwöhnisch. »Es reicht schon, wenn Sie Ihre Tabakkrümel hier rumstreuen.«

Alsberger warf Jantzek einen Blick zu, der gar nicht mehr so erbärmlich aussah, aber er schwieg. Das war auch besser so, denn Jantzek konnte ausgesprochen ärgerlich werden, wenn man seine Spuren am Tatort durcheinanderbrachte. Und besonders ärgerlich wurde er, wenn man noch ein paar neue dazumachte.

»Der Wagen gehört einem Klaus Harmfeld. Er wohnt in der Bergstraße«, teilte Alsberger schließlich nach einem Anruf bei der Zentrale mit.

»Na, dann werden wir Herrn Harmfeld mal einen Besuch abstatten«, sagte Maria und warf ihrem Assistenten einen prüfenden Blick zu. Seine Gesichtsfarbe war wieder annähernd normal, sodass er wohl weiterarbeiten konnte. Sie hatte schon Mitarbeiter erlebt, die Tage brauchten, ehe sie sich vom Anblick eines Mordopfers erholt hatten. Aber die waren meistens auch nicht bei der Kripo geblieben.

Bis die Daten der Spurensicherung ausgewertet waren und Jörg Maier seine Obduktion durchgeführt hatte, würde es einige Zeit dauern. Und wenn der abgestellte Wagen irgendetwas mit der Toten zu tun hatte, sollten sie es so schnell wie möglich herausfinden. Auch wenn die nicht so aussah, als wäre sie in einem alten Ford Transit durch die Gegend gefahren.

*

Der Geruch. Es war ihm wieder eingefallen. Nach Blut hatte es gerochen. Wie früher auf dem Hof der Nachbarn. Wenn geschlachtet wurde.

Kai Hansen hatte das Gaspedal bis zum Anschlag durchgetreten. Nach ungefähr zweihundert Kilometern hatte er aufgehört zu zittern. Nach weiteren zweihundert hatte er sich gefragt, ob das vielleicht alles gar nicht wirklich geschehen war, und bei einem Zwischenstopp an der Raststätte sogar kurz, aber durchaus ernsthaft darüber nachgedacht, ob er nicht vielleicht doch keine Leiche, sondern einen Geist gesehen hatte, der seinen Schabernack mit ihm trieb. Jetzt, nicht mehr weit von der Heimat entfernt, hatte er endlich seine Fassung wiedergefunden.

Kai Hansen schaute in die flache, ihm so wohlvertraute Landschaft. Hier lagen die Toten da, wo sie hingehörten. Auf dem Friedhof. Und nicht irgendwo im Wald. Er hatte es doch von Anfang an gewusst. Die spinnen, die im Süden.

Theater in der Bergstraße

Die Bergstraße ist eine von Heidelbergs Nobeladressen. Schöne alte Häuser, manche mit Türmchen, Erkern und bleiverglasten Jugendstilfenstern, säumen rechts und links die schmale Straße, die am Nordufer des Neckars beginnt und Neuenheim mit Handschuhsheim verbindet. Maria war hier schon manches Mal mit dem Fahrrad entlanggefahren und hatte Ausschau nach ihrem Traumhaus gehalten, das in der Bergstraße gleich in mehrfacher Ausführung zu finden war.

Allerdings musste man als Radfahrer höllisch aufpassen, denn die herausstehenden Kanaldeckel eigneten sich hervorragend als Sprungschanze. Zu schnell drübergefahren, und – hui – schon befand man sich fünf Meter weiter! Eine Radtour auf der Bergstraße war sozusagen eine kostenlose Zwanzig-Schanzen-Tournee. Mit etwas Glück und gutem Gleichgewichtssinn schaffte man es vielleicht, sich auf dem Sattel zu halten.

Maria betrachtete sehnsüchtig eines der schönen Häuser. Eines, das sie sich wahrscheinlich nie würde leisten können. Selbst nicht mit ihrem Gehalt als Leiterin der Sonderkommissionen bei Mordfällen, und das war schon mehr, als viele andere Kollegen bekamen. Aber für ein Haus in der Bergstraße, so eins, wie sie es sich wünschte, mit Garage, Garten und passendem Zwerg dazu, musste man bei den Heidelberger Immobilienpreisen entweder seine reiche Großmutter beerben oder im Lotto gewinnen. Oder einen sehr, sehr, sehr gut bezahlten Job haben. Sie persönlich hoffte auf den Lottogewinn.

Alsberger rangierte zentimeterweise vor und zurück, um in eine winzig kleine Parklücke zu kommen.

»Keine Schramme ins Auto machen«, bemerkte Maria, voller Sorge um den noch fast neuen Dienstwagen.

»Wenn Sie es selbst machen wollen, können wir gerne tauschen. Dann kann ich die Anweisungen vom Beifahrersitz aus geben.«

Der Ärger des jungen Mannes war nicht zu überhören.

»Ich glaube, das würde uns beiden nicht besonders gut bekommen«, entgegnete sie spitz. Und dem Auto auch nicht. Dem bekam es eindeutig besser, wenn Alsberger fuhr. Aber das behielt sie für sich. Seitdem Alsberger, sehr zu ihrem Leidwesen, mit ihrer Tochter Vera befreundet war, bemühte Maria sich um des familiären Friedens willen, ihre kleinen Boshaftigkeiten ihm gegenüber einzuschränken. Aber deshalb musste sie ihm ja noch keine Komplimente machen. Das ging dann doch zu weit.

Alsberger stellte den Motor ab. Vor und hinter dem Wagen waren jeweils noch ungefähr zwanzig Zentimeter Platz. Wer nicht einparken konnte, fuhr in Heidelberg besser mit dem Fahrrad. Marias Hauptfortbewegungsmittel seit ungefähr zwanzig Jahren.

Auf der Straße war kein Mensch zu sehen. Maria drückte das schmiedeeiserne Tor auf. Ein plattierter Weg führte auf die weiße Haustür zu. Kaum hatten sie ihn betreten, schaltete sich eine Reihe kleiner Außenlichter ein. In den Beeten rechts und links standen Rosensträucher, dazwischen schimmerten rote und grüne Glaskugeln. Die Klingelschilder an der Haustür offenbarten, dass hier zumindest zwei Parteien wohnten. Auf einem der blanken Messingschilder war der Name »Harmfeld« eingraviert, auf dem darunter stand »Franske«. Als Maria auf den oberen Knopf drückte, ertönte ein lauter Gong im Inneren des Hauses. Nichts geschah. Wahrscheinlich lagen Harmfelds noch im Bett.

Sie schaute auf ihre Armbanduhr. Kein Wunder, so früh am Tag. Zwanzig vor sieben. Sie klingelte erneut. Bald darauf hörte man Geräusche hinter der Tür. Ein zerzaust aussehender, schlanker Mann, wohl Anfang fünfzig, öffnete, bemüht, mit der anderen Hand seinen Bademantel zuzubinden.

»Herr Harmfeld?«, fragte Maria und zog im gleichen Atemzug ihren Dienstausweis hervor.

Ihr Gegenüber blickte sie fragend an. »Ja?«

»Mooser, Kripo Heidelberg. Und das ist mein Assistent, Herr Alsberger. Sind Sie der Besitzer eines roten Ford Transit mit dem Kennzeichnen ...«

Sie suchte nach dem Zettel mit dem Kennzeichen und las es Herrn Harmfeld vor.

»Ja, der gehört mir? Warum?«

»Können Sie uns sagen, wo dieser Wagen zurzeit ist?«

»Na, in der Garage.« Der Mann im Bademantel machte eine Kopfbewegung zu einem niedrigen Gebäude, das rechts an das Haus angebaut war. Dann stutzte er. »Ach, nein. Meine Frau ist ja mit dem Wagen unterwegs.«

Er starrte Maria an. »Ist etwas passiert?«

Nachdem Herr Harmfeld sie ins Wohnzimmer geführt hatte, zeigte Maria ihm das Polaroidfoto vom Gesicht der Toten.

»Das ist meine Frau«, murmelte er und setzte sich wortlos. Auch Maria und Alsberger nahmen auf der Couchgarnitur Platz, deren helle Farbe untrügliches Zeichen dafür war, dass in diesem Haushalt keine Kleinkinder lebten.

»Herr Harmfeld, wir müssen Ihnen leider mitteilen, dass Ihre Frau tot ist.«

Eine Bemerkung, die nach dem Vorzeigen des Fotos völlig überflüssig war. Trotzdem mussten die Worte ausgesprochen werden. Und in solchen Situationen war es für Maria einfacher, wenn sie sich an Redewendungen festhalten konnte.

»Was ist passiert?« Harmfeld schaute sie nicht an. Er hatte die Ellbogen auf die Beine gestützt und sein Gesicht in den Händen vergraben.

»Ihre Frau wurde am Höllenbachweg tot aufgefunden. In der Nähe der Grillhütte, beim alten Steinbruch. Vermutlich wurde sie ermordet. Wir haben heute Morgen einen anonymen Anruf erhalten, in dem man uns die Fundstelle beschrieben hat.«

»Und, haben Sie den Kerl?« Harmfeld hatte aufgeschaut, kreidebleich. Mit etwas mehr Farbe im Gesicht musste er recht gut aussehen. Er hatte mit seiner Frau zusammen sicher das abgegeben, was die Boulevardblätter als »schönes Paar« bezeichneten.

»Nein. Aber wir wissen auch nicht, ob der Anrufer der Täter ist.« Maria hatte den Unterton in seiner Frage wohl bemerkt. »Es kann auch jemand gewesen sein, der sie zufällig dort gefunden hat.«

Harmfeld nickte stumm.

»Wo war Ihre Frau gestern am frühen Abend? Hat sie gesagt, dass sie zu dieser Grillhütte wollte? Vielleicht zu einer Feier? Oder hatte sie irgendeinen anderen Grund, da oben hinzufahren?«

»Nein. Nicht, dass ich wüsste. Was sollte sie denn da?« Er richtete die Frage etwas hilflos an Maria, so als ob sie ihm eine Antwort geben müsste. »Meine Frau wollte gestern Abend zu einer Freundin. Nach Karlsruhe. Und dort übernachten. Normalerweise wäre sie mit ihrem Wagen gefahren. Aber sie hat erzählt, dass der Mucken machen würde. Irgendein Geräusch, das komisch klang. Sie wollte aber unbedingt fahren. Da hat sie wahrscheinlich den Transit genommen.«

»Wozu benötigen Sie denn einen Transporter?«, fragte Alsberger, etwas übereifrig, wie Maria fand.

»Ich habe drei Bistros. In Mannheim, Weinheim und in Frankfurt. Wir kaufen viele Sachen selbst ein.«

»Zu welcher Freundin wollte Ihre Frau? Haben Sie ihre Adresse?« Maria suchte in ihrer Tasche nach dem kleinen Notizblock.

»Ja, natürlich. Warten Sie einen Moment.« Herr Harmfeld stand auf und ging in den Nebenraum. Einen Moment später kam er mit einem kleinen ledergebundenen Adressbuch zurück. Er blätterte die Seiten um, wurde dabei immer hektischer.

»Verdammt, wo ist sie denn jetzt?«, brach es schließlich heftig aus ihm hervor. »Irgendwo muss sie doch stehen!«

Maria hatte den Eindruck, dass der Mann kurz davor war, seine Fassung zu verlieren.

»Sie muss hier irgendwo drinstehen. Katja Brandis. Hier ist nur ihre Nummer bei Lepodex. Brandis, Brandis. Ganz sicher, dass sie hier drinsteht.«

Plötzlich warf er das Adressbuch auf den niedrigen Tisch, murmelte irgendetwas Entschuldigendes und verschwand im Nebenzimmer.

Betroffen schaute Alsberger Maria an.

»Hinterher?«, fragte er leise mit Blick auf die Türöffnung, in der Harmfeld verschwunden war.

»Geben wir ihm ein paar Minuten«, erwiderte Maria genauso leise. Es war nicht jedermanns Sache, vor der Polizei zu weinen. Und Schlimmeres vermutete sie im Moment nicht.

Zu weiteren Überlegungen kam sie nicht, denn unvermittelt wurde die Tür zum Hausflur geöffnet. Eine ältere Frau mit weißem Haar steckte den Kopf herein. Als sie Maria und Alsberger auf dem Sofa sitzen sah, riss sie die Tür auf und kam auf sie zu.

»Wer sind *Sie* denn?«

Die kleine, zierliche Frau verschwand fast in einem bodenlangen rosafarbenen Nachthemd. Maria erhob sich.

»Mooser, Kriminalpolizei Heidelberg. Mein Assistent, Herr Alsberger.«

Alsberger kämpfte sich mühsam aus den weichen Kissen.

»Was wollen Sie hier? Wo ist mein Schwiegersohn?« Suchend blickte die Frau sich um. »Klaus? Klaus?«

Harmfeld kam aus dem Nebenraum. Die alte Dame stürmte ihm entgegen.

»Um Gottes willen, Klaus, was ist denn hier los? Polizei?« Sie fasste ihn am Arm. »Wie siehst du denn aus? Ist etwas passiert? Nun sag doch!«

Maria wollte sich einschalten, um Herrn Harmfeld eine Antwort zu ersparen, aber die aufgebrachte Frau nahm sie gar nicht wahr.

»Ist ihr etwas passiert? Um Gottes willen, so rede doch! Ist ihr etwas passiert?« Sie zerrte am Kragen seines Bademantels. »So rede doch!« Ihre Stimme wurde immer lauter. »Rede doch endlich!«

Harmfeld umfasste ihre Hände. »Angelika«, sagte er leise, aber bestimmt. »Angelika. Sie ist tot.«

Einen Moment starrten die beiden sich an. Die alte Dame trat einen Schritt zurück. Langsam ging sie zur Couch und ließ sich in die Kissen fallen.

»Frau Franske. Die Mutter meiner ersten Frau. Sie lebt hier bei uns im Haus«, bemerkte Herr Harmfeld erklärend und setzte sich neben sie.

Maria und Alsberger nahmen den beiden gegenüber Platz. Einige Sekunden herrschte Stille. Mit ausdruckslosem Blick sah die zierliche alte Frau, deren Gesicht von unzähligen kleinen Falten überzogen war, auf den Tisch. Dann begannen ihre Mundwinkel zu zucken. Sie senkte den Kopf und schien in sich zusammenzusacken, was wohl zum Teil auch daran lag, dass sie zusehends in den weichen Kissen des Sofas versank. Von ihrer Energie, die vor Minuten noch die ganze Situation bestimmt hatte, war nichts mehr zu spüren. Sie wirkte nur noch klein und zerbrechlich.

»Ich glaube, mir ist nicht wohl, Klaus. Würdest du mich bitte nach oben bringen?«

Frau Franske griff hilfesuchend nach der Hand ihres Schwiegersohns.

»Bitte entschuldigen Sie mich«, sagte sie an Maria und Alsberger gewandt und wankte, gestützt von Harmfeld, aus dem Zimmer.

Kurze Zeit später standen Maria und Alsberger wieder vor ihrem Wagen. Herr Harmfeld hatte darum gebeten, allein sein zu dürfen. Eine Bitte, die man ihm schlecht abschlagen konnte. Sie hatten vereinbart, dass man ihn am späteren Vormittag abholen würde, damit er die Leiche offiziell identifizierte.

Die Privatnummer der Freundin seiner Frau hatte sich dann schließlich auch wiedergefunden. Seine Frau selbst hatte er zum letzten Mal beim Frühstück gegen sieben Uhr dreißig am Vortag lebend gesehen. Gut gelaunt sei sie gewesen. Sehr gut gelaunt. Als er gegen zwanzig Uhr am Abend nach Hause kam, war sie nicht mehr da, und er hatte angenommen, dass sie sich schon auf den Weg zu ihrer Freundin gemacht hatte.

Maria merkte, dass ihr Magen knurrte. Sie war seit Stunden auf den Beinen, und wenn sie nicht bald etwas zu essen bekam, würde sie ungenießbar werden. Außerdem konnte sie nicht denken, wenn sie Hunger hatte. Absolut unmöglich.

»Alsberger, wenn Sie es heute noch aus der Parklücke schaffen, sollten wir kurz hier am Marktplatz vorbei, bevor wir zur Dienststelle fahren.«

In Neuenheim lagen in der Nähe des Marktplatzes direkt nebeneinander zwei winzig kleine Bäckereien, in denen es wunderbare Köstlichkeiten zu kaufen gab. Maria war noch am letzten Samstag dort auf dem Markt gewesen und hatte es nicht geschafft, einfach daran vorbeizugehen. Natürlich musste sie gleich beide Läden ausprobieren. Alles andere wäre ja ungerecht gewesen. Mit einer kleinen Quiche und einem Stück Vollkornpflaumenkuchen hatte sie den Weg zu sich nach Hause in die Weststadt angetreten. Beides hatte die Fahrt dorthin nicht überlebt.

Alsberger, der angestrengt rangierte, warf ihr einen Seitenblick zu, für den er eigentlich einen Waffenschein gebraucht hätte.

»Ich spendier was zum Frühstück«, ergänzte sie ihre Bemerkung, um ihren Assistenten zu besänftigen. »Wenn die schon aufhaben. Und Sie schon wieder was verkraften können. Oder hat Ihnen das Lungenbrötchen am Tatort gereicht?«

»Hören Sie«, begann der junge Mann, und Maria konnte an seiner Stimme deutlich hören, wie peinlich ihm die Geschichte mit der Zigarette war. »Es tut mir wirklich leid. Das wird nicht wieder vorkommen.«

»Alsberger, Sie können ruhig zugeben, dass Sie der Anblick der Leiche völlig fertiggemacht hat. Wir sind ja unter uns.«

Wenn sie ihn genug provozierte, würde er garantiert den starken Mann mimen. Rein zufällig in die Tasche gegriffen, routinemäßig die Zigarettenpackung rausgeholt, aus Langeweile sozusagen, weil er auf sie warten musste. Und so weiter. Er war genau dieser Typ, der niemals eine Schwäche zugab. Und schon gar nicht vor einer Frau.

Für Maria war es immer wieder ein Rätsel, warum ihre Tochter an diesem geschniegelten jungen Mann einen solchen Gefallen gefunden hatte. Wie konnte ihr eigenes Kind in puncto männlichen Geschlechts einen solchen Fehlgriff machen? Vera war doch sonst so ein patentes Mädchen.

Sie schaute Alsberger erwartungsvoll an und wartete auf den Machospruch. Aber Alsberger schwieg.

Mit einer riesigen Tüte, aus der es verlockend nach Bäckerei roch, betrat Maria die Polizeidirektion in der Römerstraße. Sie klopfte an die Bürotür von Arthur Pöltz und öffnete sie, ohne eine Antwort abzuwarten. Arthur war meistens schon ab sieben Uhr im Haus. Irgendwie war er wohl das, was die Schlafforscher als Lerche bezeichnen würden. Sie wollte ihn unbedingt wieder in ihrer Ermittlungsgruppe haben. Bei der Heidelberger Kripo gab es keine feste Mordkommission. Die Sonderkommissionen bei Mordfällen wurden jeweils nach Bedarf zusammengestellt. Arthur war in letzter Zeit fast immer dabei gewesen.

Arthur, das waren Marias graue Zellen im Hintergrund. Sie lieferte die Fakten, er recherchierte, stellte die richtigen Fragen und hatte schon oft genug wichtige Teile im Ermittlungspuzzle zusammengefügt. Außerdem war er ein guter Freund, einer, mit dem sie eine wichtige Erfahrung teilte: das kontinuierliche, aber ständige Anwachsen des eigenen Körperumfangs. Arthur war ihr darin allerdings eindeutig überlegen. Während sie sich selbst noch in die Kategorie »leicht mollig« einordnen konnte, gehörte er inzwischen ganz klar in die XXXL-Kategorie.

»Schon von unserer neuen Leiche gehört?« Maria öffnete die Tüte und hielt sie Arthur hin.

»Hat sich bereits rumgesprochen. Und, habt ihr den Mörder schon mitgebracht?«

Der Kollege wollte gerade seine Hand in die Tüte stecken, aber Maria zog sie wieder zurück.

»Nur im Tausch gegen Kaffee.«

Arthur drehte sich wortlos mit seinem Stuhl um, griff, ohne aufzustehen, nach einem überdimensionalen Kaffeebecher, der auf der Fensterbank stand, und schüttete Maria etwas von der schwarzen Brühe ein. Bei Arthur gab es immer Kaffee. Eines der Dinge, auf die man sich hier in der Polizeidirektion absolut verlassen konnte.

»Heute Morgen ging um kurz nach vier ein anonymer Anruf ein. Von einem Mann. Er habe die Leiche einer Frau am alten Steinbruch in Handschuhsheim gefunden. Da, wo die Grillhütte ist.«

»Am Hellenbächel?«

»Ganz genau. Vor dieser Hütte ist doch so ein schmaler Parkstreifen an der Seite. Da hat sie gelegen.«

»Wusstest du, dass der Berg da, der Hohe Nistler, ganz mit Wasser voll sein soll? Haben sie zumindest früher erzählt. Irgendwann bricht der auf, und dann säuft ganz Hendesse ab. Und die Dossemer sowieso.«

»Arthur, erspar mir deine Gruselgeschichten. Willst du jetzt was über den Fall hören oder nicht?«

»War ja nur so eine Info am Rande.«

»Ich schätze, die Frau ist Ende dreißig. Inzwischen wissen wir auch, wie sie heißt: Angelika Harmfeld. Wohnte in der Bergstraße. Wir waren eben bei ihrem Mann und haben es ihm mitgeteilt.«

»Harmfeld, Harmfeld …«, murmelte Arthur nachdenklich.
Maria lebte nun immerhin seit fast dreißig Jahren in Heidelberg. Arthur jedoch war hier schon zur Schule gegangen und kannte von Heidelbergs Einwohnern mindestens die Hälfte. Aber Harmfelds? Nein, die kannte er nicht.

Nachdem sie den letzten Bissen ihres Croissants vertilgt hatte, kramte Maria die Telefonnummer von Angelika Harmfelds Freundin hervor. Sie nahm das Telefon, drückte den Lautsprecherknopf und wählte Katja Brandis' Nummer. Das Freizeichen ertönte, aber es hob niemand ab. Beim Anschluss der Firma Lepodex, der Arbeitsstelle von Frau Brandis, hatte sie mehr Glück.
»Bechtel, Firma Lepodex, was kann ich für Sie tun?«, fragte eine freundliche Frauenstimme am anderen Ende.
»Mooser. Ich würde gerne Katja Brandis sprechen.«
»Tut mir leid, Frau Brandis ist zurzeit nicht im Haus.«
»Wann kommt sie denn?«
»Nun, soviel ich weiß, in circa drei Monaten«, säuselte es am anderen Ende. »Frau Brandis arbeitet momentan in unserer Filiale in Singapur.«
»Ach. Seit wann ist sie denn dort?«
»Seit vier Monaten. Hätten Sie gerne die Nummer von Frau Brandis in Singapur?«

Als Maria auflegte, schaute Arthur sie erwartungsvoll an.
»Brandis ist die Freundin, die die Harmfeld angeblich gestern besuchen wollte. Und übernachten wollte sie auch da. Hat sie zumindest ihrem Mann erzählt.«
Arthur wischte sich mit der Hand die Krümel von seinem Bauch, die dort wie auf einem kleinen Balkon hängen geblieben waren.
»Na, dann dürfte ja eins klar sein«, bemerkte er kauend. »Mit der Wahrheit hat es Frau Harmfeld wohl nicht ganz so genau genommen.«

Szenen einer Ehe

»Treue?« Klaus Harmfeld, der auf dem Stuhl vor Marias Schreibtisch saß, blickte sie erstaunt an. »Weshalb sollte das ein Problem gewesen sein? Wie kommen Sie darauf?«

Angezogen sah er noch deutlich attraktiver aus als ungekämmt und im Bademantel. Er hatte etwas vom Typ Alsberger. Männer, die auf ihr Äußeres viel Wert legten. Die Nobelmarken trugen, deren Namen Maria nie behalten konnte, und die wahrscheinlich alle vierzehn Tage zum Friseur liefen. Ein Typ, der ihr eigentlich nicht besonders gefiel.

Die Vorstellung, dass ein Mann seine Nägel feilte oder sich gar die Achselhaare rasierte, wie es ja heute angeblich Mode war, fand sie allenfalls belustigend. Ein achselhaarrasierter Mann hätte bei ihr auf jeden Fall keine Chance. Da konnte er sich auch gleich kastrieren. Und was würde so einer wohl zu dem Gestrüpp auf ihren Beinen sagen?

Maria rief sich zur Ordnung. Bei der Sache bleiben. Nicht abschweifen, auch wenn etliche Stunden Schlaf fehlten.

»Nun, weil Ihre Frau Ihnen ganz offensichtlich vorgetäuscht hat, eine Nacht bei einer Freundin zu verbringen, die aber noch nicht mal in Deutschland ist. Es könnte ja sein, dass Ihre Frau etwas anderes vorhatte.«

Alsberger, der im dezent weiß-grau gestreiften Hemd dabeisaß, schaute Harmfeld interessiert an. Der zuckte ratlos mit den Achseln.

»Vielleicht war es ein Missverständnis. Sie wollten sich treffen, aber meine Frau hat sich im Datum vertan. Irgend so was.«

»Wir werden das ganz sicher überprüfen. Bisher konnten wir aber Frau Brandis noch nicht erreichen.«

Der Witwer wirkte recht gefasst. Alsberger hatte ihn zur Identifikation der Leiche abgeholt und anschließend auf Marias Anweisung hin vom Rechtsmedizinischen Institut direkt in die Polizeidirektion gebracht.

»Wenn es irgendwelche Probleme zwischen Ihnen und Ihrer Frau gab, werden wir es auch auf andere Weise erfahren.« Maria beugte sich etwas nach vorn und stützte die Arme auf dem Schreibtisch ab. »Es wird dann nur etwas länger dauern. Aber herausfinden werden wir es bestimmt. Sie glauben gar nicht, wie gesprächig die Leute sind, wenn es um Mord geht.«

Klaus Harmfeld hatte sich auf dem Stuhl zurückgelehnt und holte hörbar Luft. Sie kannte das. Ein untrügliches Zeichen dafür, dass die Person vor ihr damit kämpfte, etwas preiszugeben, was sie wusste und unter anderen Umständen lieber für sich behalten hätte.

»Ja, da haben Sie sicher recht«, sagte er schließlich. »Also, um Ihnen Arbeit zu ersparen und unserer Nachbarin die Freude am Tratsch zu verderben: Meine Frau und ich wollten uns trennen. Wir hatten uns, wie man so sagt, auseinandergelebt. Hat nicht allzu lange gehalten unsere Ehe. Kaum drei Jahre. Wir sind nicht mal bis zum verflixten siebten gekommen.«

Das verflixte siebte! Als ob das ein Garant für irgendetwas wäre. Sie hatte mit Bernd dreißig hinter sich gebracht, und der Mistkerl hatte sie verlassen.

»Was für Schwierigkeiten gab es denn?«

»Ich glaube, wir haben schlicht und ergreifend beide gemerkt, dass der andere nicht so war, wie wir es uns vorgestellt hatten. Wir haben uns nur knapp sechs Monate gekannt, bevor wir heirateten. Am Anfang waren wir völlig verrückt nacheinander. Die ersten Monate, das war eine heiße Zeit.«

Harmfeld bekam einen leicht verträumten Blick, als er das sagte.

»Aber so ist es nicht geblieben?«

»Nein, leider nicht. Ich habe meine Frau bis heute wirklich gerne, Frau Mooser.« Leise schob er hinterher: »Gerne gehabt.«

»Aber?«

Der Witwer runzelte die Stirn. »In letzter Zeit wohl eher so, wie man seine Schwester liebt. Oder eine gute Freundin. Am Schluss war ich manchmal froh, wenn sie nicht zu Hause war.«

Maria war überrascht über so viel Offenheit. Eher ungewöhnlich, so etwas zu erzählen, wenn die Partnerin gerade ermordet aufgefunden worden war.

Herr Harmfeld hatte ihr Erstaunen wohl bemerkt.

»Das hätte ich jetzt besser nicht sagen sollen, was?« Er lächelte Maria hilflos an.

»Offenheit kann nie schaden.«

»Mir war klar, dass sie nicht bei der Brandis ist. Wir haben irgendwann mal beschlossen, uns nicht jedes Affärchen gegenseitig auf die Nase zu binden. Es hat mich nicht interessiert und sie auch nicht mehr. Dem anderen nicht genau zu sagen, mit wem man sich wo traf, war ein Akt der Höflichkeit. Angelika fuhr angeblich meistens zur Brandis oder zu irgendeiner anderen Freundin. Ich hatte offiziell lange zu arbeiten und habe bei einem Angestellten übernachtet.«

Maria dämmerte, dass sein hektisches Nachschlagen im Adressbuch wohl weniger damit zu tun gehabt hatte, dass er über den Tod seiner Frau erschüttert war, sondern vor allem mit der Tatsache, dass er genau wusste, dass sie nie vorgehabt hatte, zu Katja Brandis zu fahren.

»Das war übrigens auch die Version für meine Schwiegermutter. Die muss nicht alles wissen«, fügte Harmfeld hinzu.

»Und das hat Ihnen so gar nichts ausgemacht, dass Ihre Frau ein Verhältnis hatte?«

»Nein. Gar nichts. Und wenn Sie es genau wissen wollen: Es war nicht nur ein Verhältnis, es waren wahrscheinlich etliche. Ich glaube, Angelika war, was das anging, irgendwie verkorkst. Sie brauchte ständig Bestätigung. Vor allem durch Männer.«

»Aber wenn Sie sie einmal geliebt haben, muss es Ihnen doch etwas ausgemacht haben?«

»Nein, hat es nicht.« Harmfelds Stimme klang ein klein wenig genervt.

Den Schmerz, betrogen zu werden, kannte Maria gut. Sie hatte fast ein ganzes Jahr gebraucht, um halbwegs damit fertigzuwerden, dass ihr Mann mit einer anderen schlief. Es war für sie undenkbar, dass das einen Menschen nicht verletzen sollte. Harmfeld mochte andere täuschen, sie nicht.

»Zumindest beim ersten Mal verletzt es doch jeden! Sie wollen mir doch nicht erzählen, Herr Harmfeld, dass Ihre Frau Sie fleißig betrogen hat und es Ihnen egal war?«

»Vielleicht hängt es mit der Reihenfolge zusammen.«

Es dauerte etwas, bis Marias müdes Gehirn den Sinn der Aussage erfasst hatte. Alsberger, der bislang eifrig mit seinen Notizen beschäftigt gewesen war, schien da nicht so langsam von Begriff zu sein, wie sein neugieriger Blick auf Harmfeld zeigte.

»Zuerst hatte ich genug von ihr, dann habe ich sie betrogen und danach sie mich«, erklärte der Witwer, der Marias Verständnisprobleme bemerkt zu haben schien.

»Und warum waren Sie noch mit ihr zusammen?«

»War ich ja gar nicht mehr. Wir haben nur noch zusammen gelebt. Angelika war dabei, sich eine Wohnung zu suchen. Wenn sie etwas Passendes gefunden hätte, hätten wir die Sache offiziell gemacht. Aber bis dahin sollte der Schein gewahrt werden. Wegen meiner Schwiegermutter, meiner Tochter, den Leuten und dem Getratsche.«

Maria blieb skeptisch. War Harmfeld wirklich so cool, wie er vorgab zu sein? Oder war er vielleicht doch der eifersüchtige, gekränkte Ehemann, der sich nur perfekt unter Kontrolle hatte?

Harmfeld schien ihre Gedanken zu erraten.

»Frau Mooser, ich sag es Ihnen so, wie es war. Es tut mir leid, dass Angelika tot ist. Sehr leid. Ich finde es entsetzlich, dass ihr so etwas zugestoßen ist. Aber ich habe sie schon lange nicht mehr geliebt. Und ich werde Ihnen auch nichts dergleichen vorspielen, auch wenn es vielleicht einen besseren Eindruck machen würde. Sie war nicht mehr meine Frau. Auf dem Papier ja, aber nicht in meinem Herzen.«

»Und welche Frau besitzt ihr Herz zurzeit?«, fragte Maria mit bissigem Unterton in der Stimme.

Harmfeld beugte sich vor und stützte, genau wie Maria, die Arme auf den Tisch.

»Ehrlich oder fürs Protokoll?« Er zögerte kurz, bevor er antwortete. »Ich weiß es nicht. Es sind nämlich mindestens zwei.«

Für einen Moment war Maria sprachlos.

Der Witwer grinste. »Tut mir leid, jetzt habe ich Sie aus dem Konzept gebracht. Das war nicht so ernst gemeint.«

»Es wäre schön, wenn Sie Ihre Späße unterlassen würden! Dafür ist die Angelegenheit dann doch etwas zu ernst.«

»Natürlich!« Er hob abwehrend die Hände. »Tut mir leid. Wirklich. Aber sehen Sie, ich weiß, dass das Arrangement, das Angelika und ich miteinander hatten, auf andere seltsam wirken mag. Sodom und Gomorrha in der Bergstraße. Aber für uns war es in Ordnung. Es war ja auch nur noch eine Frage der Zeit, bis wir die Sache offiziell beendet hätten.«

»Wie haben Sie den gestrigen Tag verbracht?«, fuhr Maria fort.

»Ich war erst in Frankfurt, da gab es Schwierigkeiten mit der Kühlanlage. Das hat recht lange gedauert. Ich habe dort etwas gegessen und bin am Nachmittag, so gegen fünf, dann noch mal ins Bistro nach Mannheim. Ein Vorstellungsgespräch mit einer neuen Aushilfe. Dann habe ich da in der Stadt noch ein paar Sachen erledigt und bin so kurz vor acht zu Hause gewesen.«

»Was waren das für Sachen, die Sie noch erledigt haben?«

»Um sechs hatte ich einen Termin beim Friseur. Da war ich gegen halb oder Viertel vor sieben draußen. Danach bin ich kurz was einkaufen. Und dann noch bei Saturn rein. Die hatten einen Flachbildfernseher von Samsung im Angebot, den habe ich geholt. Ich war gerade wieder da, als Heinz und Thomas aufgetaucht sind.«

Maria sah ihn fragend an.

»Heinz Freysing und Thomas Morman. Die waren mal mit mir im Tennisclub. Wir spielen ab und zu Skat zusammen.« Harmfeld dachte kurz nach. »Das war's.«

Maria wies mit dem Kopf auf Alsberger.

»Der Kollege wird gleich die genauen Daten aufnehmen. Sicher haben Sie Verständnis dafür, dass wir Ihre Angaben überprüfen müssen.«

Dem lustigen Witwer würde das Spaßen schon noch vergehen. In so einer Situation machte man keine Witzchen. Aber er hatte mit seiner Einschätzung ganz richtig gelegen. Maria hatte ihn für das, was er ihr über das »Arrangement« mit seiner Frau erzählt hatte, verurteilt. Der Mann besaß offensichtlich ein gutes Gespür dafür, was in anderen vorging. Vielleicht hatte er ja auch in puncto Mordmotiv einen guten Riecher.

»Gab es jemanden, der einen Grund gehabt haben könnte, Ihre Frau zu töten?«

Klaus Harmfeld schaute Maria an und schüttelte den Kopf.

»Nein. Angelika war ein Mensch – wie soll ich das sagen –, entweder man mochte sie oder nicht. Sie hat sich nichts gefallen lassen und konnte ganz schön energisch werden. War vielleicht manchmal etwas überdreht. Aber das ist ja wohl kein Grund, jemanden umzubringen.«

Nachdem Herr Harmfeld gegangen war und Alsberger sich verzogen hatte, blieb Maria eine Weile in ihrem Büro sitzen und kritzelte kleine Karos auf den Rand ihres Kalenders. Das half beim Nachdenken.

Angelika Harmfeld hatte bei einer Unternehmensberatung in Mannheim gearbeitet. Freundinnen gab es bis auf Katja Brandis kaum. Ein paar Frauen im Fitnesscenter, mit denen sie sich ab und zu traf. Lebende Verwandte hatte sie auch keine mehr. Mit Amelie, der neunzehnjährigen Tochter von Harmfeld, die momentan auf Reisen war, habe sie sich gut verstanden. Ein paar Spannungen habe es gegeben, aber das sei wohl normal, wenn Kinder flügge würden. Namen möglicher Liebhaber hatte Herr Harmfeld nicht nennen können. Da sei seine Frau – vereinbarungsgemäß – sehr diskret gewesen.

Maria ärgerte sich. Ihr wäre es lieber gewesen, das Ehepaar wäre nicht so taktvoll im Umgang miteinander gewesen und Harmfeld hätte ein paar Verdächtigungen geäußert. Das würde ihnen wahrscheinlich eine Menge Arbeit sparen.

Mit einem Mal spürte sie, wie müde sie war. Sie musste nach Hause und sich kurz hinlegen. Alles andere hatte keinen Zweck. Sonst würde sie spätestens in zwei Stunden auf dem absoluten Nullpunkt angelangt sein. Der Bericht von der Spurensicherung und der vorläufige Obduktionsbericht würden noch auf sich warten lassen, und es war besser, mehr Infos zu haben, bevor sie weitermachten. Sie musste Ferver, ihrem Vorgesetzten, noch die Liste der Mitarbeiter vorlegen, die sie bei der Sonderkommission dabeihaben wollte. Dann würde sie für heute Nachmittag eine erste Teamsitzung ansetzen. Soko Schneewittchen. Das passte gut. Die hatte doch auch was mit den sieben Zwergen gehabt. Oder so ähnlich. Maria gähnte.

Als sie an Fervers Bürotür klopfte, erklang sofort das barsche »Ja, bitte!«.

Sie trat ein.

»Frau Mooser! Ich habe Sie schon erwartet.«

Ferver stand mit einer kleinen grünen Gießkanne in Froschform am Fenster und tränkte seinen Hibiskus. Die Pflanze war wohl gut einen halben Meter hoch und hatte einige prachtvolle tiefrote Blüten. Ein idyllisches Bild. Ein kleiner, alternder Herr mit grauem Haarkranz und ebenso grauem, etwas zu großem Anzug versorgte liebevoll seine Zimmerpflanze, vom Licht des frühen Morgens sanft beschienen. Ein Trugbild, wie Maria nur allzu genau wusste. Zu Ferver hätte ein stacheliger Kaktus viel besser gepasst. Ein giftiger, stacheliger Kaktus.

»Sicher wollen Sie mir mitteilen, wen Sie in der Ermittlungsgruppe für die bedauernswerte Tote vom Steinbruch haben möchten.«

Ihr Vorgesetzter hatte das Gießkännchen auf die Fensterbank gestellt und streckte erwartungsvoll die Hand nach Marias Liste aus.

»Aha!«, sagte er, während er hinter seinem Schreibtisch Platz nahm und einen Blick auf das Papier warf. »Soko Schneewittchen. Finden Sie das nicht etwas albern, Frau Mooser? Oder haben Sie die Leiche in einem gläsernen Sarg vorgefunden?«

Süffisant lächelnd blickte er zu Maria hoch, die vor seinem Schreibtisch stand. In Fervers Büro setzte man sich nicht, was wohl vor allem daran lag, dass niemand länger als unbedingt nötig in diesem Raum bleiben mochte. Stehend demonstrierte man Geschäftigkeit und konnte schneller flüchten, wenn es zu unangenehm wurde. Abgesehen davon hatte Ferver nur selten jemanden aufgefordert, Platz zu nehmen. Und wenn, dann wurde es brenzlig.

»Die Tote sah aus wie Schneewittchen.« Das musste reichen.

»Ach.« Ferver rückte seine Brille ein wenig näher zur Nasenspitze hin und schaute sie über die Ränder hinweg an. »Ich wusste gar nicht, dass Sie Schneewittchen persönlich kannten.«

Jetzt war es genug. »Nein. Ich nicht. Meine Großmutter.«

Die, die ihr das rote Käppchen geschenkt hatte. Wenn ihr Chef blöde Antworten haben wollte, konnte er sie gerne haben.

»Frau Mooser, Frau Mooser.« In Fervers Stimme klang der väterliche Tadel. »Immer der gleiche Dickkopf, nicht wahr! Dabei dachte ich, der wäre beim letzten Fall ein wenig weichgeklopft worden!«

Maria wurde ungern daran erinnert. Aber in der Tat hatte sie beim letzten Fall einige Schläge auf den Kopf bekommen, die ihr eine mehrmonatige Auszeit beschert hatten. Und das vor allem, weil sie dickköpfig an einem Verdacht festgehalten und einige nicht ganz unwesentliche Fehleinschätzungen vorgenommen hatte. Eigentlich stand sie noch in Fervers Schuld, der damals kein großes Aufheben um die Sache gemacht hatte. Ein bisschen Demut konnte also nicht schaden.

»Tut mir leid. Aber sie sah eben so aus, wie ich mir Schneewittchen vorstelle.«

Ferver nickte unmerklich. »Also gut.« Er prüfte die Namen auf der Liste. »Ich denke, das geht in Ordnung. Ich werde dafür sorgen, dass Sie die Leute bekommen. Und Herrn Mengert wollen Sie wirklich dabeihaben?«

Maria wusste genau, dass Ferver Dieter Mengert nicht mochte. Er war ihm zu unbequem. Jemand, der seinen eigenen Kopf hatte. Eine Eigenschaft, die ihr Vorgesetzter nicht besonders schätzte. Aber Mengert war auch jemand, der Leute zum Reden bringen konnte. Maria wollte auf ihn nicht verzichten. Und im Gegensatz zu Ferver schätzte sie Menschen, die sich nicht immer stromlinienförmig verhielten.

»Ja, Herrn Mengert hätte ich gerne dabei.«

Ferver legte das Papier zur Seite und warf ihr erneut einen Blick über den Brillenrand zu.

»Wie Sie wünschen. Sie sind schließlich für den Erfolg der Ermittlungen verantwortlich. Dessen sind Sie sich ja bewusst, Frau Mooser?«

Maria reagierte nicht. Und Ferver hatte wohl auch nicht damit gerechnet, denn ohne auf eine Antwort zu warten, fuhr er fort.

»Und diesmal, Frau Mooser, gehen Sie bitte ein wenig netter mit unserem Kollegen Alsberger um! Ich möchte nicht, dass er nach dem nächsten Fall wieder ankommt und um seine Versetzung bittet, weil Sie ihn schikaniert haben. Es hat mich einige Mühe gekostet, ihn davon zu überzeugen, dass es besser ist, hierzubleiben. Und ich wünsche, dass er hierbleibt. Haben wir uns da verstanden?«

Das war ja wohl das Letzte! Da hatte sie sich in den vergangenen Monaten bemüht, nett zu Alsberger zu sein, und bekam solche blöden Kommentare zu hören! Seitdem ihr Assistent mit ihrer Tochter zusammen war, hatte sie sich derart am Riemen gerissen, dass sie manchmal glaubte, nicht mehr sie selbst zu sein. Ihre kleinen, alltäglichen Gemeinheiten ihm gegenüber waren um mindestens fünfzig Prozent zurückgegangen. Wenn nicht sechzig. Oder gar siebzig. Aber sie würde sich hier nicht verteidigen. Sie war doch kein Schulmädchen, das dem Lehrer Rechenschaft abgab. Und schon gar nicht wegen irgendeines Blödmanns, der nur über Beziehungen eine Position bekommen hatte, für die sich manche andere Kollegen jahrelang abrackern mussten. Das hatte sie Alsberger nie verziehen, und das würde sie ihm auch nicht verzeihen. Und irgendwann würde sie auch noch rausbekommen, wer ihn auf diese Stelle gehievt hatte.

»Sonst noch was?«, fragte sie.

»Nein, Frau Mooser.« Ferver lächelte erneut. »Ich denke, wir haben uns verstanden, nicht wahr?«

Maria sparte sich eine Antwort. Aber sie hätte ihrem Chef liebend gerne die kleine grüne Froschgießkanne über den Kopf gezogen.

Wenig später lag sie auf der Couch in ihrem Wohnzimmer, den Wecker neben sich, der ihr eine Dreiviertelstunde Zeit ließ. Bilderfetzen zogen durch ihren Kopf. Die schöne Tote, mit bleichem Gesicht. Die Kollegen der Spurensicherung in ihren weißen Anzügen. Alsberger, eingehüllt in Nebelschwaden, mit einem roten Mützchen auf dem Kopf. Ferver, dessen Mund immer breiter wurde und sich in ein Froschmaul verwandelte, aus dem vergiftetes Wasser sprudelte. Dann dämmerte sie endgültig weg.

Kleine Beerenkunde

Am nächsten Vormittag traf sie sich mit Alsberger, Pöltz und Mengert in dem kleinen Konferenzraum, um den bisherigen Stand der Dinge durchzusprechen. Der Vortag hatte keine weiteren Erkenntnisse erbracht. Direkte Anwohner in Tatortnähe gab es nicht. Die Besitzer eines in der Nähe gelegenen Vereinslokals hatten nichts gehört und nichts gesehen. In der Unternehmensberatung, der Arbeitsstelle von Angelika Harmfeld, war niemand zu erreichen. Aber nach Aussagen ihres Mannes hatte sie am Mittwoch einen ganz normalen Arbeitstag vor sich gehabt. Heute lag nun der erste Bericht aus der Rechtsmedizin vor.

Der Besprechungsraum strahlte eine sterile Atmosphäre aus. Linoleumboden, graue Tische, braune Stahlrohrstühle, an der Decke eine Neonleuchte. Manchmal hätte Maria sich hier in den Räumen irgendetwas Gemütliches gewünscht. Schöne Bilder an den Wänden, hier und da ein bisschen Dekoration. Aber vielleicht passte die nüchterne Atmosphäre besser zu dem, was hier tagtäglich besprochen wurde. Zu Mord und Totschlag, Daten und Fakten.

Dieter Mengert kam mal wieder zu spät. Die obligatorischen fünf Minuten, über die Maria sich schon lange nicht mehr aufregte. Er warf seine abgewetzte Lederjacke über eine Stuhllehne, zog die Mütze vom kahl geschorenen Kopf und setzte sich neben Roland Alsberger.

Wie jemand, der mal gerade Anfang vierzig war und mit Sicherheit noch sehr, sehr viele Haare auf dem Kopf hatte, sich freiwillig in einen Glatzkopf verwandeln konnte, war Maria völlig unverständlich. Andere Männer kippten literweise Haarwasser aufs schüttere Haupthaar, Mengert rasierte jede Woche alles ab, was sich mühsam neu ans Tageslicht kämpfte.

»Na, du Suchtbolzen«, bemerkte er mit einem breiten Grinsen im kantigen Gesicht in Richtung Alsberger. »Ich habe gehört, du hast mit deiner Kippe ein Loch in die Leiche gebrannt.«

Alsberger murmelte irgendetwas, was Maria nicht genau verstand, das sich aber so ähnlich anhörte wie: »Halt bloß die Klappe!«

Einer von Jantzeks Mitarbeitern hatte also gequatscht. Oder Jantzek selbst. In der Polizeidirektion machten Missgeschicke aller Art schnell die Runde. Und es war immer wieder erstaunlich, wie kleinste Gegebenheiten sich über die Gerüchteküche zu gigantischen Katastrophen ausweiteten.

»Also ich fasse noch mal zusammen!« Maria hielt den vorläufigen Obduktionsbericht in den Händen. »Es haben sich keine Hinweise auf ein Sexualverbrechen gefunden. Keine Spermien, keine Verletzungen im Genitalbereich, nichts, was auf sexuelle Gewalt hinweisen würde. Todeszeit: vorgestern zwischen siebzehn Uhr dreißig und neunzehn Uhr dreißig. Die Bodenproben haben ergeben, dass der Leichenfundort auch der Tatort ist. Frau Harmfeld starb an Stichverletzungen im Bauchraum. Ausgeführt mit einem Messer, dessen Schneide mindestens fünfzehn Zentimeter lang sein muss. Die Stichkanäle verlaufen alle auf der linken Körperseite in Höhe des unteren Bauchraums, seitlich nach oben. Drei Stiche, von denen mindestens einer tödlich war. Sie hat sich anscheinend nicht gewehrt. Keine fremden Hautpartikel unter den Fingernägeln, keine Hämatome, keine Abschürfungen. Nichts, was auf einen Kampf hindeutet. Nicht mal fremde Faserspuren auf ihrer Kleidung.«

»Dann kannte sie den Täter«, murmelte Arthur, dessen hellblaues Hemd unter den Armen riesige Schweißflecken aufwies.

»Entweder das, oder er hat sie mit dem Angriff völlig überrascht. Oder sie.« Maria wollte eine Frau als Täterin nicht von vornherein ausschließen. Auch wenn das sicher selten war. »Es könnte sich natürlich auch trotz fehlender Spuren um ein Sexualdelikt handeln. Vielleicht hatte der Täter vor, sie zu vergewaltigen. Dann wurde er gestört und hat in Panik zugestochen.«

»Und unser Täter ist wahrscheinlich Rechtshänder. Ein ziemlich kleiner Rechtshänder«, setzte Dieter Mengert die Überlegungen fort.

»Das muss nicht sein«, erwiderte Arthur. »Wäre ja auch möglich, dass der Täter ...« – er schaute zu Maria – »... oder eben die

Täterin das Messer in der Manteltasche oder Jackentasche hatte, damit das Opfer es nicht sehen konnte. Und dann hat er sozusagen aus der Hüfte zugestoßen. Die Tatwaffe haben sie nicht irgendwo gefunden?«

»Nein, leider nicht.« Maria kannte den Bericht von der Spurensicherung inzwischen fast auswendig. »Sie haben alles abgesucht, jeden Zentimeter im näheren Umkreis. Aber von der Tatwaffe keine Spur.«

»Das wird das Übliche sein«, schaltete Mengert sich ein. »Der Täter hat sie irgendwo entsorgt. In den Neckar geworfen oder was auch immer. Da können die wahrscheinlich lange im Gebüsch suchen. Ich habe übrigens bei der Stadt jemanden erreicht, der für die Reservierungen der Grillhütte zuständig ist. Der hat erzählt, dass da in den letzten vierzehn Tagen nichts gelaufen ist. Zumindest nichts, was angemeldet war.«

Maria nahm Jantzeks Bericht zur Hand. »Die Spurensicherung hat da oben einiges gefunden. Aber sie vermuten, dass das meiste vorher schon da gelegen hat. Eine leere Coladose. Eine kleine Plastikflasche von irgendeinem Saftzeug. Zwei kleine Schnapsfläschchen, mehrere Tempos, gebraucht. Drei Kippen, zwei der Marke Marlboro, eine noch nicht identifiziert. Wird alles auf verwertbare DNA untersucht. Ein Stückchen einer polnischen Zeitung. Eine Slipeinlage. Und jede Menge Tabakkrümel.«

Um den letzten Punkt hatte Jantzek einen fetten roten Kringel gemacht und drei Ausrufezeichen. Ja, es war sicher Jantzek selbst gewesen, der Alsbergers Fauxpas rumerzählt hatte. Offensichtlich hatte er noch vor Wut gekocht, als er den Bericht abfasste.

Im gleichen Rotstift stand unter dem Bericht: »*Bin ab morgen in Urlaub. Halte dich an Carstensen. Anrufen hat keinen Zweck, habe neue Handynummer.*« Maria wusste nicht so recht, was das mit der Handynummer sollte. Schließlich hatte sie Jantzek so gut wie nie im Urlaub angerufen. Ganz selten. Im letzten Jahr vielleicht zwei- oder dreimal. Oder viermal, höchstens.

»Du hast deine Kippe ja aber hoffentlich mitgenommen?«

Mengerts Bemerkung brachte ihm einen grimmigen Blick von Alsberger ein.

»Reifenspuren ja, Fußspuren nur in Fragmenten, kaum verwertbar. Mindestens vier verschiedene, Schuhgröße vierzig und drüber«, fuhr Maria fort. »Unmittelbar neben der Leiche gibt es einen tiefen Abdruck im Boden. Eine gerade Kante. Als ob etwas Schweres dort gestanden hätte oder auf den Boden gefallen wäre.«

»Und die Handtasche? Haben sie die gefunden?«

Alsberger griff, während er sprach, nach der Thermoskanne, die der gute Arthur mitgebracht hatte, damit keiner von ihnen an akutem Koffeinentzug sterben musste.

»Nein, nichts.« Maria blätterte in ihren Unterlagen. Herr Harmfeld hatte angegeben, dass eine rote Umhängetasche seiner Frau fehlte. Genauso wie ihre Brieftasche und ihr Handy. »Ich habe eine Ortung des Handys beantragt. Das funktioniert aber nur, wenn es eingeschaltet ist.«

»Die Tasche liegt bestimmt auch im Neckar«, bemerkte Mengert lakonisch.

Arthur hielt Alsberger seinen Becher hin. »Denke ich auch. Der Täter wird die Handtasche mitgenommen haben. Damit die Leiche nicht so rasch identifiziert werden kann. Oder er hatte Sorge, dass etwas drin ist, was uns einen Hinweis auf ihn geben würde.« Er versenkte nachdenklich zwei Stücke Zucker in seinem Kaffeebecher. »Was glaubst du, Maria, hat der Anrufer etwas mit der Sache zu tun? Oder hat sie da einfach jemand zufällig gefunden? Aber was macht man um die Zeit da oben?«

Alle unter der Notrufnummer bei der Polizei eingehenden Anrufe wurden aufgenommen, was sich in Fällen wie diesem als sehr nützlich erwies. Maria hatte sich das Band mit der Stimme des Anrufers angehört. Entweder war dieser Mann ein verdammt guter Schauspieler, oder er hatte die Tote wirklich überraschend entdeckt und war völlig in Panik geraten.

»Der Anrufer scheint ein jüngerer Mann zu sein. Deutscher. Hört sich aber nicht so an, als käme der hier aus dem Raum. Eher irgendwo aus dem Norden. Ich kann mich irren, aber so wie der klingt keiner, der schon vor Stunden eine Frau umgebracht hat. Er war so aufgeregt, dass er kaum ein Wort rausbekommen hat.«

»Aber wenn er mit der Sache nichts zu tun hat, warum ruft er dann von einer öffentlichen Telefonzelle an, ohne seinen Namen zu nennen?«, fragte Alsberger.

»Na, vielleicht war der mit seiner Flamme da oben knutschen. Oder hat selbst Dreck am Stecken. Wollte dort die nächste Leiche abladen, und der Platz war schon besetzt.« Während er das sagte, kippte Mengert den letzten Tropfen Kaffee aus der Thermoskanne in seine Tasse.

»Danke, dass du mir noch was dringelassen hast.« Maria warf ihm einen erbosten Blick zu. »Du weißt ja, dass man von zu viel Kaffee einen Herzinfarkt bekommt.«

Wenn er ihr schon alles wegschlürfte, sollte er sich wenigstens schlecht fühlen. Allerdings war Mengert so durchtrainiert, dass ihn das wohl nicht wirklich davon abhalten würde, anderen Leuten den Kaffee wegzutrinken. Immer das Gleiche hier. Wenn man nicht sofort dafür sorgte, dass man etwas abbekam, hatten es die Herren schon unter sich aufgeteilt. Egoisten waren das. Mengert schlürfte unbeirrt an seiner Tasse und hob entschuldigend eine Hand in die Höhe. Zumindest Mengert war so einer. Und Alsberger. Und die anderen Kollegen auch. Eigentlich alle, bis auf Arthur.

»Alsberger, fassen Sie zusammen, was wir wissen.« Genug geschwätzt. Alles Weitere wäre bloße Spekulation. Etwas, was Maria zutiefst verabscheute. Und was in so einem frühen Ermittlungsstadium oft mehr schadete als nutzte.

Alsberger schaute auf den Notizblock, der vor ihm lag. Ihr korrekter Assistent hatte mal wieder alles mitgeschrieben.

»Wir suchen eine Täterin oder einen Täter, der gestern zwischen siebzehn Uhr dreißig und neunzig Uhr dreißig am Höllenbach Frau Angelika Harmfeld erstochen hat. Der Täter war eventuell dort mit ihr verabredet. Es ergeben sich keine Hinweise auf ein Sexualverbrechen, aber auszuschließen ist es nicht. Vielleicht wurde der Täter gestört. Die Tat war offensichtlich geplant, da er die Waffe bei sich trug. Der Täter war dem Opfer bekannt oder hat es mit der Tat völlig überrascht, da sich das Opfer in keiner Weise gewehrt hat. Der Anrufer, der den Leichenfund gemeldet hat, rief aus einer öffentlichen Telefonzelle an und stammt wahrscheinlich nicht aus der hiesigen Gegend. Der Anrufer könnte der Täter sein, nach Frau Moosers Intuition aber eher nicht.«

Frau Moosers Intuition! Marias Augen verengten sich zu Schlitzen.

»Wiederholen Sie den letzten Satz, Alsberger!«, raunte sie ihm zu. Der junge Mann grübelte einen Moment.

»Der Anrufer könnte der Täter sein. Nach Ausdruck, Tonlage und offensichtlicher emotionaler Befindlichkeit des Anrufenden ist jedoch zu vermuten, dass er es eher nicht ist.«

Na also. Schon besser.

Als Maria in die Pause ging und aus dem Gebäude trat, schlug ihr die warme Luft eines schönen Herbsttages entgegen. Mochte die Hitze hier im Sommer manchmal auch noch so unerträglich sein, sobald solche Tage kamen wie heute, hatte sie das alles vergessen. Sie überquerte den trubeligen Römerkreis. Gott sei Dank war die jahrelange Baustelle hier endlich mal zum Ende gekommen. Nun herrschte wieder Ordnung im Verkehr. Nur die Busse hatten noch kleinere Probleme, um die Kurven zu kommen. Aber was war das im Vergleich zu den nicht enden wollenden Baggerarbeiten, bei denen Maria manchmal die Vermutung gehabt hatte, dass letztlich niemand mehr so recht wusste, wozu sie eigentlich dienten. Kishon hätte auf jeden Fall seine Freude am Heidelberger Blaumilchkanal gehabt.

Sie hatte sich mit Alsberger in einer guten Stunde verabredet, um noch mal zu Herrn Harmfeld zu fahren. Da blieb genug Zeit, irgendwo eine Kleinigkeit essen zu gehen. Maria schlenderte zum »Krokodil«, einem gemütlichen Restaurant in der Weststadt, das nur wenige Minuten entfernt lag. Hier gab es neben Krokodilen an den Wänden auch einen schönen alten Kachelofen, und mit etwas Glück konnte man noch an einem der kleinen Tische draußen auf dem Gehweg sitzen. Da das Lokal genau auf einer Straßenecke lag, gab es sowohl auf der Süd- wie auch auf der Ostseite Plätze. Maria entschied sich in der Hoffnung auf mehr Sonnenstrahlen für die Südlage.

Kaum hatte sie ihre Bestellung aufgegeben, sah sie Alsberger, der offensichtlich die gleiche Idee gehabt hatte, zwei Tische weiter sitzen. Zum Glück halb mit dem Rücken zu ihr, sodass er sie nicht sehen konnte. Der junge Mann tippte irgendetwas in sein Handy ein. Maria hatte keine Lust, sich zu ihm zu setzen. Und Alsberger war wahrscheinlich auch froh, wenn er mal Ruhe vor ihr hatte.

Das war schon eine blöde Situation. Wenn er morgens ins Büro kam und sie vermutete, dass Vera bei ihm übernachtet hatte, war ihr das irgendwie peinlich. Und dann der idiotische Ferver, der meinte, den armen jungen Mann vor ihr schützen zu müssen. Völlig unnötig. Und kontraproduktiv. Je mehr man ihr eintrichterte, sie müsse nett zu Alsberger sein, umso schwerer fiel es ihr. Vielleicht hätte sie sich sonst längst schon an ihn gewöhnt.

Er war ihr zu Anfang ziemlich auf die Nerven gegangen, aber sie hatte mit ihm auch manch schönen kleinen Streit ausgefochten. Jetzt hatte sie manchmal den Eindruck, er ducke sich vor ihr. Etwas, was im Alltag recht bequem war, ihr aber eigentlich nicht gefiel. Zumindest nicht, wenn sie darüber nachdachte. Und dass ihre Tochter mehr Zeit bei ihm als bei ihr verbrachte, gefiel ihr auch nicht. Konnte man auf jemanden eifersüchtig sein, weil er einem die Tochter wegnahm? Wohl eher nicht. Maria schöpfte mit dem Löffel den dicken weißen Milchschaum von ihrem Cappuccino und steckte ihn in den Mund.

Oder vielleicht doch? Ein ganz kleines bisschen?

*

Herr Harmfeld sei leider nicht zu Hause. Er habe dringend nach Frankfurt gemusst, weil dort im Bistro zwei Leute ausgefallen seien. Frau Franske stand lächelnd in der Eingangstür und offenbarte dabei eine Reihe bläulich verfärbter Zähne.

»Aber ich kann gerne versuchen, Ihnen weiterzuhelfen. Kommen Sie doch mit zu mir nach oben. Ich war gerade dabei, meinen Nachmittagstee zu richten.«

Maria und Roland Alsberger folgten der alten Dame, die sich mühsam am Treppengeländer Stufe um Stufe hochzog.

»Da sind wir.«

Immer noch freundlich lächelnd, aber etwas außer Atem, wies Frau Franske den Weg in ihre Wohnung. Sie betraten einen kleinen Flur, dem ein großer, heller Raum mit einem tief gezogenen breiten Fenster folgte. Die Balkontür daneben stand offen, und üppige Geranien in Rosa und Weiß verrieten, dass Frau Franske offensichtlich nicht nur blaue Zähne, sondern auch einen grünen Daumen hatte.

»Vielleicht gehen wir auf den Balkon. Nehmen Sie doch schon mal draußen Platz. Es ist ja so ein schöner Tag heute!«, sagte sie an Maria gewandt. »Und der junge Mann kommt mit in die Küche und hilft tragen.«

Eine Anweisung, die keinen Widerspruch duldete.

Das Zimmer, das zum Balkon führte, war gemütlich eingerichtet. Eine blaue Couchgarnitur, die für das Alter der Dame erstaunlich jugendlich wirkte, ein heller Teppich, der einen Teil des schönen Parketts bedeckte. Hier und da Nippes auf kleinen Beistelltischen, unterlegt mit weißen Spitzendeckchen. Maria ging raus auf den Balkon und ließ sich auf einem der beiden Stühle nieder, die mit weichen, großblumigen Polstern ausgelegt waren. An den Seiten der Sitzgruppe standen jede Menge Pflanzen in größeren und kleineren Kübeln.

Der Balkon ging nach Süden. Man hatte zwar einen Teil des Nachbarhauses im Blickfeld, trotzdem bot sich von hier eine schöne Aussicht. Zur linken Hand der grüne Berghang, zur rechten die Dächer der meist etwas tiefer liegenden Häuser Neuenheims.

»Ich sehe, Sie haben es sich schon gemütlich gemacht.«

Frau Franske erschien in der Tür. Alsberger, der ihr mit einem Tablett in den Händen gefolgt war, überragte sie um mindestens vierzig Zentimeter. Auf dem Tablett sah Maria nun auch den Grund der ungewöhnlichen Zahnfärbung: Blaubeertorte, aus der schon ein großes Stück fehlte.

Frau Franske war Marias Blick auf die Torte nicht entgangen.

»Ich liebe Kuchen. Und wie ich sehe, Sie auch, meine Liebe!«

Hatte sie so gierig auf die Torte gesehen? Sie war sich dessen nicht bewusst.

»Heidelbeeren sind wirklich was Feines«, sprang Alsberger ein, mit dem Unterton des braven Jungen in der Stimme.

»Ganz richtig, mein Lieber. Und das, das sind sogar richtige Blaubeeren. Da gibt es nämlich kleine, aber feine Unterschiede. Es gibt diese wässrigen, großen Beeren und dann gibt es die hier, die kleinen Blaubeeren. Die sind viel aromatischer. Leider färben sie auch besser.«

Während ihrer Belehrung ließ Frau Franske sich umständlich im zweiten Sessel nieder, während Alsberger mit einem kleinen

Schemel vorliebnehmen musste, der vor dem Tisch stand. Ohne weitere Anweisungen zu erhalten, begann er, das Tablett abzuräumen und den Tisch zu decken.

Erstaunlich, was so ein alter Mensch bei ihrem Assistenten für Qualitäten hervorbrachte. Der junge Mann hantierte eifrig mit Tellern und Tassen. Ob er das wohl später bei ihr auch so machen würde? Als Schwiegersohn, der sich rührend um seine alte, kranke und vielleicht zahnlose Schwiegermutter kümmerte? Nicht schlecht! Ein Gedanke, auf den Maria noch nie zuvor gekommen war.

»Sie wollen ja sicher etwas über Angelika hören. Und mein Alibi …«, die alte Dame nickte Alsberger dankbar zu, der ihr etwas Tee in die Tasse gegossen hatte, »… das müssen Sie ja sicher auch wissen, nicht wahr?«

»Ganz richtig«, stimmte Maria zu und lehnte sich in ihrem Stuhl zurück.

»Nun. Vorgestern war ich wohl den ganzen Tag zu Hause. Mittwochs mache ich immer meine Wohnung. Großputz, sozusagen. Es kommt zwar eine Dame, die mir etwas zur Hand geht, aber so richtig sauber ist es ja doch nur, wenn man es selbst macht.«

Maria äußerte sich nicht, sondern nickte leicht, um ihre Zustimmung zu bekunden und die Gesprächsbereitschaft der alten Frau nicht abzubremsen.

»Also, wenn ich meine Wohnung gemacht habe, dann ist es meistens so früher Nachmittag. Und dann muss ich mich ein wenig ausruhen. Und den Tag danach meistens auch. Mit achtzig geht einem das alles nicht mehr so leicht von der Hand, wissen Sie.«

Frau Franske zeigte auf den Kuchen, der vor ihnen auf dem Tisch stand.

»Junger Mann, gehen Sie doch mal in die Küche ein Messer holen. Die Torte ist noch nicht ganz aufgeschnitten, sehe ich gerade.«

Alsberger verschwand, ganz so, als wäre er hier zu Hause. Frau Franske beugte sich nach vorne und raunte Maria vertraulich zu:

»Der ist ja ganz entzückend. Schade, dass wir für den schon ein bisschen zu alt sind!«

Maria kam nicht zu einer Antwort, da Alsberger mit dem Messer in der Tür erschien. Mit dem vertraulichen »Wir« hatte Frau

Franske sie dann aber doch etwas aus dem Konzept gebracht. Maria war sich durchaus bewusst, dass sie mit Mitte fünfzig nicht mehr die Jüngste war. In eine Altersklasse mit einer Achtzigjährigen gesteckt zu werden, ging ihr dann aber doch entschieden zu weit.

»Wann ist sie denn genau umgebracht worden?«, fragte Frau Franske. »Und wie? Das interessiert mich natürlich brennend!«

Maria musste daran denken, wie erschüttert sie Frau Franske gestern früh erlebt hatten. Irgendwie wirkte die alte Dame nun gar nicht mehr so betroffen. Eher ausgesprochen sensationshungrig.

»Tut mir leid, aber aus Ermittlungsgründen können wir dazu keine Angaben machen.« Maria hielt Alsberger ihren Teller hin, der brav ein Stück Kuchen auflegte.

»Ja, ja, dafür habe ich natürlich vollstes Verständnis. Ich habe Angelika am Mittwoch das letzte Mal gesehen. Nur einmal ganz kurz, so am späten Nachmittag. Ich bin runtergegangen, um die Blumen in dem Kübel vor der Haustür zu gießen. Da kam sie gerade von der Arbeit. Klaus war noch nicht da. Der gießt sonst auch schon mal. Aber sie, sie hat nie einen Finger gekrümmt für die Blumen.«

Sie warf Alsberger einen kurzen Blick zu, bevor sie sich wieder an Maria wandte.

»Klaus ist, oder besser gesagt, er war der Mann meiner Tochter. Meine Tochter ist leider vor elf Jahren verstorben, an Krebs.«

»Und warum leben Sie dann hier bei ihm?«, fragte Alsberger.

»Damals war meine Enkelin erst acht. Mein Schwiegersohn hatte viel Arbeit. Er hatte gerade mit den Bistros angefangen, musste selbst noch sehr viel dort arbeiten. Und ich war vor elf Jahren noch um einiges rüstiger. Da war es einfach praktisch, dass ich dageblieben bin. Er hat mir hier oben die Wohnung eingerichtet, und die kleine Amelie war fast immer bei mir. Ein ganz reizendes Mädchen. Ganz reizend!«

»Frau Franske, hat Angelika Harmfeld Ihnen mitgeteilt, was sie am Mittwochabend noch vorhatte?«

»Nein, meine Liebe, hat sie nicht. Sie war mir gegenüber sowieso nicht sehr gesprächig. Um genau zu sein, sie konnte mich wohl nicht leiden. In ihren Augen war ich in diesem Haus überflüssig.«

»Und warum?«, fragte Alsberger, ohne von seinem Kuchenstück aufzusehen.

»Weil die liebe Angelika etwas eigen war, deshalb«, erwiderte die alte Dame mit spitzem Unterton. »Sie war anfangs sehr freundlich zu mir, sehr zuvorkommend. Und in meine Enkelin war sie vernarrt. Mein Gott, hat sie ein Theater um das Mädchen gemacht! Aber bei Angelika war sowieso alles nur ein Strohfeuer. Die Begeisterung für das Kind, ihre Freundlichkeit mir gegenüber, alles. Sie wollte, dass mein Schwiegersohn mich aus dem Haus wirft. Können Sie sich das vorstellen?«

Die alte Dame hatte sich etwas zu Alsberger vorgebeugt.

»Unmöglich, nicht wahr, junger Mann?«

Ihre Suggestivfrage wirkte. Der junge Mann nickte. Frau Franske lehnte sich wieder zurück.

»Unmöglich, ja genau das war sie. Mein Schwiegersohn ist auf ihre Forderung nicht eingegangen. Zum Glück. Auch wenn sie ihn zu Anfang völlig um den Finger gewickelt hat. Kein Wunder, bei dem Altersunterschied. Sie war ja über zehn Jahre jünger als er. Wenn sie einem alten Gockel junges Federvieh in den Stall setzen, dann fällt bei dem erst mal der Verstand aus. Zumindest vorübergehend. Und sie war genau der Typ Frau, auf den die Männer fliegen.«

Mit leicht zittriger Hand griff sie nach ihrer Teetasse.

»Was genau meinen Sie damit? Der Typ, auf den die Männer fliegen?«, wollte Maria wissen.

»Wie erkläre ich das am besten, meine Liebe?« Frau Franske setzte die Tasse klappernd ab und hielt einen kurzen Moment inne. Ihr Blick fiel auf den Kuchen.

»Sehen Sie, das ist wie mit diesem Kuchen. In Deutschland heißen diese Beeren ›Heidelbeeren‹ oder aber eben ›Blaubeeren‹. Blaubeeren, das ist schon vom Klang her so bodenständig, schwer. Früher waren wir sehr oft in Frankreich, im Elsass. Mein Bruder besaß dort ein ganz entzückendes kleines Ferienhäuschen in Kaysersberg. Geerbt von einer Großtante. Unsere Vorfahren kommen nämlich von dort, müssen Sie wissen. Ein sehr schönes Städtchen. Und in Frankreich heißen diese Beeren ›Myrtilles‹. Myrtilles! Was für ein Wort! Bezaubernd, nicht wahr?«

Frau Franske schaute Alsberger mit wissendem Blick an.

»Wie viel schöner als das deutsche ›Blaubeeren‹, nicht wahr, junger Mann?«

Alsberger zuckte etwas ratlos mit den Schultern.

Maria befürchtete schon, dass die alte Dame den Faden verloren hatte. Aber da hatte sie sich getäuscht. Frau Franske zeigte mit der Kuchengabel auf sie.

»Und sehen Sie, meine Liebe, so ist das mit uns Frauen auch. Es gibt die bodenständigen Blaubeeren. Die soliden, die mit beiden Beinen fest auf dem Boden stehen. Frauen wie Sie und ich. Die den Haushalt in Ordnung und das Geld beieinanderhalten. Und es gibt die Myrtilles, die flatterhaften Weibchen, die sich schön zurechtmachen und den Männern den Kopf verdrehen. Angelika war so eine. Flatterhaft und leichtlebig. Hat den Männern den Kopf verdreht. Hat alles Mögliche voller Begeisterung angefangen und dann nach ein paar Monaten nicht mehr interessant gefunden. Aber auf solche Frauen fallen die Männer rein. Sie müssen nur schön sein und genug mit den Wimpern klimpern!«

In Maria rumorte es. Sie würgte ihr Kuchenstück runter. Eine bodenständige Blaubeere! Das hatte ihr wirklich noch nie jemand gesagt! Es kostete sie große Mühe, ihre Frage neutral klingen zu lassen.

»Sie haben Angelika Harmfeld wohl nicht gemocht?«

Frau Franske griff nach dem Messer. »Möchten Sie noch ein Stück, meine Liebe?«

Hatte die Alte ihre Frage nicht gehört?

»Mochten Sie Frau Harmfeld nicht?«, wiederholte Maria etwas lauter.

»Nein.« Frau Franske schnitt energisch in den Kuchen. »Ich habe sie gehasst.«

Maria starrte erst auf das Messer, dass von der kleinen Faust umschlossen wurde, dann in das blau eingefärbte Lächeln der alten Dame, die mit zuckersüßer Stimme fragte:

»Ist sie vielleicht erstochen worden, meine Liebe?«

Maria schlief unruhig. Sie hatte bis spät in den Abend hinein gearbeitet, war todmüde ins Bett gefallen und nach drei Stunden wieder aufgewacht. Ihr Kopf fand keine Ruhe. Hatte sie auch an alles gedacht?

Sie hatten die persönlichen Unterlagen von Angelika Harmfeld durchsucht. In der Hoffnung, irgendeinen Hinweis auf eine Verabredung am Tag ihres Todes oder auf ihren Liebhaber zu finden. Nichts. Sie wussten nun, dass Frau Harmfeld sich für Feng Shui interessierte, gerne Krimis las, dass ihre Zeugnisnoten seit der Grundschulzeit ausgezeichnet gewesen waren. Nach dem Abitur war sie über zehn Jahre als Flugbegleiterin um die Welt geflogen, hatte dann erst mit Anfang dreißig begonnen, in Mannheim Betriebswirtschaft zu studieren.

Maria kannte ihre Kleider- und Schuhgröße. Ihren Geschmack. Etwas extravagant. Ein graues Mäuschen war Angelika Harmfeld sicher nicht gewesen. In einer Schreibtischschublade hatten sie ein paar belanglose Urlaubskarten von Freundinnen gefunden. Fotos von ihr als Kind und Jugendlicher. Ein hübsches Mädchen, das meist fröhlich, manchmal auch etwas kess in die Kamera lachte. Ansonsten wenig Persönliches. Kein Tagebuch, nichts, was ihnen einen Hinweis gegeben hätte.

Amelie Harmfeld war über ihr Handy nicht zu erreichen. Maria hätte gerne mit ihr gesprochen. Doch die junge Dame war mit ein paar Freunden mit unbekanntem Ziel verreist. Kampierte irgendwo, wahrscheinlich in einem Funkloch in Südfrankreich.

Maria hatte die Spurensicherung losgeschickt, alle Fingerabdrücke in der Telefonzelle zu sichern, aus der der anonyme Anruf gekommen war. Sechsunddreißig verschiedene, wie sich herausstellte. Und sie hatte nach etlichen vergeblichen Versuchen endlich jemanden in der Unternehmensberatung erreicht, in der Angelika Harmfeld gearbeitet hatte. Man fand sich zu einem Gespräch am Samstagmittag bereit. Morgen würde sie sich um halb zwölf mit Mengert in der Polizeidirektion treffen, um nach Mannheim zu fahren.

Ruhelos wälzte Maria sich hin und her. Schließlich stand sie wieder auf, saß zwei Stunden in der Küche, sinnierte darüber, dass ihr Arzt gesagt hatte, Schlafstörungen würden in den Wechseljahren sehr häufig auftreten und seien kein Grund zur Beunruhigung. Ob er ihr ein Schlafmittel verschreiben sollte? Nein danke, das bekam sie schon so hin. Heiße Milch und leichte Nachtlektüre. Half aber alles nichts.

Frau Franske spukte ihr durch den Kopf. Die alte Dame war nicht ohne, aber wohl kaum in der Lage, einen Mord auszuführen. Und Harmfeld? Harmfeld konnte ihr sonst was erzählen. Vielleicht hatte ja auch nur seine Frau ein Verhältnis gehabt – und der alte Gockel wollte das junge Hühnchen nicht gerne teilen. Wäre nicht der erste Mord aus Eifersucht.

Als Maria zurück ins Schlafzimmer ging, kam sie an dem großen goldgerahmten Spiegel im Flur vorbei. Eine Frau mit zerzausten Haaren sah ihr entgegen, in einem himmelblauen Flanellschlafanzug, der mindestens zwei Nummern zu groß war und sie noch rundlicher erscheinen ließ, als sie war. Alles in allem ein nicht sehr vorteilhaftes Bild.

Sie hielt inne und betrachtete sich. Wahrscheinlich hatte Frau Franske recht. Sie war eine Blaubeere. Eine himmelblaue Blaubeere.

Überraschungen

Die kleine grüne Froschgießkanne stand zwischen ihnen auf dem Küchentisch.
»Sie gefällt dir nicht!« Vera sah Maria mit wissendem Blick an.
Da kam das Kind überraschend am Samstagmorgen zu Besuch, brachte ein liebevoll ausgesuchtes Geschenk mit, und sie konnte sich nicht freuen. Maria bemühte sich.
»Doch, sie ist wirklich hübsch. Sehr originell und …«, sie hob die Gießkanne hoch und drehte sie hin und her, »… so schön grün.«
»Mama, ich kenn dich doch. Es ist lieb, dass du so tust, als würde sie dir gefallen, aber man kann sie sicher auch umtauschen.«
»Ach, das geht?«
»Es gab noch rosa Schweinchen, wenn dir das lieber ist.«
Maria war erleichtert. Ein rosa Schwein würde ihr eindeutig besser passen. Zumindest würde es sie nicht ständig an Ferver und seine Maßregelungen erinnern. Mochten seine Blumen dank der Froschgießkanne auch noch so gut gedeihen.
Zehn Minuten später waren sie unterwegs in Richtung Hauptstraße. Bis sie sich mit Mengert traf, um zur Unternehmensberatung nach Mannheim zu fahren, war noch genug Zeit, um mit Vera einen kurzen Bummel zu machen.
Der kleine Blumenladen lag in einer der Seitengassen, direkt am Beginn der Fußgängerzone. Eine große rostfarbene Metallblume schmückte den Eingang, neben dem so viele Blumentöpfe mit Astern, Enzian und Thymian standen, dass er fast wie zugewachsen aussah.
Mit einem rosa Gießkannenschwein verließen sie das Geschäft wieder. Nur wenige Schritte weiter lud der rote Teppich einer Chocolaterie zum Betreten ein. Maria konnte nicht widerstehen. Andere rauchten, sie aß eben gerne Schokolade. Und im Gegensatz zu den Rauchern bröselte sie damit nicht am Tatort herum.

Der Laden war winzig, aber voll mit süßen Köstlichkeiten. Der schwere Duft von Kakao hing verlockend in der Luft und schien jeden Quadratzentimeter des kleinen Raums auszufüllen. Mit einer Mozart-Locke aus Marzipan und einem Cellophantütchen voller Pralinen setzten Mutter und Tochter sich auf die roten Kissen, die von außen in der Schaufensternische angebracht waren. Maria ließ genüsslich eine Champagnerpraline auf der Zunge zergehen. Sie hielt Vera das Tütchen hin, aber Vera schüttelte den Kopf.

»Nun nimm schon! Von so einem kleinen Stückchen Schokolade wirst du schon nicht zunehmen!«

Für Maria waren Veras Sorgen um ihre Figur einfach nicht nachvollziehbar. Sie fand ihre Tochter viel zu dünn. Ansonsten war ihr das Kind ja hervorragend gelungen. Gut, der Vater war daran auch nicht ganz unbeteiligt. Vera war eher zierlich. Das konnte sie nicht von ihr haben. Aber die dunklen Haare, das war ganz klar ihr Einfluss. Nur waren Veras Haare gelockt. Mit ihrer langen Mähne und ihren katzengrünen Augen hatte sie manchmal etwas von einer Löwin. Das Temperament auf jeden Fall. Zumindest, wenn man sie ärgerte. Ansonsten war Vera eigentlich ganz genau die Tochter, die sie sich immer gewünscht hatte.

Maria griff nach der nächsten Praline. Sie hatte sich inzwischen damit abgefunden, dass sie etwas fülliger geworden war. So war das eben mit den Wechseljahren. Die Östrogene wurden weniger, das Hüftgold dafür mehr. Und Diäten waren einfach nicht ihre Sache. Sie wurde dann furchtbar unleidlich und musste spätestens am dritten Tag ganz viel essen. Vor allem Schokolade.

Vera beschäftigte im Moment offensichtlich etwas ganz anderes.

»Mama, ich muss dir etwas erzählen. Wegen Roland, meine ich.«

Maria horchte auf. Dieser Tonfall hörte sich aber gar nicht gut an.

»Du weißt, dass du mir alles erzählen kannst, Vera. Auch wenn es Alsberger betrifft.« Das vertrauliche »Roland« bekam sie einfach nicht über die Lippen. Auch nicht ihrer Tochter zuliebe.

Vera nahm eine Praline, steckte sie aber nicht in den Mund.

»Ich liebe Roland. Wirklich. Ganz bestimmt. Roland ist so fürsorglich und romantisch und liebevoll und …«

Wen versuchte das Kind hier eigentlich zu überzeugen? Maria witterte Unstimmigkeiten.

»Aber?«

Vera schaute auf ihre Füße, als sie antwortete. So, als würde sie sich schämen für das, was sie sagte.

»Manchmal, weißt du, manchmal, da ... Also, zu Anfang, da war er noch gar nicht so. Da war er eher sogar manchmal ein bisschen kühl. Hat sich wenig gemeldet.«

Das konnte Maria sich gut vorstellen. Bis Alsberger sich mit ihrer Tochter einließ, hätte er locker den ersten Preis als Bindungsphobiker des Jahres gewonnen, wenn es so etwas geben würde.

»Aber nach ein paar Wochen, da wurde er immer anhänglicher. Ich fand das erst toll. Aber jetzt geht er mir ehrlich gesagt manchmal auf die Nerven.«

Der Schönling Alsberger ging ihrer Tochter auf die Nerven! Grandios! Jetzt nur vorsichtig sein. Keine zu große Freude erkennen lassen.

»Und warum geht er dir auf die Nerven?«

»Er ruft ständig an. Schickt mir am Tag mindestens dreimal eine SMS, wie sehr er mich liebt. Und wenn ich nicht antworte, ruft er an, warum ich mich nicht gemeldet habe.«

Jetzt wusste Maria, warum Alsberger in letzter Zeit in jeder freien Minute mit seinem Handy rumhantierte.

»Ständig will er nach Stuttgart kommen. Oder ich soll nach Heidelberg zu ihm kommen.« Vera sah Maria mit einem verzweifelten Blick an. »Mir ist das zu viel, Mama! Ich will mich doch auch noch mit meinen Freundinnen treffen. Und zwar mal ohne Roland. Und ich kann nicht so oft nach Heidelberg fahren. Wenn ich morgens in Stuttgart an der Uni Vorlesung habe, geht das einfach nicht. Das ist dann echt nur Stress für mich.«

Sieh an, sieh an, ging es Maria durch den Kopf. Roland Alsberger, der noch vor ein paar Monaten jede hübsche Frau angebaggert und allerspätestens nach drei Tagen fluchtartig das Weite gesucht hatte, hatte sich offensichtlich ernsthaft verliebt. Und sich als Klette geoutet. Das war ja noch besser als Schokolade! Und da hatte sie gefürchtet, Alsberger würde ihre Tochter nur für eine seiner üblichen kurzen Affären benutzen.

Aber wenn Maria recht darüber nachdachte, musste es eigentlich so kommen. Vera war schließlich ihre Tochter. Eine hübsche, aufgeweckte junge Frau, nach der die Männer sich die Finger lecken mussten.

»Ist so etwas normal, Mama?« Inzwischen fing die Schokolade in Veras Hand an zu schmelzen.

»Iss das jetzt mal. Die ist zu schade, um sie zu vermatschen. Ich glaube, das ist die mit Cointreaugeschmack.«

Gehorsam steckte Vera die Praline in den Mund.

Maria brauchte ein paar Sekunden zum Nachdenken. Jetzt bekam sie ihre Chance, Alsberger den Todesstoß zu versetzen, auf dem Silbertablett präsentiert! Wenn sie geschickt vorging, konnte sie Veras Zweifel weiter mehren. Nicht zu vehement gegen Alsberger reden, aber mit genügend Anteilnahme vermitteln, dass das doch ein wenig egoistisch sei, was der junge Mann da tat. Wie wichtig die eigenen Freunde sind, dass er das doch eigentlich von selbst sehen müsse und so weiter.

Sie hatte ihrem Assistenten einmal versprochen, ihre Tochter nicht gegen ihn zu beeinflussen. Damals, als er ihr das Leben gerettet hatte. Oder zumindest dazu bereit gewesen wäre. Aber das war ja nun schon lange her. Schon über sechs Monate.

Maria warf einen Blick auf Vera. Ein Häufchen Elend.

»Magst du ihn denn noch, Vera?«

»Natürlich mag ich ihn. Ich liebe ihn! Ich will ja nur, dass er mir ein bisschen Luft lässt. Roland ist so zärtlich und so ...«

»Schon gut, schon gut«, stoppte Maria, bevor sie weitere Lobhudeleien über ihren Assistenten anhören musste.

Ihre Tochter liebte Alsberger. Die Sache war nicht so einfach. Ihre Frage war leider nicht, wie sie ihn möglichst taktvoll loswerden könnte. Was tun? Großmut zeigen oder Zwietracht säen? Für einen winzig kleinen Moment hatte Maria das Bild von Alsberger vor Augen, wie er den Tisch für die alte Frau Franske deckte. Bevor sie antwortete, musste sie noch einmal in das Cellophantütchen greifen. Es kostete sie einiges an Überwindung. Aber dann brachte sie es doch heraus:

»Vera, ich glaube schon, dass das normal ist. Alsberger ist eben sehr verliebt in dich. Da will er dich ständig sehen.«

»Aber bei mir ist das doch nicht so! Ich kann es auch ganz gut mal einen Tag ohne ihn aushalten.«

»Das ist nun mal nicht bei jedem gleich. Und manchmal ist der eine ein bisschen mehr verliebt als der andere. Das gibt es. Du musst es ihm sagen.«

»Was soll ich ihm denn sagen? Dass er mir auf die Nerven geht?«

Maria dachte an Bernd. Sie hatten in ihrer Ehe über vieles geredet, wer wann was zu erledigen hatte, wohin sie in Urlaub fahren würden, was die Nachbarn machten und was Vera in der Schule erlebt hatte. Aber sie hatten so gut wie nie über sich geredet. Bernd hatte sich von ihr entfernt, und erst als er schon unerreichbar für sie war, hatte er mit ihr darüber gesprochen. Sie vor vollendete Tatsachen gestellt, ausgetauscht gegen eine andere. Wahrscheinlich hatte sie ihn auch genervt. Mit irgendwelchen Dingen, von denen sie nicht ahnte, dass sie ihm damit auf die Nerven ging. Er hatte es ihr nicht gesagt, ihr keine Chance gegeben.

»Vera, wenn du ihm nicht sagst, was dich stört, wirst du ihn in ein paar Wochen überhaupt nicht mehr sehen wollen. Er wird dir immer mehr auf die Nerven gehen. Nur wenn er es weiß, kann er etwas ändern. Du musst es ihm sagen!«

Vera griff nach dem Tütchen.

»Tut mir leid!« Maria angelte sich die letzte Praline. »Die ist jetzt für mich. Beratungsgebühr sozusagen.«

Eigentlich hätte sie für ihre Selbstlosigkeit ein Pralinenjahresabo verdient.

Dieter Mengert lenkte den Wagen über die A656 nach Mannheim. Von Heidelberg aus war man in zwanzig bis dreißig Minuten in der nahe gelegenen Großstadt, die von der Atmosphäre her so völlig anders war. Maria kämpfte auf dem Beifahrersitz mit dem Mannheimer Stadtplan. Sie hasste diese tausendmal zusammengefalteten Dinger, auf denen man nie fand, was man suchte, weil der entsprechende Ausschnitt immer gerade auf der anderen Seite war. Das Geräusch des einreißenden Papiers veranlasste Mengert, ihr einen Blick zuzuwerfen.

»Lass nur, Maria. Ich glaube, ich weiß, wo das ist. Wir müssen auf jeden Fall in die Oststadt.«

Maria stopfte den Stadtplan in die Ablage und schaute aus dem Fenster. Links sah man die neue SAP-Arena, eine riesige Veranstaltungshalle. Man hätte auch denken können, ein gigantisches Ufo sei gelandet. Auf jeden Fall war das jetzt sozusagen das neue Zuhause der Adler Mannheim, der berühmten Eishockeymannschaft.

In der Höhe zog, etwas unpassend, kein Adler, sondern ein Storch seine Kreise. Im nahe gelegenen Luisenpark gab es ganze Scharen davon. Maria war früher manchmal mit Bernd und Vera dort gewesen. Vor allem die Tour in den kleinen, gelb überdachten Booten, die im Schneckentempo an einem Seil durch einen See mit riesigen Fischen gezogen wurden, hatte Vera immer sehr zugesagt.

»Die Aussagen von Harmfeld haben wir inzwischen übrigens alle geprüft«, bemerkte Mengert Kaugummi kauend. »Beim Friseur ist er kurz nach halb sieben raus. Die Quittung vom Fernseher ist von zwanzig nach sieben. Vom Saturn in Mannheim. Und die beiden Skatkumpel kamen um acht. Da hat er gerade seinen Fernseher aufgebaut. Zwischen Friseur und Fernsehkauf kann er unmöglich von Mannheim nach Heidelberg gefahren sein, dort jemanden erstochen haben und dann wieder zurück. Und nach dem Saturn hätte es auch nicht gereicht.« Mengert räusperte sich. »Wenn wir gleich noch Zeit haben, dann würde ich gern auch mal beim Saturn reinschauen. Diese Flachbilddinger sind echt geil, und die haben wirklich ein Superangebot.«

Maria seufzte. So war er, der Mengert.

Die Autobahn lief in Mannheim aus, und man musste sich nur weiter geradeaus halten, um auf die Augustaanlage zu kommen. Eine Prachtstraße, die auf den Mannheimer Wasserturm zulief, mit Grünfläche in der Mitte und schönem Baumbestand. Mengert bog in eine der kleinen Seitenstraßen ein. Hier in der Oststadt standen noch viele imposante Villen aus der Gründerzeit. Ein teures Pflaster.

Der Herr, der ihnen die Tür öffnete, passte von seiner Kleidung her ganz in das vornehme Ambiente. Herr Bortelli, wie er sich vorstellte, trug eine fliederfarbene Krawatte zu einem weißen Hemd, darüber ein Jackett in dezentem Anthrazit. Er mochte ähnlich alt sein wie Maria, hatte aber offenbar keine Figurprobleme, was sicherlich nur daran lag, dass er mindestens anderthalb Kopf größer war als sie.

»Tut mir wirklich leid, dass Sie uns nur so schwer erreichen konnten«, bedauerte Herr Bortelli. »Aber unsere Sekretärin ist krank, der Chef, Herr Markwell, ist selbst auf einem Seminar, und ich war die ganze Zeit unterwegs. Normalerweise kommt so etwas bei uns nicht vor.«

Bortellis dichtes schwarzes Haar war von vielen silbergrauen Fäden durchzogen. Er war sicherlich nicht auf die Art attraktiv, wie Harmfeld es war. Sein Gesicht wirkte eher grob, und in seinen Augenbrauen sorgten einige widerborstige Haare für ein ziemliches Durcheinander. Aber er hatte eine sympathische Ausstrahlung und roch nach einem Rasierwasser, das Maria ausnahmsweise einmal gefiel.

Bortelli lächelte sie freundlich an und zerrte dabei an seinem Krawattenknoten.

»Diese Dinger bringen mich noch um. Aber ich habe gleich einen Workshop, da kann ich nicht im Schlabberlook auftauchen. Auch nicht am Samstag. Kaffee?«

Herr Bortelli wartete erst gar nicht auf eine Antwort, sondern ging in eine kleine Küche, wo er sich an der Kaffeemaschine zu schaffen machte. Maria und Mengert, die ihm gefolgt waren, bugsierte er an einen kleinen, zierlichen Bistrotisch.

»Wenn ich mittags nicht mindestens einen halben Liter trinke, schlafe ich spätestens nach einer Viertelstunde ein«, murmelte Herr Bortelli und holte die Filtertüten aus dem Schrank. Dieses Problem war Maria nicht unbekannt.

»Herr Bortelli, was können Sie uns über Angelika Harmfeld erzählen?«, eröffnete sie das Gespräch.

»Schrecklich, nicht wahr?« Bortelli drehte sich kurz zu ihnen um. »Sie war ja am Mittwoch noch den ganzen Tag über hier.«

»Wissen Sie, von wann bis wann?«

»Sie war morgens schon da, als ich gegen neun kam. An dem Nachmittag ist sie, glaube ich, so gegen halb fünf hier weg. Sie hat den ganzen Tag in ihrem Büro gehockt. Hat irgendein Seminar vorbereitet, das sie nächste Woche halten sollte.«

»Ist Ihnen etwas Besonderes an ihr aufgefallen? Hat sie erzählt, was sie an dem Tag noch vorhatte?«

»Nein. Sie hat nichts gesagt. Und sie war wie immer. Wirkte

ganz munter. Wir waren alle völlig geschockt, als wir davon gehört haben. Ihr Mann hat uns ja Gott sei Dank schnell Bescheid gegeben. Wir mussten ihre Termine absagen, alles umdisponieren. Jetzt habe ich einen Megastress am Hals, sag ich Ihnen.«

»Was können Sie uns sonst über Frau Harmfeld erzählen?«

Herr Bortelli hatte die Kaffeemaschine eingeschaltet und setzte sich zu ihnen an den Tisch, der für ihn deutlich zu klein war. Er wirkte wie ein Riese in der Puppenstube.

»Sie war seit ungefähr einem Jahr hier dabei. Hat sich ganz gut gemacht. Sie hat sich in den Bereich Personalentwicklung eingearbeitet, einige Firmen inzwischen selbständig beraten. Eine sympathische Kollegin. Nett. Freundlich, zuvorkommend. Kam bei den Kunden gut an.« Er hob die Schultern. »Viel mehr kann ich nicht sagen.«

»Gab es Auffälligkeiten in letzter Zeit? Probleme, von denen sie erzählt hat? Ärger mit Kunden? Wirkte sie verändert?«

»Nichts, was mir in Erinnerung geblieben wäre. Wie gesagt, sie kam gut an bei den Kunden. Ich habe nichts von Problemen mitbekommen.«

»Und von privaten Schwierigkeiten?«

»Nein. Wenn ich ehrlich bin: Ich weiß so gut wie gar nichts über sie. Ich habe nicht viel mit ihr zu tun gehabt. Wir haben eher nebeneinanderher gearbeitet. Sie hatte ihre Aufgabenbereiche, ich meine. Die meisten Seminare oder Veranstaltungen halten wir ja vor Ort in den Firmen ab, da sieht man sich kaum. Manchmal haben wir zwischen Tür und Angel kurz ein paar Sätze gewechselt, das war's. Und über ihr Privatleben hat sie überhaupt nicht gesprochen.«

»Gibt es denn bei Ihnen jemanden, dem sie etwas erzählt haben könnte?«

Herr Bortelli zögerte einen Moment. »Nein, das halte ich für unwahrscheinlich. Ich glaube, sie war nicht der Typ, der viel von sich erzählt.«

»Was für ein Typ war sie denn?« Nun war Maria doch neugierig. Mal sehen, ob auch der Kollege Frau Harmfeld für eine von den »Flatterhaften« hielt.

Herr Bortelli zuckte erneut mit den Schultern. »Was für ein Typ? Schwierige Frage. Nett eben.«

Anscheinend hatte er nicht so ein ausgefeiltes Kategoriensystem für die Damenwelt wie Frau Franske. Wirklich sympathisch.

Auf ihre Bitte, Angelika Harmfelds Büro sehen zu dürfen, führte er sie in einen schönen Raum mit hoher Decke und großen Fenstern, die viel Licht hereinließen und durch die man in einen perfekt angelegten Garten sehen konnte.

»Nicht schlecht«, sagte Mengert, und Maria hörte deutlich den Neid in seiner Stimme. Wahrscheinlich dachte er gerade an sein unwirtliches Büro in der Polizeidirektion.

In dem Raum standen eine dunkle Ledergarnitur mit gläsernem Beistelltisch und ein großer, blank polierter Schreibtisch aus Holz. Alles sehr gediegen und geschmackvoll. Und steril. Nirgendwo lag etwas herum. Es gab kein Regal, in dem ein Buch gestanden hätte, kein Sideboard, auf dem der übliche Krempel lag. Nichts. Selbst die Bilder an der Wand wirkten edel, aber leblos.

»Wir würden gerne einmal einen Blick auf Frau Harmfelds Sachen werfen.« Maria schaute zum Schreibtisch.

»Bitte! Ich glaube nicht, dass Herr Markwell etwas dagegen hätte.«

Auf dem Tisch lagen einige Broschüren von Firmen, ein alter »Mannheimer Morgen« und drei Reisekataloge über Australien. Maria zog an der obersten Schreibtischschublade. Sie war leer. Genauso wie die zweite und die dritte.

»Ach!«, sagte Herr Bortelli. Mit erstauntem Blick sah er Maria an. »Das ist aber seltsam. Da hat sie immer ihre Unterlagen aufbewahrt. Das habe ich oft genug gesehen.«

»Kann es sein, dass jemand die Sachen weggeräumt hat?« Maria schien das allerdings eine recht eilige Aktion, wenn man bedachte, dass Frau Harmfeld erst seit drei Tagen tot war.

»Na ja, das muss dann wohl so sein. Es wird sie ja keiner gestohlen haben. Wenn hier jemand eingebrochen wäre, das hätten wir doch gemerkt.«

»Und wer könnte die Unterlagen haben?«

»Ich weiß es nicht. Aber es kommen eigentlich nur Herr Markwell oder unsere Sekretärin, Frau Lettra, in Frage.«

»Und warum diese Eile, Frau Harmfelds Schreibtisch auszuräumen? Haben Sie eine Idee?«

»Nein, das kommt mir jetzt auch komisch vor.«
Bortelli starrte entgeistert auf die leeren Schubladen.
Mengert fuhr mit der Hand hinein, um sicherzugehen, dass nichts nach hinten gerutscht war.
»Moment mal!« Sein Arm verschwand fast ganz in der dunklen Lade. »Da ist was!«
Er brachte ein kleines blaues Büchlein zum Vorschein.
»Das ist ihr Adressbuch. Das kenne ich!« Herr Bortelli reckte neugierig den Hals.
Maria nahm Mengert das Büchlein ab und blätterte darin. In kleiner, gut lesbarer Schrift standen dort jede Menge Adressen. Von Firmen, aber auch von Personen. Telefonnummern, E-Mail-Adressen, Faxnummern, alles fein säuberlich notiert.
Als Maria die letzte Seite umschlug, flatterte ein kleines Blatt zu Boden und blieb auf Mengerts Schuh liegen. Er hob es auf. Zahlen, die mit dünnem Bleistiftstrich aufgeschrieben worden waren. Fast so, als hätte sich jemand nicht getraut, das Geschriebene sichtbar werden zu lassen.

»19.7.
16.8.
20.9.«

Maria hielt Bortelli den Zettel hin. »Ist das Frau Harmfelds Schrift?«
»Ich glaube schon.«
»Können Sie damit etwas anfangen?«
Bortelli schüttelte den Kopf.

Sie versuchten, Herrn Markwell über sein Handy zu erreichen, landeten aber nur auf seiner Mailbox. Auch beim Anschluss von Frau Lettra waren sie nicht erfolgreich. Die hatte offensichtlich nicht einmal einen Anrufbeantworter. Oder hatte ihn abgestellt. Laut Herrn Bortelli ein sicheres Zeichen, dass die von ihm anscheinend nicht sehr geschätzte Sekretärin mal wieder den Krankenstand nutzte, um ein paar zusätzliche Urlaubstage einzuschieben.
Schließlich musste Herr Bortelli zu seinem Workshop, aber er versprach Maria, sich möglichst bald zu melden, um mit ihr die

Adressen in dem Büchlein durchzugehen. Er konnte ihnen zumindest helfen, die herauszufiltern, bei denen es sich um berufliche Kontakte Angelika Harmfelds handelte.

Hektisch drängte er zum Aufbruch. Zu spät kommen war in der Branche nicht angesagt, wie er erklärte.

»Wo waren Sie am Mittwochabend zwischen siebzehn und neunzehn Uhr dreißig?«, fragte Maria ihn, als er eilig seinen Aktenkoffer mit Papieren füllte.

»Oje«, Bortelli sah kurz hoch. »Bin ich verdächtig? Nehmen Sie mich jetzt gleich mit?«

»Reine Routine.«

»Mittwoch war ich lange hier. Bis kurz vor sieben. Dann bin ich los, weil ich um halb acht noch einen Coachingtermin in Walldorf bei der Firma Frikolin hatte. Mit Herrn Zeller, der ist da ein ziemlich hohes Tier. Kann immer nur abends, weil er so beschäftigt ist. Schlechte Work-Life-Balance kann ich da nur sagen.«

Herr Bortelli klappte seinen Aktenkoffer zu.

»Zufrieden?«, fragte er und lächelte Maria an. »Oder muss ich mitkommen?«

Alles, was noch auf Angelika Harmfelds Schreibtisch lag, nahmen sie mit. Im Hinausgehen stolperte Maria an der Türschwelle. Bortelli hielt sie am Arm fest und verhinderte gerade noch, dass sie hinfiel. Als Maria ihr Gleichgewicht wiedergefunden hatte, hielt er immer noch ihren Arm fest. Einen ganz winzig kleinen Moment länger als nötig. Oder hatte sie sich das nur eingebildet?

»Da ist der Wurm drin!«, sagte Mengert. »Es muss doch einen Grund geben, dass die den Schreibtisch von der Harmfeld ausgeräumt haben!«

Er schaute Arthur an, der sich Marias Bericht angehört hatte, und wartete auf dessen Zustimmung.

Nach dem Besuch in der Unternehmensberatung waren sie in die Polizeidirektion gefahren und hatten sich in Arthurs Büro zusammengesetzt, der wie üblich sein Wochenende dort verbrachte. Maria hatte Mengert zum Arbeiten verdonnern müssen, Alsberger hatte sie freigegeben. Damit Vera sich mit ihm ein schönes Wochenende machen konnte. Die völlig verkehrte Maßnahme, wie sie nun wusste. Arthur brauchte man nicht freizugeben. Arthur war wahrscheinlich auf seinem Schreibtischstuhl festgewachsen. Und da er Single war, störte das wohl auch niemanden.

Der Zettel mit der dünnen Bleistiftschrift lag vor ihnen auf dem Tisch. Mengert nahm ihn in die Hand und studierte ihn eine Weile.

»Das kann alles Mögliche sein. Friseurtermine, Tage, an denen sie ihren Liebhaber getroffen, ihre Periode bekommen hat. Wir wissen ja noch nicht mal, ob sich die Daten auf dieses Jahr beziehen. Vielleicht sind es die Friseurtermine vom letzten Jahr.«

Maria griff sich Arthurs Kalender.

»Es war etwas, das regelmäßig stattgefunden hat. Einmal im Monat. Moment mal!«

Sie blätterte die Monate durch. Ihr Verdacht ließ sich schnell bestätigen.

»Regelmäßig. Genau das ist es! Es ist immer der gleiche Tag. Und zwar immer ein Mittwoch! Jeweils der dritte Mittwoch im Monat.«

»Dann war der nächste Termin ...«

Maria blätterte einen Monat weiter und beendete Mengerts Satz:

»... Mittwoch, der achtzehnte Oktober! Der Tag, an dem sie ermordet wurde!«

Einen Moment herrschte Stille.

Arthur sprach aus, was wohl allen im Kopf herumging.

»Wenn wir wissen, was sie an dem Tag gemacht hat, dann wissen wir wahrscheinlich auch, wer der Mörder ist.«

»Garantiert hat sie sich da immer mit ihrem Lover getroffen und ein Nümmerchen geschoben. Nach dem, was der Harmfeld euch erzählt hat, war die doch kein Kind von Traurigkeit.« Mengert hatte sich eine Büroklammer aus einem Schälchen auf Arthurs Schreibtisch genommen und begann, sie auseinanderzubiegen. »Irgendwie haben die Krach gekriegt, oder sie wollte nicht mehr, und dann ist der Typ ausgeflippt.«

Arthur grübelte. »Aber vielleicht geht es gar nicht um etwas, was sie an den Tagen getan hat. Vielleicht ist an diesen Tagen ein-

fach etwas passiert. Sie hat ihr Gehalt bekommen, der Gärtner kam, die Lieferung vom Bofrost-Mann, irgend so etwas.«
»Oder sie hat vielleicht ein kleines Extragehalt bekommen. Sie wird doch über ihren Job bei den Firmen einiges mitbekommen haben. Vielleicht hat sie ein bisschen abkassiert. Schweigegeld.« Mengert stocherte mit der Büroklammer in den Lücken zwischen seinen Zähnen herum. »Und davon fliegt sie nach Australien in Urlaub. Deshalb die Kataloge auf dem Schreibtisch.«
»Knie dich in die finanziellen Verhältnisse der Harmfelds rein, Arthur«, sagte Maria. »Und wir müssen herausfinden, was sie an diesen Tagen gemacht hat. Irgendetwas wird es mit ihrem Tod zu tun haben.«
»Was ist denn mit ihrem Kalender? Die muss doch einen Terminkalender gehabt haben! Ist der denn nirgendwo aufgetaucht?«, nuschelte Mengert, der seine Bohrarbeiten fortsetzte.
Arthur warf ihm einen ärgerlichen Blick zu. »Das ist Sachbeschädigung, weißt du das?«
Es war allgemein bekannt, dass Arthur mit seinem Büromaterial sehr sparsam umging. Mit Poststücken eingehende Büroklammern wurden von ihm sorgfältig gesammelt und wiederverwendet.
»Weder bei ihr zu Hause noch in ihrem Büro. Vielleicht war er in ihrer Handtasche«, beantwortete Maria seine Frage.
Mengert nickte wissend. »Und die hat der Mörder intelligenterweise mitgenommen. Weil in dem Kalender wahrscheinlich steht: Mittwoch, achtzehnter Oktober, Nümmerchen schieben mit Karl-Heinz. Oder Rudi oder so.«
Und vielleicht hatte der, entgegen seiner Behauptung eben doch rasend eifersüchtige Ehemann, Wind davon bekommen. Wirklich zu schade, dass Harmfeld ein Alibi hatte. Trotzdem konnte man ja noch ein bisschen rumfragen. Auch wenn Maria sich eingestehen musste, dass ihr vor allem daran gelegen war, zu beweisen, dass Arrangements wie das der Harmfelds tödlich enden mussten.
»Du siehst dich mal in den Bistros von Harmfeld um und versuchst herauszufinden, was der so für ein Typ ist. Vor allem, was Frauen angeht.« Maria kramte in ihrer Jackentasche und gab ihm die Telefonnummern von Frau Lettra und Herrn Markwell. »Und versuch weiter, diesen Markwell oder die Sekretärin aus der Un-

ternehmensberatung zu erreichen. Vielleicht weiß einer von denen, wo die Sachen der Harmfeld abgeblieben sind und ob es einen Kalender gibt.«

»Vielleicht hatte sie ja auch gar keinen Kalender. Heute speichern viele ihre Termine im Handy. Da gibt es doch solche Kalenderfunktionen oder wie das heißt. Die piepsen sogar, damit man an den Termin denkt. Diese neuen Dinger können das alles. Und apropos Telefon.« Arthur rückte das Schälchen mit seinen Büroklammern etwas von Mengert weg. »Ich habe die Freundin, diese Brandis, in Singapur erreicht. Die wusste noch nichts von Frau Harmfelds Tod. Und auch nicht von irgendwelchen Treffen, die sie mit ihr gehabt haben soll. Die Frau war völlig schockiert. Sie muss in der nächsten Woche hier zu ihrer Firma nach Deutschland fliegen. Ich habe ihr deine Handynummer gegeben. Sie wird sich auf jeden Fall bei dir melden.«

Irritiert schaute er zu seinem Kollegen, der begonnen hatte, die Büroklammer wieder in ihre alte Form zu bringen. Mengert legte die Klammer auf die Schreibtischunterlage und strahlte Arthur an.

»Wieder wie neu!«

*

Kai Hansen zog die Jacke über und ging hinaus. Ein kalter Wind fegte über den Hof. Irgendwann musste er den Kram ja mal aus dem Auto holen. Er hatte sich darum gedrückt. Weil es ihn an diese Tote erinnerte.

Er hatte seinen Vater gefragt, wo er die Sachen abstellen konnte, bis der Sperrmüll geholt wurde. »Scheune« war alles, was der geantwortet hatte. Wortkarg wie immer. Wenn der fünf Sätze mit ihm gewechselt hatte, seitdem er wieder zu Hause war, dann war es viel. Und Karina warf ihm vor, er wäre ein Schweiger! Er könnte nicht über sich reden. Oder über Gefühle. Blödsinn. Sie plapperte unentwegt, das war das Problem. Warum sollte man denn dreimal am Tag »Ich liebe dich« sagen? Das änderte sich doch nicht stündlich. Die hätte mal ein paar Tage mit seinem Vater zusammenleben sollen. Dann hätte sie wahrscheinlich gesagt, Kai Hansen sei ein Schwätzer.

Er wuchtete den Kühlschrank aus dem Kofferraum und schaffte ihn in die Scheune. Den Rücken würde er sich verheben an diesem Mistding. Er zerrte ihn in die hinterste Ecke, hinter den Traktor. Damit der Alte auch nichts zu meckern hatte.

Kai Hansen stand unschlüssig vor dem Auto. Da war die Kiste. Diese unglückselige Kiste. Irgendwie hatte er Skrupel, sie anzufassen. Die hatte ja sozusagen fast auf der Leiche gelegen. Und der Kram, der drin war, auch.

Bilder aus der Nacht am Steinbruch schwirrten ihm durch den Kopf. Der Schuh, der vor seinem Gesicht aufgetaucht war. Die aufgerissenen Augen der Toten. Zuerst war er in völliger Panik zum Wagen gerannt. Aber dann hatte sein Verstand wieder eingesetzt. Seine Kiste lag bei einer Toten. Und die sah nicht so aus, als wäre sie da oben friedlich gestorben. Der halbe Kram war aus dem Karton rausgefallen. Wenn er seine Sachen liegen ließ, würden sie ihm garantiert auf die Schliche kommen. Fingerabdrücke, irgendwelche Spuren. Dann stünden sie irgendwann mit den Handschellen vor der Tür. Und was sollte er dann sagen? Habe zufällig meinen Müll auf eine Tote geschmissen. Das würde ihm doch keiner glauben. Einlochen würden die ihn, so wie die da unten drauf waren.

Also hatte er im Wagen nach der Taschenlampe gesucht und war zurückgegangen. Mit zitternden Beinen. In einem irrsinnigen Tempo hatte er alles wieder eingesammelt. Einmal war der Schein der Lampe aus Versehen auf das Gesicht der Frau gefallen. Kai Hansen lief es jetzt noch kalt über den Rücken, wenn er daran dachte.

Er zog an dem Karton und hob ihn an. Er war noch keine drei Meter gegangen, als der Boden ausriss und der gesamte Inhalt auf die Erde fiel. Auch das noch! Er schaute, die Kiste noch in der Hand, auf den großen Haufen vor seinen Füßen.

Ein silberfarbener Gegenstand glänzte zwischen einer alten Decke und einem ausgewaschenen Pullover hervor. Kai Hansen stutzte. Er stellte den Karton ab und bückte sich. Ein Handy. Richtig teuer sah das Teil aus. Das war nicht von ihm. Und von Karina war das garantiert auch nicht.

Die kleinen blonden Härchen auf seinem Arm richteten sich auf. Ein Gedanke machte sich in seinem Kopf breit. Ein Gedanke, der ihm gar nicht gefiel.

Erkenntnisse auf dem Philosophenweg

Maria musste es zweimal lesen. War die jetzt naiv oder raffiniert? Raffiniert wahrscheinlich. Sie rückte die Lesebrille etwas höher auf die Nase. *»Die größte Wirkung bei Männern erreicht man mit Schüchternheit, einem scheuen Blick und harmonischen Bewegungen«*, behauptete da eine immerhin einundvierzigjährige Filmdiva. Was bedeutete das nun? Durfte man dann auch nicht sprechen? Wahrscheinlich nur ganz leise und mit gesenktem Blick.

Das wäre allerdings eine Erklärung dafür, warum ihr Mann das Weite gesucht hatte: Sie hatte zu oft den Kopf beim Reden gehoben und zu deutlich gesprochen. Bernds Neue war genau so ein Typ. Scheues Rehlein. Und wie lange sollte man dann den Bodenblick beibehalten? So lange, bis der Ring am Finger steckte? Oder bis man die Bankvollmacht hatte? Leider hatte das die Filmdiva nicht mehr näher ausgeführt. Sie waren doch immer wieder erfrischend, diese Ratschläge, wie man sich einen Mann angelte.

Auf jeden Fall wurde das Kategoriensystem der alten Franske hier noch mal um eins erweitert. Sie, Maria Mooser, war vom Typ »bodenständig«, diese Filmdiva machte zumindest auf Typ »schüchtern«, und Angelika Harmfeld war »die Flatterhafte«. Die klebrige goldfarbene Masse tropfte auf das Gesicht der Filmdiva. Immer das Gleiche. Sie schaffte es nie, ihr Brötchen zu essen, ohne dass der Honig auf die Zeitung tropfte.

Flatterhaft. Das war leider so ziemlich alles, was sie über Angelika Harmfeld erfahren hatte. Eine, die wusste, wie man mit den Wimpern klimpern musste, eine, die die Männer um den Finger wickeln konnte.

Da waren die Aussagen der alten Franske und die von Harmfeld ja irgendwie ähnlich. Und für Bortelli war sie einfach nur »nett« gewesen. Das war so viel wie »nicht weiter unangenehm aufgefallen«. Maria leckte sich die klebrigen Finger ab. Sie musste mehr über Angelika Harmfeld erfahren. Aber von wem?

Dem maulenden Mengert hatte sie aufs Auge gedrückt, heute mit einem Kollegen die Bekannten Angelika Harmfelds aus dem Fitnesscenter abzuklappern und zu befragen. Sie würde noch mal zu Harmfeld fahren. Und zur Not auch noch mal mit dem Drachen in der Dachwohnung reden. War Angelika Harmfeld wirklich ein unstetes, raffiniertes, männermordendes Monster gewesen? Und wenn sie süchtig nach Bestätigung war, wie Harmfeld behauptet hatte, welche Risiken hätte sie dafür auf sich genommen? Sich mit irgendeinem Typ aus dem Internet an einem abgelegenen Ort zu treffen? Oder war sie einfach nur eine Frau, die nicht heulend zu Hause sitzen wollte, nachdem ihr Mann sie betrogen hatte?

Die Melodie von »Mission: Impossible« riss Maria aus ihren Gedanken. Ihr Handy! Vera hatte ihr diesen Klingelton eingestellt. Grauenhaft! Sie hatte keine Ahnung, wie man das wieder änderte. Wenn sie jetzt noch wüsste, in welcher Tasche das Ding steckte. Sie rannte zur Garderobe. Aus ihrer Handtasche kam es auf jeden Fall nicht. Nachdem sie zwei Jacken durchwühlt hatte, fand sie es.

Wer rief sie denn am Sonntagmorgen auf ihrem Handy an? Konnten die einen nicht wenigstens mal in Ruhe frühstücken lassen?

»Mooser«, meldete sie sich barsch.

»Funktioniert dein Festnetzanschluss nicht?« Arthurs Stimme klang vorwurfsvoll.

»Ach, du bist es!« Maria sah zu ihrem Telefon, das auf dem kleinen Tischchen neben ihr stand. So ein neumodisches schnurloses Ding. Der Stecker für die Ladestation lag neben der Steckdose. Sie erinnerte sich dunkel, dass sie ihn beim Staubsaugen rausgezogen hatte.

»Muss irgendein Fehler bei der Telekom sein«, murmelte sie und steckte den Stecker in die Dose. »Was ist los? Willst du die Bestellung aufgeben, was ich dir mitbringen soll?«

Arthur sparte sich gerne den Weg zur Bäckerei – es waren ungefähr fünf Meter bis zur anderen Straßenseite – und orderte seine süßen Stückchen telefonisch bei den Kollegen.

»Sehr witzig«, knurrte es von der anderen Seite. »Ich wollte es dir nur schon mal sagen, ich weiß ja nicht, ob und wann du heute reinkommst. Mir erzählt ja niemand was.«

»Und?«

»Alle Abdrücke, die die Spurensicherung in der Telefonzelle und auf den Gegenständen am Tatort gesichert hat, sind in keiner Datenbank zu finden. Fehlanzeige.«

»Und Übereinstimmungen von Fingerabdrücken?«

»Auch nicht. Auf den Sachen am Tatort waren verschiedenste Abdrücke. Keiner identisch mit einem aus der Telefonzelle. Wie das halt so ist. Da wirft ein Spaziergänger seine Coladose in den Wald, der nächste den Flachmann hinterher. Es ist die Frage, ob die Spuren da oben irgendetwas mit unserem Täter zu tun haben.«

Arthur hustete.

»Dann hat Dieter sich gemeldet. Gestern Nacht noch. Er war in dem Bistro in Weinheim und auch in dem in Mannheim.«

»Gestern Nacht? Wie lange warst du denn im Büro? Sag mal, schläfst du da?«

»Ist doch jetzt egal.« Arthurs Stimme klang entnervt. »Auf jeden Fall scheint Herr Harmfeld wohl dafür bekannt zu sein, dass er, was Frauen angeht, kein Kostverächter ist. Seit ein paar Wochen taucht er in Mannheim mit einer südländischen Schönheit auf. Die gilt da als seine Freundin. Hat einer der Stammgäste Dieter erzählt.«

Das hörte sich nicht gerade nach eifersüchtigem Ehemann an. Mist! Das wäre doch zu schön gewesen. Mit Harmfeld hätten sie wenigstens mal einen Tatverdächtigen gehabt, der noch gut zu Fuß war. Und nicht nur Frau Franske mit ihrem offen eingestandenen Hass auf die »Flatterhafte«.

Arthur hustete schon wieder.

»Arthur, geht es dir nicht gut?«

»Nur ein bisschen erkältet.«

»Ich komm später noch mal rein«, sagte Maria.

»Alla tschüss«, kam es vom anderen Ende, und das Gespräch war weg.

Sie würde Arthur Kuchen mitbringen, wenn sie heute in die Polizeidirektion ging. Schwarzwälder Kirsch. Da stand er besonders drauf.

Maria hatte das Handy gerade in ihre Handtasche gesteckt, als es schon wieder dudelte. Arthur wurde auch immer vergesslicher.

»Hast du schon Alzheimer oder was?«

Am anderen Ende war es einen Moment lang still.

»Frau Mooser?«, fragte eine dunkle Männerstimme.

War das nicht ... Bortelli! Sie spürte, wie sie dunkelrot anlief, und war froh, dass er es nicht sehen konnte.

»Tut mir leid.« Maria räusperte sich. »Ich hatte mit jemand anderem gerechnet.«

»Na, das will ich auch hoffen!« Bortelli lachte. »Immerhin weiß ich noch, dass Sie gestern da waren und wir die Adressen aus Frau Harmfelds Adressbuch durchgehen wollten. So schlimm kann es mit meinem Gedächtnis also nicht sein. Was machen Sie heute? Ich meine, außer fremde Menschen am Telefon zu beschimpfen?«

Bortelli wollte sich mit ihr treffen. Heute. Nicht in der Polizeidirektion. Wenn er ihr bei dem schönen Wetter seinen Sonntag opferte, wollte er davon etwas haben. Durch die Stadt bummeln und irgendwo, wo man nett sitzen konnte, einen Kaffee trinken und die Adressen durchgehen. Und sie musste ihm erlauben, dass er sie einlud. Maria fühlte sich ein wenig überrumpelt. Aber warum eigentlich nicht? Es ging ja wirklich nur darum, Infos zu den Adressen zu bekommen.

Am frühen Nachmittag trafen sie sich in der Altstadt an der Heiliggeistkirche. Da könnten sie sich nicht verpassen, meinte Herr Bortelli. Wie verabredet stand Maria um zwei Uhr vor dem mächtigen Portal am Westeingang. Sie erkannte Bortelli schon von Weitem. Aber diesmal sah er ganz anders aus. Er trug Jeans und eine schwarze Lederjacke. Dazu einen Hut, der ihn bei einiger Distanz und fehlender Brille ein ganz klein wenig wie Humphrey Bogart aussehen ließ.

Herr Bortelli war ausgesprochen guter Laune und erwies sich als charmanter Unterhalter. Ob sie schon mal auf dem Turm der Heiliggeistkirche gewesen sei? Von da solle man einen traumhaften Blick auf die Stadt haben. Außerdem würden in der Turmspitze Wanderfalken leben. Nein, keine Lust hochzuklettern? Gott sei

Dank. Sie möge wohl auch keinen Sport? Er halte sich da an Winston Churchill, *no sports, just whisky*. Allerdings bevorzuge er einen guten Pfälzer Dornfelder. Er heiße übrigens Harald, trotz leichter italienischer Einflüsse in der Familie. Von denen aber nichts geblieben sei als der klangvolle Nachname und seine Vorliebe für Pizza.

Harald Bortelli schwätzte in einem fort, sodass Maria kaum zu Wort kam. Er sei ja Psychologe, und ob sie Angst vor Psychologen habe. Das sei bei manchen Menschen so, obwohl er schwöre, dass er in niemanden hineinschauen könne. In fast niemanden.

»Und Sie? Haben *Sie* Angst vor der Polizei?«, schaffte Maria es, sich einzuschalten.

Herr Bortelli hob abwehrend die Hände. »Natürlich habe ich Angst vor der Polizei. Und wie! Nachdem Sie gestern bei mir waren, konnte ich die halbe Nacht nicht schlafen.«

Nun dämmerte es Maria langsam, weshalb dieser Mann so unaufhörlich redete. Bortelli war nervös. Weshalb? Hatte er doch etwas mit der Sache Harmfeld zu tun? Wenn er ihr auf der Geplänkelebene etwas mitteilen wollte, sollte man wohl nachfragen.

»Was könnte Ihnen die Polizei denn anhaben?«

Harald Bortelli schaute sie mit seinen dunkelbraunen Augen an und wurde plötzlich ernst. »Das weiß ich noch nicht.«

Und so, wie er es sagte, klang es, als ob seine Äußerung nichts mit Angelika Harmfeld zu tun hatte.

Sie liefen auf dem Kopfsteinpflaster um die Kirche herum, an den Ständen der Händler vorbei. So ein System hatte Maria in noch keiner anderen Stadt gesehen. Zahlreiche kleine Verkaufsstände schmiegten sich in die Nischen an der Kirchenmauer. Dadurch wirkte es hier bunt und lebendig und so gar nicht sakral. Es gab einen florierenden Handel mit Postkarten, Weingläsern, Kuckucksuhren und vielem mehr. Auch ein Papst-T-Shirt konnte man erstehen, falls sich eine gläubige Seele nach etwas Religiösem sehnte. Eben alles, was das Touristenherz erfreute. Und Touristen gab es bei dem schönen Wetter mehr als genug.

Sie umrundeten etwas umständlich die Kirche und bogen in die Untere Straße ein. Wobei Sträßchen wahrscheinlich eher die passende Bezeichnung gewesen wäre. Aber so war das eben hier in der Heidelberger Altstadt. Alles etwas eng, die Häuser ein bisschen krumm und schief. Und hübsch anzuschauen.

Im »Café Burkardt« hatten sie Glück. Das kleine Café mit den dunklen Holzmöbeln war eines der Heidelberger Schmuckstücke und entsprechend beliebt, sodass man auch schon mal unverrichteter Dinge wieder abziehen musste. Aber jetzt war noch ein Tisch frei. Maria erinnerte dieses Café an Frau Franske. Vielleicht weil es hier kleine weiße Spitzendeckchen unter den Zuckerdosen gab.

Nach ungefähr zwei Stunden hatten sie alle Adressen in Frau Harmfelds Büchlein durch. Es handelte sich fast nur um Geschäftskontakte. Lediglich drei Namen waren übrig geblieben, die Bortelli nicht zuordnen konnte: Mara Tamscheidt, Rainer Röttke und Jens Kröger. Alles andere waren Firmen oder Personaler bei Firmen, mit denen die Unternehmensberatung in Kontakt stand. Bortelli hatte zu den Einzelnen alles erzählt, was er wusste. Nichts davon hörte sich so an, als ob ein Zusammenhang mit dem Mord an Angelika Harmfeld bestehen könnte. Aber sie würden alle abklappern müssen. Maria brauchte von Ferver mehr Leute, das konnten sie allein nicht schaffen.

Schließlich standen sie wieder draußen vor dem Café. Keiner von ihnen beiden schien es eilig zu haben. Nett war's gewesen. Doch das konnte Maria ja wohl schlecht sagen. Bei einem rein dienstlichen Treffen.

Aber Herr Bortelli sprach es aus.

»Ich fand, das war ein sehr schöner Nachmittag.«

Seine Stimme hatte einen Tonfall, den Maria schon lange nicht mehr von einem Mann gehört hatte. Er steckte die Hände in die Taschen seiner Lederjacke. Maria sagte nichts. Das war alles rein dienstlich. Absolut dienstlich. Trotzdem konnte sie nicht verhindern, dass sie lächelte.

»Vielleicht melde ich mich mal«, sagte der Psychologe. »Ich muss doch schließlich meine Angst vor der Polizei abbauen. Da hilft nur, sich damit auseinanderzusetzen, meiden ist da ganz schlecht.«

»Na dann«, sagte Maria, die merkte, dass ihr Herz ein ganz klein wenig schneller schlug.

»›Ja dann‹, heißt das«, korrigierte Harald Bortelli sie. »Oder einfach: ›Aber sicher gerne, ich würde mich freuen!‹ Aber das üben wir dann beim nächsten Mal, dafür bin ich ja Psychologe.«

Herr Bortelli drehte sich um, hob zum Abschied kurz die Hand und verschwand im Touristenstrom.

Maria fühlte sich wie eines dieser alten Metallspielzeuge, die an der Seite einen Schlüssel haben. Aufgedreht. Oder eher überdreht. Sollte sie in die Polizeidirektion fahren, Berichte schreiben, sehen, ob Arthur oder Mengert etwas Neues herausgefunden hatten?

Morgen wollten sie die Öffentlichkeit einschalten. Es würde ein Artikel in der Rhein-Neckar-Zeitung erscheinen: »Mithilfe der Bevölkerung erbeten«. Ob jemand am frühen Abend dort oben am Steinbruch gesehen wurde. Und es würde eine Telefonnummer geschaltet werden, unter der man die Stimme des anonymen Anrufers abhören konnte. Wahrscheinlich gab es mindestens fünfzig falsche Identifikationen. Aber es war eine Chance. Alsberger hatte die Sachen schon am Freitag auf den Weg gebracht. Eigentlich musste sie nicht unbedingt ins Büro.

Sie schlenderte die Gasse hinunter, die zur Alten Brücke führte. Das Brückentor mit seinen beiden mächtigen Türmen sah auch heute noch so aus, als wolle es Heidelberg gegen alle Unbill schützen, die von der anderen Neckarseite kommen könnte. Angeblich gab es in einem der beiden Türme eine hübsche Wohnung. Wäre vielleicht nicht schlecht, hier zu wohnen. Allerdings hätte man dann den ganzen Tag immer den Ausblick auf die Touristenscharen, die sich auf der Karl-Theodor-Brücke drängten, um nur ja eine Aufnahme von sich mit Schloss im Hintergrund zu ergattern.

Maria beschloss, einen Abstecher auf den Philosophenweg zu machen. Direkt gegenüber der Alten Brücke konnte man sich, gute Kondition vorausgesetzt, den kleinen Schlangenweg hochkämpfen, der in vielen Kehren zu dem bekannten Spazierweg führte. Der Philosophenweg zog sich am Südhang des Heiligenberges lang, immer parallel zum Neckar, mit einem traumhaften Blick auf Heidelbergs Altstadt. Früher waren hier angeblich die Philosophieprofessoren mit ihren Schülern zum Nachdenken hergekommen. Das konnte ihr jetzt auch nicht schaden.

Völlig außer Atem kam Maria oben an. Eine knappe halbe Stunde später saß sie auf einer Bank, die zwei Japaner gerade freigegeben hatten. Vor ihr lag glitzernd der Neckar, auf dem ein Boot der Weißen Flotte seinen Weg nach Eberbach antrat. Über der Stadt thronte die mächtige Schlossruine aus leuchtend rotem Sandstein, umrahmt vom Wald des Königstuhls mit seinen hellen und dunkelgrünen Tupfen. Alles eingetaucht in das warme goldene Herbstlicht.

Schön war es hier. Fast ein bisschen unwirklich sah das alles aus. »Ich hab mein Herz in Heidelberg verloren«. Vielleicht sollte man das Lied ja umdichten: Ich habe mein Herz *an* Heidelberg verloren. Etwas, was bei diesem märchenhaften Anblick unweigerlich passierte. Maria musste an die »Heidelberger Romanze« denken. Sehr angenehm, diese Filme mit sicherem Happy End. Jeder fand den passenden Partner.

Bisher hatte sie sich keine Gedanken um eine neue Partnerschaft gemacht. Sie war froh, das Ende ihrer Ehe einigermaßen verkraftet zu haben. Und irgendwie war sie wohl ganz selbstverständlich davon ausgegangen, dass sie jetzt den Rest ihres Lebens allein verbringen würde. Vielleicht weil sie sich in den letzten Jahren eher wie ein Neutrum als wie eine Frau gefühlt hatte. Für Bernd war sie schon lange nicht mehr Frau gewesen. Eher so etwas wie eine WG-Partnerin, auch wenn er das niemals zugegeben hätte. Aber warum sollte sie sich eigentlich nicht noch einmal verlieben?

Eine alte Frau kam den Weg hoch. Am Stock kämpfte sie sich Meter für Meter vorwärts, den Blick auf die Stadt gerichtet. Oder würde es ihr so ergehen? Im Alter allein sein? Das typische Frauenschicksal?

Die alte Dame blickte zu ihr herüber. Und winkte. Maria beugte sich nach vorne und kniff die Augen zusammen, um besser sehen zu können. Das konnte doch nicht wahr sein!

»Ist das nicht ein wunderbarer Blick, meine Liebe? Ja, so schön kann sie sein, unsere Kurpfalz!«

Verzückt schaute Frau Franske auf die Stadt. »Das ist einer meiner Lieblingsplätze. Sonntagnachmittags sitze ich immer hier.«

Die alte Dame hatte ungefragt neben Maria Platz genommen.
»Wie sind Sie hier hochgekommen?«
»Zu Fuß, meine Liebe. Das haben Sie doch gesehen!«
»Den ganzen Weg? Von Ihrer Wohnung aus sind Sie hierher zu Fuß gelaufen?«
Maria konnte es kaum glauben. Diese Frau hatte sich letztens mit Mühe vor ihnen die Treppe hochgezogen.
»Den ganzen Weg!«, ließ Frau Franske nicht ohne Stolz in der Stimme verlauten. »Ganz allein!«
»Aber vor zwei Tagen konnten Sie doch kaum laufen?«
»Ich konnte kaum die Treppe hochgehen, meine Liebe. Das ist etwas völlig anderes. Treppen steigen geht ganz schlecht, geradeaus laufen geht ganz gut. Und meine Kondition ist sicher nicht die schlechteste. Oder was meinen Sie?«
Frau Franske erwartete offensichtlich Bewunderung, aber Maria schwieg.
»Ich habe mir fest vorgenommen, irgendwann zur Schar der Hundertjährigen in dieser Stadt zu gehören. Davon haben wir ja nicht gerade wenig hier in Heidelberg. Aber man muss eben etwas für sich tun.«
Frau Franske musterte Maria mit einem neugierigen Seitenblick. Maria wusste, dass auf ihrer Stirn noch der Schweiß vom Anstieg glänzte. Was ja auch nicht verwunderlich war. Schließlich war das hier oben erwiesenermaßen eine der wärmsten Stellen Deutschlands. Die Mini-Toskana Heidelbergs sozusagen. Die Jacke lag neben ihr, die Ärmel ihres Pullis hatte sie so weit hochgeschoben wie möglich.
»Sie legen wohl nicht so viel Wert auf körperliche Ertüchtigung«, stellte Frau Franske mit Kennerblick fest. »Im Alter sollte man aber auf sich achten, meine Liebe. Wer rastet, der rostet.«
Im Alter! Das war doch wohl die Höhe!
»Ich kann es mir noch leisten, nichts zu tun. Aber Sie haben recht. Ab siebzig steht man ja sozusagen schon mit einem Fuß im Grab. Da sollte man unbedingt im Training bleiben.«
Maria kramte ein Tempo aus ihrer Jackentasche und wischte sich über die Stirn.
»Natürlich, wie konnte ich das nur vergessen! Sie sind ja nun

doch ein paar Jährchen jünger als ich.« Frau Franske lehnte ihren Stock an die Bank.

Maria spürte, wie der Schweiß auf ihrer Stirn kleine Tröpfchen bildete. Die alte Frau warf ihr erneut einen kurzen Blick zu, bevor sie wieder auf die friedlich vor ihnen liegende Stadt sah.

»Oder liegt es an den Hormonen? Das fand ich damals auch sehr unangenehm mit diesen Schweißausbrüchen«, bekundete sie in mitfühlendem Ton. »Obwohl ich ja so gut wie gar keine Beschwerden hatte und erst sehr spät ins Klimakterium gekommen bin. Es gibt ja das chronologische und das biologische Alter. Manche sind vom chronologischen Alter her schon alt, biologisch gesehen aber noch recht jung. Umgekehrt gibt es das natürlich auch. Wussten Sie das? Das habe ich in der Seniorenakademie gelernt. Sehr interessant.«

Maria starrte auf den Neckar. Sie wünschte der Alten siebenundzwanzig Hitzewallungen nacheinander.

»Salbeitee soll gut helfen, wenn es so schlimm ist«, fuhr Frau Franske fort. »Oder einfach die richtige Einstellung. Man muss sich freuen über diese Beschwerden. Sie begrüßen. So wie man auch einen Regentag begrüßt, um ihn dann mit Freude zu füllen. Man muss es nur wollen. Dann ist alles gar nicht so schlimm.«

Einfach ignorieren. Nicht drauf eingehen.

»Haben Sie eigentlich einen Führerschein, Frau Franske?«

Wenn die Alte hier den Berg hochkam, dann konnte sie wahrscheinlich noch alles Mögliche andere. Vielleicht auch eine flatterhafte Frau erstechen.

»Nein, leider nicht. Unserer Generation war ja so vieles nicht vergönnt, was für die jungen Leute heute selbstverständlich ist.«

»Wo waren Sie am Mittwochabend? Wirklich zu Hause? Erschöpft vom Putzen? Wo Sie doch so fit sind!«

Frau Franske schaute Maria an, und ein Lächeln zog sich über ihr Gesicht. Sie sah aus wie eine nette alte Dame.

»Oh, so etwas würden Sie mir zutrauen? Das nenne ich ein Kompliment, meine Liebe!«

»Also, wo waren Sie?«

»Ja, wo war ich? Lassen Sie mich überlegen.« Frau Franske kniff kurz die Lippen zusammen, so als ob sie intensiv nachdenken würde.

»War ich zu Hause?«, wiederholte sie nachdenklich. »Ich denke mal, ich war zu Hause. Aber wenn Sie so nachfragen, ganz sicher bin ich mir da nicht mehr. Ehrlich gesagt«, sie zögerte einen kurzen Moment und lächelte Maria an, »weiß ich es nicht.«

Maria steckte das Taschentuch zurück. Das hätte die Alte besser nicht gesagt. Jetzt bekam sie Schwierigkeiten.

»Nun, dann werden wir wohl herausfinden müssen, wo Sie waren, nicht wahr?«

»Tun Sie das, meine Liebe, tun Sie das. Es würde mich auch sehr interessieren. Mit der Zeit wird man doch etwas vergesslich. Und sagen Sie mir auf jeden Fall Bescheid, wenn Sie es herausgefunden haben.«

Worauf du dich verlassen kannst, dachte Maria. Zu Fuß war die niemals bis zum Steinbruch gekommen, das waren einige Kilometer. Aber vielleicht hatte sie andere Möglichkeiten gehabt. Sie schaute auf Frau Franskes Schuhe. Die Füße waren definitiv zu klein, um zu einem der Abdrücke vom Tatort zu passen. Die hatte niemals mehr als Schuhgröße siebenunddreißig.

»Wir sehen uns sicher noch.« Maria nahm ihre Jacke und stand auf.

»Nun, das will ich hoffen«, entgegnete Frau Franske freundlich. »Kommen Sie doch einfach mal vorbei, dann trinken wir zusammen einen Tee. Irgendwo habe ich sicher auch noch etwas von diesem Salbei! Den gibt es schon fix und fertig in Beutelchen.«

Maria war schon einige Meter von der Bank entfernt, als sie sich noch einmal umdrehte. Einer musste noch sein.

»Und immer schön vorsichtig sein. Sie wissen ja, wenn man in Ihrem Alter hinfällt und sich was bricht, ist es schnell vorbei. Da nutzt das ganze Training nichts.«

Frau Franske winkte ihr lächelnd zu. »Tut mir leid«, rief sie. »Aber auf die Entfernung höre ich nicht mehr so gut!«

Arthur sah erfreut auf den Kuchen. Maria hatte mit viel Glück noch ein Stück Apfelkuchen ergattert. Schwarzwälder Kirsch gab es nicht mehr. So war das hier. Wenn man nicht frühzeitig kam, lief man Gefahr, leer auszugehen. Bei den Brötchen war es genauso. Bis elf Uhr geschlafen? Pech gehabt. Zumindest am Wochenende. Oft genug hatte sie in das bedauernde Gesicht der Verkäuferin und die leeren Körbe hinter der Theke gesehen. Maria war inzwischen dazu übergegangen, sich Brötchenvorräte in der Tiefkühltruhe anzulegen.

Arthur sah schlecht aus, wie er da hinter seinem Schreibtisch hing. Irgendwie bleich. Und noch dicker als gestern. Aber das konnte ja wohl kaum sein. Zum Glück hatte er bessere Laune als bei ihrem Telefonat am Morgen.

Sie legte ihm den Zettel mit den drei Namen auf den Tisch, die Bortelli nicht hatte einordnen können.

»Sieh zu, was du über die herausfindest. Die waren in Angelika Harmfelds Adressbuch, hatten aber wahrscheinlich nichts mit ihrem Job zu tun.«

Arthur nickte und holte die Kuchengabel aus seiner Schreibtischschublade.

»Die alte Franske hat zugegeben, dass sie kein Alibi hat.« Maria merkte selbst, dass sich ihr Tonfall ein wenig freudig anhörte, als sie die Botschaft verkündete. Sie machte es sich auf Arthurs ungemütlichem Besucherstuhl so bequem wie möglich.

»Aber ich denke, die ist so gebrechlich? Da kann sie es doch wohl kaum gewesen sein.«

»Ich glaube, die ist absolut zäh. Die würde auch noch auf allen vieren an den Höllenbach kriechen, wenn sie da was vorhätte.«

Zum Beispiel harmlose Spaziergängerinnen fertigzumachen. Maria erzählte Arthur von ihrer Begegnung mit Frau Franske, wobei sie jedoch die Anspielungen auf ihren Hormonspiegel überging.

»Aber Roland hat erzählt, sie wäre so eine liebe, nette alte Dame. Hörte sich nicht so an, als würde die jemanden umbringen.«

»Dann hat der liebe Alsberger wahrscheinlich nicht erzählt, dass dieser geriatrische Drache ganz klar gesagt hat, dass sie die Harmfeld gehasst hat. Hat er das nicht ins Protokoll aufgenommen?«

Arthur griff nach einem Aktenordner, der in einem kleinen Regal neben dem Schreibtisch stand. Er suchte ein Papier heraus und reichte es Maria.

»›... äußerte Frau Franske, dass das Verhältnis zu Angelika Harmfeld etwas gespannt gewesen sei‹«, las Maria laut vor. Sie schüttelte wütend den Kopf. »So ein blödes Geschwätz. Kann der nicht schreiben, was Sache ist? Das macht der morgen noch mal neu. Die Alte hat den um den Finger gewickelt mit ihrem hilflosen Getue. Und Alsberger ist blöde genug, darauf reinzufallen.«

»Maria!« Arthurs Stimme hatte einen mahnenden Tonfall. »Er muss halt noch lernen.«

Da hatte Arthur wohl recht. Alsberger musste noch einiges lernen. Und wenn er das nicht auch in der Beziehung zu ihrer Tochter tat, dann war er da bald weg vom Fenster.

»Ich hab noch was!« Arthur griff zu einem Stapel auf dem Schreibtisch und zog einen der Reisekataloge hervor, den sie aus Angelika Harmfelds Büro in Mannheim mitgenommen hatten.

»Hier!« Er schlug den Katalog auf und hielt ihn Maria hin. »Ich habe sie alle mal durchgeblättert.«

Auf der Seite mit den City-Hotels in Melbourne stand oben am rechten Rand eine Zahlenreihe.

»Sieht aus wie eine Telefonnummer. Aber eine australische ist das sicher nicht. Oder was meinst du? Hast du es schon probiert?«

Arthur schüttelte den Kopf.

»Na, dann fangen wir doch mal in Heidelberg an.«

Sie nahm das Telefon und wählte. »Kein Anschluss unter dieser Nummer.«

Sie probierte es mit der Mannheimer Vorwahl. Und hatte Glück. Es meldete sich der Anrufbeantworter eines Immobilienbüros. Leider sei das Büro nicht besetzt, man könne aber Herrn Geltermann jederzeit unter seiner Handynummer erreichen.

Herr Geltermann war ein fleißiger Mann, der offensichtlich nicht davor zurückscheute, seinen Kunden auch an Sonntagen zur Verfügung zu stehen. Es dauerte eine Weile, bis Herr Geltermann begriff, dass niemand wegen der annoncierten Vierzimmerwohnung in Käfertal anrief, sondern die Kripo am Apparat war, die wissen wollte, ob er Angelika Harmfeld kannte.

Der Immobilienmakler erinnerte sich nicht sofort, versprach aber, gleich ins Büro zu fahren und in seiner Kartei nachzuschauen. Eine Dreiviertelstunde später meldete er sich. Ja, Frau Harmfeld sei in seiner Kundendatei verzeichnet. Sie habe ihn Anfang Juli wegen eines Objekts in der Oststadt kontaktiert und sich in die

Adressdatei aufnehmen lassen, damit er Angebote zuschicke, falls er etwas Passendes habe. Er müsse sich entschuldigen, aber er habe mit so vielen Kunden zu tun, dass er nicht alle Kontakte im Kopf behalte. Das Geschäft floriere, was natürlich erfreulich sei, aber diese ganzen Namen ... Die Wohnung in der Oststadt sei der Dame zu klein gewesen. Er habe notiert, dass sie ein Objekt mit mindestens einhundertzwanzig Quadratmetern und vier Zimmern suche, geeignet für zwei Personen.

»Für zwei Personen?« Maria konnte die Überraschung in ihrer Stimme nicht verbergen.

»Ja, das habe ich extra notiert«, antwortete der Makler geschäftig. »Frau Harmfeld sprach davon, dass sie etwas für zwei Personen suche. Da bin ich ganz sicher.«

Maria saß noch lange Zeit mit Arthur zusammen. Sie zerbrachen sich den Kopf über Angelika Harmfeld. Arthur, der nichts mehr liebte als aberwitzige Fälle aus der Kriminalgeschichte, zitierte diverse Mordfälle aus den vergangenen fünfzig Jahren, die zwar alle etwas mit erstochenen Frauen zu tun hatten, aber wohl kaum mit ihrer Toten.

Schließlich tauchte Mengert auf. Übernächtigt und übel gelaunt. Er hatte zusammen mit einem Kollegen jetzt fast alle Frauen, mit denen Angelika Harmfeld in ihrem Fitnessstudio enger in Kontakt gestanden hatte, befragt. Allgemeiner Tenor: sympathisch, umgänglich, aber Privates habe sie selten erzählt. Niemand wusste wirklich etwas von ihr.

Aber für Maria war nach diesem Tag zumindest eines klar: Wenn Angelika Harmfeld wirklich vorhatte, mit einem anderen Mann zusammenzuziehen, und sie von diesem Menschen überhaupt noch keine Spur hatten, weder einen Brief noch ein Zettelchen noch sonst etwas, wodurch sie eine Verbindung zu ihm hätten herstellen können, dann war da irgendetwas faul. Oberfaul.

Es war schon fast elf, als Maria nach Hause kam. Sie hörte ihre Mailbox ab. Vier neue Nachrichten!

Bea hatte angerufen. Mit ihrer alten Freundin hatte sie nach langer Sendepause endlich wieder Kontakt. Nach der Trennung von

Bernd hatte Maria sich aus den meisten Freundschaften zurückgezogen. Aber irgendwann hatte Bea abends einfach mit einer Flasche Wein vor der Tür gestanden. Seitdem sorgte sie dafür, dass Maria wenigstens ab und zu ein wenig vom Heidelberger Kulturprogramm mitbekam.

Ob sie nicht mit ihr in die »Rocky Horror Picture Show« gehen wolle? Man dürfe in den heiligen Theaterhallen mit Reis und Klopapier werfen, schon allein deshalb sei die Aufführung besuchenswert. Das Theater brauche jetzt jeden Cent für die Renovierung, wo es doch wegen Baufälligkeit bald in sich zusammenfalle. Sie würde doch wohl das Risiko eines kleinen Deckeneinsturzes nicht scheuen? Und richtig gefährlich sei es ohnehin nur in den Nebengebäuden.

Maria hätte Bea gerne angerufen, um ihr von dem Nachmittag mit Bortelli zu erzählen. Aber zum Zurückrufen war es jetzt schon zu spät, und sie war viel zu müde für lange Erörterungen. Und die würden unweigerlich folgen, wenn sie Bea von einem Mann erzählte, der Angst vor der Polizei hatte und sie zum Kaffee einlud.

Der zweite Anruf war von Vera. Sie hatte keine Nachricht hinterlassen, aber Maria bekam von diesem schlauen Ding, das in ihrer Telefonleitung lebte, Veras Nummer genannt. Anrufe Nummer drei und vier waren auch von Vera. Seltsam.

Morgen würde sie zurückrufen. Morgen war ja auch noch ein Tag.

Ein johannisbeerschwarzer Tag

Er nahm ihr Gesicht in seine Hände.
»Habe ich Ihnen schon gesagt, dass Sie wunderschöne Augen haben?«
Seine Stimme klang sanft. »So grün wie Smaragde.«
Zärtlich berührte er ihre Wange mit seiner. Sie schloss die Augen. Sie würde es einfach geschehen lassen. Egal, was passierte. Seine weichen Lippen liebkosten ihren Hals.
»Cara mia! Und wie Sie duften«, flüsterte er. »So wunderbar.«
Sie konnte kaum verstehen, was er sagte. Wartete darauf, dass seine Lippen die ihren berühren würden. Wartete auf den ersten zarten Kuss.
»So wunderbar«, wiederholte er. »Wie eine reife, süße Frucht.«
Er löste sich von ihr. Sie öffnete die Augen und schaute in sein Gesicht. Es war das Gesicht einer alten Frau, voller Falten, mit kleinen wässrigen Augen. Angewidert versuchte Maria ihren Kopf wegzuziehen, aber die Alte hielt ihn mit festem Griff umklammert.
»Wie eine reife, süße Frucht«, sagte die Alte, und mit jedem Wort wurde ihre Stimme lauter und schriller. »Wie eine Frucht. Eine Frucht. Eine Frucht. Frucht! Frucht! Frucht! Frucht! Frucht!«

Maria schlug auf den Wecker. Es war wieder Ruhe. Sie stieg aus dem Bett, riss das Fenster auf und holte ein paarmal tief Luft. Sie musste sofort unter die Dusche. Das Gesicht waschen und den Hals. Mit viel Seife.
Unter der Dusche dachte sie an Bortelli. Beim Zähneputzen auch. Und mit jeder Minute, mit der sie das Ende ihres Traumes ein wenig mehr vergessen konnte, besserte sich ihre Laune. Bortelli, das war ein schöner Name. Klang nach Süden und nach Rotwein. Beides war nicht schlecht.

Als Maria in ihren Kleiderschrank blickte, war klar, dass ab heute etwas anders werden musste. Sie hatte keine Lust mehr, sich wie eine Blaubeere zu fühlen. Das meiste, was sie zum Anziehen hatte, war bequem, weit und praktisch. Und passte nicht zu ihrer Stimmung. Bea sagte ihr ja schon lange, sie sollte mal mehr aus sich machen.

Sie kramte im Schrank und fand in der hintersten Ecke einen schwarzen Pulli mit V-Ausschnitt. Irgendwo gab es auch noch eine schwarze Hose. Etwas Farbenfroheres besaß sie leider nicht, obwohl ihr heute auch nach Knallrot gewesen wäre. Aber alles andere war braun, dunkelgrün und – zu ihrer Schande musste sie es sich eingestehen – blaubeerblau. Eine wunderschöne Farbe – aber nicht gerade aufregend. Schwarz wirkte wenigstens schick.

Die Hose ging nicht mehr zu, aber das machte nichts, der Pulli war lang genug. Als sie das Ganze mit einer dezenten silberfarbenen Kette abgerundet hatte, ein Geschenk von Bernd aus den besseren Zeiten ihrer Ehe, drehte sie sich vor dem Spiegel hin und her. Tja, sah das nun gut aus? Maria war sich nicht sicher. Für die alte Franske wäre das wahrscheinlich der Typ »Schwarze Johannisbeere«.

Ob es Bortelli gefallen würde? Der Mann aus ihrem Traum hätte auf jeden Fall irgendein Kompliment in ihr Ohr gehaucht. Auf Italienisch natürlich.

In der Polizeidirektion herrschte geschäftiges Treiben. Maria war noch nicht einmal bis zu ihrem Zimmer gekommen, als Arthur, der gerade Richtung Kantine strebte, auf sie zukam. Wie immer außer Atem, wenn er sich mehr als fünf Meter fortbewegt hatte.

»Maria, ich hab dir deine Post auf den Schreibtisch ...« Dann stockte er und schaute an ihr herunter. »Ach Gott!« Arthurs Miene wurde ernst. »Ist jemand gestorben?«

Maria wollte gerade zu einem empörten »Wieso?« ansetzen, als Ferver sich einmischte, der im üblichen Stechschritt an ihnen vorbeikam und Arthurs Entsetzen bemerkt hatte.

»Oh, Frau Mooser, mein Beileid«, sagte Ferver in bedauerndem Tonfall.

Maria hatte das Gefühl, zur Salzsäule zu erstarren.

»Ich hoffe, niemand, der Ihnen sehr nahegestanden hat!«
»Nein, nein«, murmelte Maria.

Die beiden Männer schauten sie etwas besorgt an, denn in diesem Moment musste es ganz offensichtlich sein, wie furchtbar sie sich fühlte. Am liebsten wäre sie in den Erdboden versunken. Jetzt gab es nur noch eins: lügen.

»Eine Cousine. Die Beerdigung ist um zehn.«

»Nun, dann, also, wie gesagt, mein Bedauern, Frau Mooser. Sie sind heute Vormittag natürlich freigestellt.« Dann bekam Ferver wieder den üblich geschäftigen Gesichtsausdruck. »Wenn Sie dann zurück sind, machen Sie sich doch bitte endlich an den Bericht über Ihre Ermittlungen im Fall Aschenbrödel. Ich würde es ungern erst aus der Presse erfahren, wenn Sie etwas herausgefunden haben.«

Gut, dass nicht wirklich jemand gestorben war. Sonst hätte sie jetzt bestimmt losgeheult, bei so viel männlichem Einfühlungsvermögen.

»Schneewittchen«, zischte Maria, aber Ferver war schon um die Ecke verschwunden.

»Ach Maria, ich wusste ja gar nicht, dass deine Cous...«

»Kein Wort mehr!« Maria ließ den irritiert dreinschauenden Arthur stehen und ging wortlos in ihr Büro.

So endete das also, wenn man seinen Typ verändern wollte. Cousinen mussten sterben, und man bekam einen halben Tag frei.

Auf ihrem Schreibtisch lag ein kleiner Stapel Post. Wütend machte sie einen Umschlag nach dem anderen auf. Verwaltungskram, ein Fortbildungsangebot von der Polizeiakademie. Dann ein Briefumschlag, auf dem in ungelenken Buchstaben »Frau Mooser – persönlich« stand. Maria schlitzte ihn schwungvoll mit dem Brieföffner auf, mit dem sie gerne Ferver und Arthur erstochen hätte. Aber das stand ja leider unter Strafe.

Der Umschlag enthielt ein einziges Blatt. Ausgeschnittene Buchstaben waren zu Worten zusammengefügt worden. Es war nur ein Satz:

»Frauen, die neugierig sind, leben gefährlich«

Was sollte das? Anonyme Briefe erhielten sie immer wieder einmal. Von Menschen, die meinten, sich wichtig machen zu müssen, oder die schlicht und ergreifend Dampf ablassen wollten, weil sie ihrer Meinung nach zu Unrecht für irgendetwas belangt wurden. Aber der hier, der war anders.

Es waren verschiedene Buchstabentypen. Anscheinend stammten sie aus unterschiedlichen Zeitungen. Auf dem Briefumschlag war ein Aufdruck: »Mannheim. Leben im Quadrat«.

Maria nahm den Brief und ging zu Arthur, der sie mit vorsichtigem Blick musterte, als sie in sein Büro trat.

»Schon gut, Arthur. Tut mit leid wegen eben. Ich war nur ein bisschen aus dem Konzept.« Arthur konnte ja schließlich nichts dafür.

Sie legte den Brief auf den Schreibtisch, sodass er ihn lesen konnte.

»Nicht anfassen. Es reicht, wenn meine Fingerabdrücke jetzt drauf sind.«

Arthur warf einen kurzen Blick auf das Blatt und schüttelte den Kopf.

»Scheint irgend so ein Spinner zu sein.«

Frauen, die neugierig sind, leben gefährlich. Unangenehm. Und untypisch. Die anonymen Briefe, die sie sonst bekamen, waren voller Wut. Oder man konnte aus ihnen die Angst herauslesen, Schwierigkeiten zu bekommen, wenn man offen sagte, was man wusste. Dieser Brief wirkte berechnend und kalt.

»Meinst du, da will mir einer drohen?«, fragte Maria.

Arthur zuckte ratlos mit den Schultern. Aber die Antwort auf die Frage wusste sie selbst.

Da sie im Moment nur in einem Fall ermittelte und neugierige Fragen stellte, lag es nahe, dass der Brief in irgendeinem Zusammenhang zum Fall Angelika Harmfeld stand. Vielleicht von dem Menschen geschickt, der sie ermordet hatte? Maria spürte ein mulmiges Gefühl in der Magengrube. Nicht gerade angenehm, die Vorstellung, Post von einem Mörder zu bekommen.

»Ich sorge gleich dafür, dass er in die Technik kommt.« Sie griff nach dem Brief.

Arthur schaute auf die Uhr, die über der Tür hing. »Aber Maria, du musst jetzt gehen, sonst kommst du noch zu spät. Wo ist denn die Beerdigung? Auf dem Bergfriedhof?«

Stimmt ja, die Beerdigung der Schwarzen Johannisbeere. Die hätte sie jetzt fast vergessen. Maria murmelte irgendetwas Zustimmendes.

»Geh du nur. Ich lass es Roland rüberbringen, wenn er kommt.« Arthur kramte in seiner Schublade nach einem Plastikbeutel. »Tu ihn hier rein.«

»War da auch kein Brötchen drin?«

»Maria!« Arthur klang beleidigt. Er hielt ihr den Plastikbeutel hin.

»Warum ist Alsberger eigentlich noch nicht da?« Nun schaute auch Maria zur Uhr. Es war schon fast halb zehn. Was waren das denn für neue Manieren? Penibelchen Alsberger war doch sonst immer so pünktlich.

Gute zwei Sunden später war Maria wieder da. Sie hatte mal geschätzt, dass das für eine Beerdigung reichen würde. In Jeans und dunkelblauem, weitem Pullover. Unauffällig wie immer.

Als Erstes ging sie zu Alsberger. Der junge Mann brauchte mal ein bisschen Druck, damit Ferver endlich seinen Bericht auf den Tisch bekam. Alsberger konnte das viel besser als sie: trockene Fakten zusammenstellen, formal korrekte Berichte schreiben, genau wie Ferver es wollte. Außerdem sollte er gleich mit ihr zu Harmfeld fahren. Sie hatte sich für dreizehn Uhr ankündigen lassen.

Schon vor seinem Büro roch sie, dass Alsberger drinnen mal wieder rauchte. Seit wann qualmte der denn so viel? Früher hatte sie ihn doch so gut wie nie rauchen sehen!

Sie klopfte an und riss im gleichen Moment die Tür auf.

»Brennt es hier oder was?«

Alsberger, der irgendetwas auf seinem Computer schrieb, schaute sie an, und Maria erschrak. Wie sah der denn aus?

»Was ist denn mit Ihnen los, Alsberger? Haben Sie Heuschnupfen?«

Aber die Heuschnupfenzeit war eigentlich schon lange vorbei. Alsberger sah aus, als habe er diese Karnickelkrankheit mit den roten Augen.

»Alles in Ordnung.« Der junge Mann hatte sie nur kurz angesehen und sofort wieder auf seinen Bildschirm geblickt. »Liegt was an?«

»Machen Sie endlich mal den Bericht fertig. Ferver knabbert schon an den Nägeln. Und in einer halben Stunde fahren wir beide zu Herrn Harmfeld.«

Alsberger nickte wortlos und nahm einen Zug aus seiner Zigarette, die im Aschenbecher qualmte. Bei alldem starrte er geschäftig auf den Bildschirm.

»Alsberger, sehen Sie mich mal an!«

Maria trat einen Schritt auf seinen Schreibtisch zu. Alsberger hob den Kopf. Sein Gesicht war kreidebleich.

»Sind Sie krank?«

»Wieso?«, fragte er, und Maria hörte deutlich den leicht aggressiven Unterton in seiner Stimme. »Sehe ich etwa so aus?«

Sie antwortete nicht auf die trotzig gestellte Frage. Wenn sie jetzt weitermachte, würde es gleich Streit geben.

»Also gut, wir sehen uns in einer halben Stunde.«

Der Witwer empfing sie in schwarzer Hose und schwarzem, seidig glänzendem Hemd. Trauerkleidung? Aber so wirkte es bei ihm überhaupt nicht. Er sah einfach nur unverschämt gut aus in seinem schwarzen Aufzug. Und schick. So, wie es bei ihr auch hätte aussehen sollen.

Irgendetwas mache ich verkehrt, dachte Maria. Nur war ihr leider völlig rätselhaft, was.

Herr Harmfeld bat sie ins Wohnzimmer. Erst jetzt fiel Maria auf, wie schön dieser Raum war. An den Wänden hingen geschmackvolle Bilder, alles war in hellen Farben gehalten. Neben den beiden Sofas befanden sich große Stehlampen, die abends sicherlich ein gemütliches Licht spendeten. An einer Wand stand ein moderner Flachbildfernseher. In einer Ecke, auf einem hohen weißen Sockel, war ein dunkler, matt glänzender Stein zu sehen, der die Form eines Helms hatte. Ein ganz ähnliches Stück hatte sie erst vor Kurzem in einer Kunstausstellung im Hirschberger Rathaus bewundert. Geschmack hatte Harmfeld, das musste man ihm lassen.

Maria setzte sich und versackte in den weichen Kissen der Couch. Mit Arthur hätte sie niemals hierherkommen können. Arthur hätte man aus diesen Sitzmöbeln nur noch mit einem Kranwagen wieder herausbekommen.

Sie hatte eine Kopie des Zettels mit den Daten dabei, den sie in Angelika Harmfelds Büro gefunden hatten, und reichte ihn Harmfeld.

»Können Sie uns sagen, was Ihre Frau an diesen Tagen gemacht hat? Oder ob sie vielleicht irgendeine besondere Bedeutung für sie hatten?«

Nachdenklich schaute der Witwer sich die Daten an. Dann schüttelte er langsam den Kopf.

»Nein. Haben Sie ihr Handy denn noch nicht gefunden? Da hat sie immer ihre Termine eingespeichert.«

Maria verneinte. Harmfeld gab ihr den Zettel zurück. Gedankenverloren griff er nach der Packung Zigaretten, die auf dem Tisch lag, nahm sich eine heraus und zündete sie an. Maria sah Alsbergers süchtigen Blick, der an der Packung klebte. Harmfeld hatte ihn mit Sicherheit auch bemerkt, aber er ließ die Packung in der Brusttasche seines Hemds verschwinden. Recht so. Alsberger wirkte sowieso schon so, als wäre er scheintot, da musste er nicht auch noch rauchen.

»Ich weiß, dass sie an dem Wochenende im Juli am Bodensee war. In irgendeinem Wellnesshotel. Daran kann ich mich erinnern, weil es Krach mit meiner Schwiegermutter gab. Die hatte kurz vorher Namenstag und uns an dem Tag eigentlich zum Kaffee eingeladen. Sie hat Angelika unterstellt, sie würde absichtlich wegfahren, damit sie ihr nichts schenken müsse. Aber zu den anderen beiden Terminen fällt mir nichts Besonderes ein.«

Maria konnte sich eine solche Äußerung von Frau Franske nur zu gut vorstellen, und genauso gut konnte sie sich vorstellen, dass es angenehmer war, irgendwo mit warmen Wadenwickeln im Liegestuhl zu liegen, als mit dem Giftzahn Kaffee zu trinken.

»Die beiden haben sich wohl nicht sonderlich verstanden?«

Sie bemühte sich um eine aufrechte Sitzposition.

»Sie haben ja mit meiner Schwiegermutter schon gesprochen. Dann können Sie es sich ja denken. Die Mutter meiner ersten Frau ist …« Harmfeld zögerte einen Moment. »Nun ja, sie kann manchmal etwas schwierig sein. Etwas bissig.«

Stimmt, dachte Maria. Ein Maulkorb wäre genau das Richtige für die Alte.

»Anfangs lief es ganz gut mit ihr und Angelika. Aber dann haben die beiden sich immer öfter in die Haare bekommen. Jeden Tag gab es irgendeinen neuen Mist, über den sie sich gestritten haben. Irgendwann war dann eisiges Schweigen, und sie haben nur noch das Nötigste miteinander geredet.«

»Ihre Schwiegermutter ist ja noch erstaunlich fit. Ich habe sie gestern zufällig oben auf dem Philosophenweg getroffen.«

»Ach das!« Herr Harmfeld lachte kurz auf. »Sie glauben doch nicht, dass sie da zu Fuß hochkommt? Sie lässt sich immer vom Taxi fahren, so weit es geht. Nein, nein.« Er zog erneut an seiner Zigarette. »So fit ist sie dann doch nicht. Sie hat schon ganz schön nachgelassen in den letzten Jahren.«

Diese miese kleine Lügnerin! Und sie war so naiv gewesen, ihr zu glauben.

»Wusste Ihre Schwiegermutter davon, dass Sie sich von Ihrer Frau trennen wollten?«

»Nein. Nicht direkt. Ich habe ihr nichts gesagt und Angelika ganz bestimmt auch nicht.« Herr Harmfeld drückte seine nur halb gerauchte Zigarette im Aschenbecher aus. »Das hätte sie zwar sicherlich gefreut, aber ich habe aufgehört, ihr irgendetwas Wichtiges zu erzählen. Sie mischt sich in alles ein. Dann hätte sie wahrscheinlich jeden Tag gefragt, warum Angelika immer noch nicht weg ist. Wenn man nicht zusätzlichen Stress haben will, dann redet man mit meiner Schwiegermutter am besten nur über das Wetter.«

»Wussten Sie etwas von Plänen Ihrer Frau, eine Australienreise zu machen?«

»Nein. Davon hat sie mir nichts erzählt.«

»Oder dass sie plante, mit jemandem zusammenzuziehen?«

»Ach«, Harmfeld sah Maria verwundert an. »Nein, davon wusste ich auch nichts. Mit wem denn?«

»Das wollten wir eigentlich von Ihnen erfahren!« Maria merkte, wie sie immer weiter in Richtung Rückenlehne sackte. Auf diesen Sitzmöbeln konnte man seine Zeit wahrscheinlich nur entspannt und halb im Liegen verbringen, ob man nun wollte oder nicht.

»Ich habe keine Ahnung, wer das sein könnte. Sie hat ja immer wieder mal was mit irgendjemandem gehabt, aber ich hatte nie den Eindruck, dass da etwas Ernsthaftes dabei war. Zumindest nicht von ihrer Seite aus.«

»Wie kommen Sie darauf?«

»Na ja, manchmal war sie regelrecht entnervt. Das habe ich dann schon mitbekommen. In der letzten Woche saßen wir irgendwann beisammen. Ihr Handy klingelte, und sie sagte: ›Hoffentlich nicht schon wieder dieser Idiot.‹«

Harmfeld schaute kurz zu Alsberger, der inzwischen Opfer seines Sessels geworden war und weit nach hinten gelehnt mit ausdruckslosem Gesicht auf seine Knie starrte. Maria beschloss, Alsberger gleich noch mal ins Gebet zu nehmen. Wenn ihm nicht gut war, sollte er doch zu Hause bleiben, statt in Leichenstarre zu verfallen und die Zeugen zu irritieren.

»Irgendwie bin ich davon ausgegangen, dass das ihr Lover war, den sie überhatte«, fuhr Herr Harmfeld fort.

»Wie kommen Sie darauf? Es könnte doch auch jemand ganz anderes gewesen sein?« Maria bemühte sich, nicht zu Alsberger hinüberzusehen. Hoffentlich schlief er nicht ein.

Der Witwer zog mit ratloser Geste die Schultern hoch. »Ich weiß es nicht. Aber das war mein erster Gedanke.«

»Und was war Ihr erster Gedanke, wer der Anrufer sein könnte?«

Marias Tonfall war eine Spur härter geworden. Sie konnte sich nicht vorstellen, dass dieser Mann so überhaupt keine Idee hatte, mit wem seine Frau eine Affäre gehabt hatte. Wenn sie schon in Anwesenheit ihres Mannes Bemerkungen über den »Idioten« machte, ob sie dann nicht auch irgendwann mal hatte fallen lassen, wer dieser Idiot war, der ihr da auf die Nerven ging?

»Keine Ahnung«. Herr Harmfeld hob ratlos die Hände. »Wie gesagt, wir hatten da …«

»Diese Vereinbarung. Ich weiß«, setzte sie seinen Satz fort.

»Kennen Sie eine Mara Tamscheidt oder jemanden mit dem Namen Rainer Röttke oder Jens Kröger?«

»Mara Tamscheidt, den Namen habe ich irgendwann schon mal gehört. Ich glaube, das war eine Studienkollegin meiner Frau. Kröger ... Keine Ahnung. Und Röttke«, Harmfeld nickte, »Röttke ist Rechtsanwalt. Mit dem hatten wir früher mal privaten Kontakt, haben zusammen Tennis gespielt. Aber in letzter Zeit hatte zumindest ich nichts mehr mit ihm zu tun.«

»Ihre Frau auch nicht?«

»Ich weiß es nicht«, sagte Herr Harmfeld. Und so, wie er es sagte, glaubte Maria ihm.

Im Sessel neben ihr rührte sich etwas. Alsberger schien wieder aus seiner Starre zu erwachen. Als sie ihren Assistenten anschaute, blickte der gerade interessiert zur Wohnungstür. Maria drehte sich um und sah den Kopf von Frau Franske, die freundlich lächelnd in die Runde schaute. Sie hatte die Tür so leise geöffnet, dass Maria es gar nicht gehört hatte. Wer weiß, wie lange sie schon da stand.

»Ach, du hast lieben Besuch!« Frau Franske hielt eine Postkarte in der Hand und winkte damit ihrem Schwiegersohn zu.

»Post von Amelie!« Sie strahlte über das ganze Gesicht. »Es geht ihr gut. Stell dir vor, sie ist jetzt in der Provence. Man hat ihr das Handy gestohlen, deshalb hat sie sich nicht gemeldet!«

»Na, siehst du. Ich habe dir doch gleich gesagt, es wird alles in Ordnung sein«, sagte Herr Harmfeld in beschwichtigendem Tonfall.

»Ich bin oben, komm doch gleich mal hoch!« Frau Franske schickte sich an, mitsamt Postkarte zu verschwinden, als ihr Blick noch einmal auf Maria fiel.

»Soll ich Ihnen etwas Tee runterbringen, meine Liebe? Ich habe gestern doch tatsächlich noch einige Beutelchen gefunden. Sie wissen doch, unser kleines Geheimnis.«

»Nein danke, Frau Franske. Und wenn Sie uns jetzt vielleicht noch einen Moment mit Herrn Harmfeld allein lassen würden.« Maria konnte nicht verhindern, dass ihre Stimme unfreundlich klang. Sie wollte es auch gar nicht. Demonstrativ drehte sie Frau Franske wieder den Rücken zu.

»Natürlich«, kam es leise von hinten. Maria hörte, wie die Tür geschlossen wurde. Wahrscheinlich stand die Alte jetzt draußen und lauschte.

»Sie hat sich solche Sorgen um Amelie gemacht. Ich habe ihr gleich gesagt, in dem Alter hat das nichts zu bedeuten, wenn man sich mal eine Zeit nicht meldet. Es ist schwierig für sie, dass Amelie jetzt flügge wird. Früher hat sie wie eine Klette an meiner Schwiegermutter gehangen.«

Fast schien es so, als wollte Herr Harmfeld das Auftreten der alten Dame entschuldigen.

»Seit wann hatten Sie denn nichts mehr von Ihrer Tochter gehört?«

»Seit ungefähr drei Wochen.«

Jetzt verstand Maria, um wen Frau Franske so in Sorge gewesen war, als sie frühmorgens die Polizei im Wohnzimmer ihres Schwiegersohns hatte sitzen sehen. Sie hatte gedacht, ihrer Enkelin sei etwas geschehen! Und es würde Maria nicht wundern, wenn der Grund, warum sie damals so schnell in ihre Wohnung gewollt hatte, nicht der Schock über Angelika Harmfelds Tod war. Ganz im Gegenteil: Wahrscheinlich hatte niemand sehen sollen, wie sehr sie sich freute, dass es die gehasste Angelika getroffen hatte! Und vielleicht war das Zucken um ihre Mundwinkel, das Maria damals gesehen hatte, keine Ankündigung von Tränen gewesen. Sondern das Lachen, das sie unterdrücken musste. Das Schneewittchen im Märchen hatte eine böse Stiefmutter. Das Schneewittchen vom Höllenbach hatte eine böse Schwiegermutter.

»Wissen Sie, wo sich Ihre Schwiegermutter am Mittwochabend aufgehalten hat?«

Herr Harmfeld nahm an, dass sie zu Hause gewesen war. Weil sie außer an Sonntagen fast nie das Haus verließ. Aber gesehen hatte er sie am Mittwoch nach seiner Rückkehr aus Mannheim nicht mehr. Der Ärger über Marias Frage, mit der sie klarstellte, dass Alter nicht vor Mordverdacht schützte, war ihm deutlich anzumerken.

Als Maria wieder neben Alsberger im Auto saß, kreisten ihre Gedanken noch um das Gespräch. Ihr Assistent bog gerade in die Brückenstraße ein, als ein Pärchen munter schwatzend auf die Straße trat. Alsberger schaute zu ihnen hin, bremste aber nicht ab.

»Vorsicht!«, schrie Maria. Dann wurde sie fast von ihrem Gurt erwürgt. Alsberger hatte voll auf die Bremse getreten. Die beiden Fußgänger waren mit einem großen Satz zurückgewichen, um dem Kotflügel des Wagens zu entkommen. Der Mann war dabei hingefallen und versuchte mühsam, wieder aufzustehen. Maria riss die Tür auf und lief zu ihm.

»Alles in Ordnung?«, fragte sie besorgt.

Die Frau, eine zierliche Brünette, half dem großen, blond gelockten Kerl auf die Beine und schaute sie voller Zorn an. Inzwischen war auch Alsberger aus dem Auto gesprungen und fing an, sich zu entschuldigen. Er musste etliche Beschimpfungen der energischen Dame über sich ergehen lassen, die Maria alle völlig gerechtfertigt fand. Zum Glück war nichts passiert, und die Gemüter hatten sich schnell wieder beruhigt. Zumal alle merkten, dass Alsberger untröstlich war. Die beiden verschwanden, der kleine Menschenpulk löste sich auf, und auch Maria und Alsberger setzten sich wieder ins Auto.

Sie schnallte sich sofort an. War doch gut, dass es diese Dinger gab, auch wenn sie manchmal darüber fluchte.

»Was ist denn los mit Ihnen, Alsberger? Wenn der Typ nicht so durchtrainiert gewesen wäre, dann läge der jetzt unter dem Auto!«

Sie schaute ihren Assistenten an. Als er nach dem Schaltknüppel griff, konnte sie sehen, wie seine Hand zitterte.

»Fahren Sie hier in die Ladenburger. Wir trinken erst mal einen Kaffee.«

Wenige Minuten später saßen sie auf dem kleinen Neuenheimer Marktplatz, zwischen den neu gepflanzten Bäumen, mit Blick auf die Reste der alten Dorfkirche. Hier, wo heute Tische und Stühle standen und lukullischen Genuss unter freiem Himmel versprachen, war früher einmal der Friedhof gewesen, und Maria hoffte, dass sie sich nicht gerade auf den Gebeinen irgendeines Urururneuenheimers niedergelassen hatte.

Alsberger hatte sich, oh welch ein Genuss, ein Mineralwasser bestellt.

»Also, was ist los? Sie kommen ins Büro und sehen aus wie ein krankes Kaninchen. Bei der Zeugenbefragung sitzen Sie wie Frankenstein neben mir im Sessel und machen sich nicht mal Notizen, und jetzt überfahren Sie unschuldige Heidelberger Bürger. Irgendwas stimmt doch nicht!«

Sie sah den jungen Mann mit skeptischem Blick an. Der schwenkte die Eiswürfel in seinem Glas hin und her.

»Ich warte!« Hoffentlich bequemte sich der Herr heute noch, den Mund aufzumachen. »Also?«

»Fragen Sie doch mal Ihre Tochter«, antwortete Alsberger mit grimmigem Unterton in der Stimme.

Natürlich! Wie hatte sie das vergessen können! Vera musste mit Alsberger geredet haben, genauso, wie sie es ihr geraten hatte. Und nun war der Herr beleidigt! Deshalb hatte Vera gestern Abend versucht, sie zu erreichen. Und sie hatte nicht zurückgerufen. Mist!

Trotz ihrer sonstigen Nichteinmischungstaktik, die sie sich mühsam erarbeitet hatte, war Maria nun doch neugierig.

»Alsberger, Sie haben jetzt die Chance, mir *Ihre* Variante der Geschichte zu erzählen. Wenn ich es erst mal von meiner Tochter gehört habe und sie mich davon überzeugen kann, dass Sie ihr ungerechtfertigterweise irgendeinen Kummer zugefügt haben, wird es Ihnen ziemlich schlecht ergehen. Das habe ich Ihnen einmal versprochen, erinnern Sie sich noch?«

Alsberger lachte kurz auf. Es klang verbittert.

»Ich ihr Kummer zufügen! Da kann ich wirklich nur drüber lachen.«

Die Eiswürfel in seinem Glas mussten inzwischen an einem Schleudertrauma leiden.

»Also?«

»Vera hat sich von mir getrennt.«

»Was?« Das musste sie noch mal hören.

»Ich bin ihr nicht gut genug«, presste Alsberger schmallippig hervor.

»So ein Quatsch. So etwas würde meine Tochter nie sagen.«

»Ich bin ihr lästig. Ich würde ihr an der Backe kleben wie ein Kaugummi, hat sie gesagt.«

Der letzte Satz hörte sich allerdings schon eher nach ihrer Tochter an. Es war nicht ganz die Formulierung, die Maria ihr empfohlen hätte, aber das Problem hatte sie wohl klar umrissen.

Alsberger starrte in sein Glas.

»Hm«, sagte Maria. Mehr fiel ihr nicht ein. Nun war sie doch überrascht. Vera hatte sich zwar über Alsberger beschwert, aber im gleichen Atemzug doch von ihm geschwärmt. Ob sie das falsch verstanden hatte? Sie blickte auf den jungen Mann. Ein Häufchen Elend mit ziemlich viel Wut im Bauch. Wie es Vera wohl gehen würde? Sie musste sie gleich anrufen, wenn sie im Büro war.

»Tut mir leid«, sagte Maria zu dem Häufchen Elend.

Und war selbst ganz überrascht, dass es ehrlich klang.

Das ewige Rätsel Mann

Vera sah die Sache ganz anders.

»*Das* hat er gesagt?« Die Empörung in ihrer Stimme war nicht zu überhören. »*Ich* hätte mich von ihm getrennt? Das ist ja wohl das Letzte! Jetzt erzählt er auch noch Lügen über mich herum!«

Maria musste den Hörer ein wenig vom Ohr weghalten.

»So eine Unverschämtheit! Soll ich dir sagen, wie es gelaufen ist?«

Vera wartete erst gar nicht auf eine Antwort.

»Er hat sich von *mir* getrennt! Ich würde rumzicken, hat er gesagt. Ich könnte keine Nähe zulassen. Und wenn er mir auf die Nerven ginge, dann könnten wir es ja gleich sein lassen. *Er* hat das gesagt, nicht ich! *Er!*«

»Und was hast du darauf geantwortet?«

»Was soll man denn auf so was Blödes schon sagen?«

»Was genau hast du gesagt, Vera?«

Maria kannte ihre Tochter. Sie konnte manchmal ein wenig undiplomatisch sein. Eine gewisse Familienähnlichkeit mit der Mutter war da nicht von der Hand zu weisen.

»Ich habe gesagt, wenn er sich trennen will, bitte! Ich würde ihm nicht im Weg stehen! Wenn der, nur weil ich mal ein bisschen Kritik an ihm übe, gleich alles beenden will, was soll ich denn dann machen? Da hab ich ihm den Schlüssel auf den Tisch geknallt und bin gegangen.«

»Ach, Vera!«, seufzte Maria.

Für einen Moment war es still. Maria hörte, wie ihre Tochter schluckte.

»Weinst du?«

»Doch nicht wegen diesem Idioten!«

Ihre Stimme strafte Vera Lügen.

»Für mich hört sich das nach einem Missverständnis an. Willst du nicht mal in Ruhe mit ihm darüber reden?«

»Nie! Niemals!«, kam es prompt vom anderen Ende der Leitung. »Lieber verrecke ich. Mit dem bin ich fertig! Und weißt du, was er noch gesagt hat?«

»Nein, wie sollte ich?«

»Ich wäre genauso verschroben und kompliziert wie meine Mutter!«

Das brachte Alsberger allerdings einige Minuspunkte ein. Da war der Ärger ihrer Tochter nun wirklich nicht ganz unberechtigt.

»Aber du hältst dich da raus, Mama! Hast du verstanden?«

Maria hatte verstanden. Sie würde sich raushalten. Sie hatte es gut gemeint, war über ihren eigenen Schatten gesprungen und hatte versucht, Vera einen uneigennützigen Rat zu geben. Und jetzt das! Nie mehr würde sie sich einmischen. Wenn ihr einziges Kind schon unglücklich wurde, wollte sie wenigstens nicht dafür verantwortlich sein. Auch wenn sie das, was jetzt passiert war, das musste sie zu ihrer eigenen Entschuldigung anerkennen, wirklich nicht beabsichtigt hatte.

Sie saß noch grübelnd an ihrem Schreibtisch, als Dieter Mengert in ihr Büro kam. Seitdem am Morgen in der Rhein-Neckar-Zeitung der Artikel mit Bitte um Mithilfe der Bevölkerung erschienen war, hatten die Telefone nicht mehr stillgestanden.

Mengert reichte ihr etliche Zettel, auf jedem waren Anrufer und Aussage notiert. Insgesamt achtzehn Personen glaubten, die Stimme vom Tonband erkannt zu haben. Leider hatten sie alle jemand anderen benannt. Ein älterer Herr war sich sicher, dass es sich um den jungen Mann handelte, der neben ihm wohnte und die Musik immer zu laut stellte. Ein anderer glaubte, die Stimme einer Person wiedererkannt zu haben, die letzte Woche neben ihm am Imbissstand Pommes geordert hatte, und so weiter und so weiter. Das gab Arbeit.

Maria sah die Aufzeichnungen durch. Dieter Mengert hatte sich auf dem Stuhl vor ihrem Schreibtisch niedergelassen.

»Bei den Anrufen war einer dabei, der für uns interessant sein könnte. Schau mal ziemlich weit hinten.«

Maria blätterte. Der Name war mit Textmarker giftgrün markiert: Sandra Prolowka.

»Sie war am Höllenbach mit ihrem Hund unterwegs und hat jemanden in einem Wagen sitzen sehen. Irgendeinen Typen. Und zwar so gegen halb sechs. Könnte hinhauen«, kommentierte Mengert.

Zehn Minuten später war sie zusammen mit Alsberger unterwegs zu Frau Prolowka. Dem jungen Mann schien der Schreck vom Beinaheunfall noch in den Knochen zu sitzen. An jeder Ecke schaute er zweimal, ob nicht ein Auto kam oder jemand auf die Straße trat.

Frau Prolowka arbeitete in einem Supermarkt in Handschuhsheim, der am Nordausgang des Ortes in einer Art kleinem Industriegebiet lag. Hier gab es alles, was das Herz des Einkäufers begehrte. Nur die bunte und manchmal schon ein wenig mediterran anmutende Atmosphäre der kleinen Wochenmärkte in Heidelberg, die gab es hier nicht.

Im Supermarkt machten sie sich auf die Suche nach Frau Prolowka, die sie nach einigem Fragen beim Regal mit den Gemüsekonserven fanden.

Die junge Frau trug einen gelb-weiß gestreiften Kittel, der sie eindeutig als Mitarbeiterin auswies und der ihr ausgezeichnet stand. Klein, blond und zierlich reichte sie Maria kaum bis zum Kinn. Sie war der Typ Frau, der auch einen Kartoffelsack anziehen konnte und trotzdem noch unverschämt gut aussah. Viel älter als Mitte zwanzig konnte sie kaum sein.

»Als ich es heute Morgen in der Zeitung gelesen habe, habe ich mir gedacht, ich ruf einmal an, vielleicht ist es ja wichtig.«

»Das war genau richtig, Frau Prolowka«, lobte Maria. »Können Sie uns beschreiben, was Sie gesehen haben?«

»Also das war da am Hellenbächel. So kurz vor der Grillhütte. Da, wo man an der Seite parken kann. Ich weiß auf jeden Fall, dass ich schon am Schützenhaus vorbei war. Da ist mir der Hund nämlich auf den Hof abgehauen und hat an dem Plastikkoch, der da steht, das Bein gehoben. Das war mir vielleicht peinlich.«

Maria nickte. Schreckliche Geschichte.

»Ich hatte an dem Tag frei, und meiner Oma ging es nicht gut.

Sie hatte mich gefragt, ob ich mit dem Hund rausgehen kann, und da bin ich eben mit dem da hoch. Der kriegt ja sonst nie so richtig Auslauf. Ich hab gedacht, das tut dem Tier auch mal gut, wenn man mit dem was länger läuft.«

»Um wie viel Uhr war das?«, schaltete sich Alsberger ein. Maria war erleichtert, dass ihr Assistent nicht wieder vorhatte, nur als schweigender Zombie bei der Befragung dabei zu sein.

»Das muss so gegen halb sechs gewesen sein. Ich weiß nämlich, dass ich da oben noch auf die Uhr geschaut habe, weil ich um sechs mit meiner Freundin verabredet war. Da wollte ich nicht zu spät kommen. Die ist dann immer gleich beleidigt.«

Die junge Frau hatte sich ganz Alsberger zugewandt. »Und dann hab ich den Typen im Auto sitzen sehen. Der saß da einfach nur. So als ob er auf jemanden warten würde.«

»Können Sie ihn beschreiben?« Alsberger suchte in seiner Manteltasche nach dem Notizblock.

»Das ist schwer, weil er den Arm vor dem Gesicht hatte. Er hatte den Ellbogen am Fenster abgestützt, da konnte man echt nicht viel sehen. Ich konnte ja nicht wissen, dass das mal wichtig sein würde.«

»Nein, natürlich nicht«, stimmte Alsberger zu.

Die junge Dame lächelte ihn an. Ein Lächeln, bei dem jedes Männerherz schmelzen musste. Irgendwie bekam Maria das Gefühl, dass sie hier einschreiten musste.

»Wissen Sie denn noch, welche Automarke es war? Und welche Farbe der Wagen hatte?«, fragte sie.

Frau Prolowka sah sie kurz an, um dann ihre Antwort an Alsberger zu richten.

»Keine Ahnung. Ich bin ja nur vorbei und hab nicht besonders hingeschaut. Vielleicht silbergrau.« Sie dachte nach. »Oder nein, doch eher dunkel. Schwarz? Also, das weiß ich jetzt nicht mehr. Tut mir leid.«

Die junge Frau deutete auf Alsbergers Notizblock, so als wolle sie ihm diktieren.

»Aber das hab ich doch gesehen. Der Typ hatte dunkle Haare. Kurze dunkle Haare. Da bin ich mir ziemlich sicher.«

Sie fragten sie noch dies und das, aber mehr Informationen waren Frau Prolowka nicht zu entlocken. Alsberger kramte erneut in seiner Manteltasche und holte eine Visitenkarte heraus.

»Hier haben Sie unsere Nummer, wenn Ihnen noch etwas einfällt, rufen Sie uns bitte an.«

Die junge Dame nahm die Karte entgegen und strahlte Alsberger an.

»Gern. Mach ich bestimmt.«

Wenn das Mädel das mal nicht falsch verstanden hatte. Maria merkte, wie sie ärgerlich wurde. »Am besten melden Sie sich direkt bei mir, Durchwahl 07 am Ende«, fügte sie hinzu.

Auf der Rückfahrt war sie immer noch ärgerlich. Und sie wusste nicht einmal, warum. Alsberger hatte sich nichts zuschulden kommen lassen. Er schien die junge Frau nicht einmal besonders wahrgenommen zu haben. Und wenn – schließlich war Vera nicht mehr mit ihm zusammen. Warum regte sie sich dann auf? Maria verstand sich selbst nicht mehr.

Alsberger war nach Verlassen des Supermarkts wieder in dumpfes Brüten verfallen. Das konnte ja heiter werden, wenn ihr Assistent jetzt in der nächsten Zeit nur noch wie ein Trauerkloß neben ihr saß. Von wegen, Frauen wären kompliziert!

»Und, was sagen Sie zur Aussage von Frau Prolowka?«, fragte Maria ihn.

»Tja«, murmelte Alsberger, ohne seinen Blick von der Straße zu wenden.

»Was, ›tja‹? Können Sie das vielleicht ein wenig erläutern?«

»Könnte sein, dass der Typ da oben auf die Harmfeld gewartet hat.«

»Na, da wäre ich jetzt auch noch allein draufgekommen. Nun stellen Sie doch einmal ein paar Vermutungen an, bilden Sie Hypothesen, strengen Sie Ihren Grips an! Oder haben Sie sich von dem auch getrennt?«

Vielleicht musste man den jungen Mann ein wenig provozieren, damit er wieder etwas lebendiger wurde.

Alsberger sah sie mit einem giftigen Seitenblick an.

»Ich habe mich überhaupt nicht …«, setzte er zur Antwort an.

»Schon gut, schon gut«, blockte Maria ihn ab. Immerhin regte er sich wieder auf. Das war doch schon mal ein guter Anfang. »Also kommen wir wieder zur Harmfeld. Was sagt uns die Aussage der jungen Dame?«

Alsberger schüttelte ratlos den Kopf. Maria musste sich die Antwort selbst geben.

»Warum trifft sich die Harmfeld, deren Ehe sowieso am Ende ist, ausgerechnet da oben mit einem Mann? Wenn wir mal davon ausgehen, dass es wirklich so war. Ihr kann es ja ziemlich egal gewesen sein, ob man sie mit jemand anderem sieht. Diskretion hin oder her, aber man hätte sich auch in einem Café treffen können, da wäre ja nichts dabei, oder zum Beispiel bei dem Herrn zu Hause. Haben sie aber nicht. Sie treffen sich da, wo wahrscheinlich kaum Leute vorbeikommen, und der Typ setzt sich so ins Auto, dass kein Neugieriger im Vorbeigehen sein Gesicht erkennt. Also?«

»Er wollte nicht mit ihr gesehen werden?«

»Richtig!«, pflichtete Maria ihm bei. »Und wenn es ihr Mörder war und die Tat von ihm geplant war, was zu vermuten ist, da er ein Messer bei sich trug, gab es natürlich auch allen Grund, warum er nicht gesehen werden wollte.«

»Aber warum stellt er sich dann überhaupt da an die Hütte?«, fragte Alsberger. »Da hätte er doch besser das Auto ganz woanders geparkt und sich irgendwo versteckt, bis die Harmfeld kam.«

»Ebenfalls richtig«, stimmte Maria ihm erneut zu.

»Entweder war der Typ unvorsichtig, oder er hatte das Messer nur mal für den Fall der Fälle mit. Wenn sie irgendwas machen sollte, was ihm nicht passte.«

»Oder vielleicht eben irgendetwas *nicht* machen wollte.«

Hatte Angelika Harmfeld jemanden zurückgewiesen? War ein verzweifelter Liebhaber, der den Schmerz nicht ertragen konnte, verlassen zu werden, der Mörder? Der Mann, der sie am Telefon genervt hatte?

Vielleicht hatte sie ja mit diesem Mann zusammenziehen wollen, es sich dann aber wieder anders überlegt. Oder *er* hatte einen Rückzieher gemacht. Weil er verheiratet war und sich doch nicht von seiner Frau trennen konnte. Das übliche Drama. Und Angelika Harmfeld, die Frau, die sich nichts gefallen ließ, wollte ihm daraufhin den Laufpass geben. Wenn ihr Liebhaber verheiratet gewesen war, würde das auch die ganze Heimlichtuerei erklären und warum sie bisher keine Hinweise auf seine Identität gefunden hatten.

Zurückgewiesene Männer. Nicht ungefährlich. Ob sie nun verheiratet waren oder nicht. Maria schaute zu Alsberger, der wieder verstummt war und mit finsterer Miene nach vorne blickte. Ob sie Vera vielleicht anbieten sollte, in den nächsten Tagen bei ihr zu übernachten?

Dieter Mengert meldete sich über Funk und beendete abrupt ihre Grübeleien.

»Diese Frau Franske hat sich gemeldet. Sie will dich unbedingt sprechen. So schnell wie möglich.«

Maria seufzte. Was sollte das denn jetzt schon wieder?

»Die hörte sich ganz komisch an. Ich konnte sie kaum verstehen.«

Sie ergab sich in ihr Schicksal. »Wir fahren gleich vorbei.«

Nicht reagieren konnte man wohl kaum, obwohl sie so gar keine Lust verspürte, heute noch einmal Nettigkeiten der alten Dame über sich ergehen zu lassen. Vielleicht war es ja wirklich etwas Wichtiges, wenn sie es so eilig machte. Aber warum hatte sie sich dann nicht heute Mittag an sie gewandt? Sie hatte ja gesehen, dass sie im Haus waren.

Vielleicht wollte der Giftzahn ja auch gestehen, dass er einen Killer angeheuert hatte, um die verhasste Angelika aus dem Weg zu räumen. Schön wär's. Franske hinter Gittern, Fall gelöst, Ferver zufrieden. Man musste ja noch Träume haben.

Als sie an der Tür klingelten, geschah nichts. Alsberger drückte erneut den Messingknopf. Im Haus blieb es still. Die Franske würde doch wohl zu Hause sein, wenn sie wollte, dass gleich jemand vorbeikam!

»Probieren Sie es bei Harmfeld«, wies Maria Alsberger an. Aber auch der war nicht da.

Irgendwie war das schon seltsam. Hatte Frau Franske angerufen und gleich wieder vergessen, dass sie es getan hatte? Oder war da drinnen irgendetwas nicht in Ordnung? Mengert hatte gesagt, die alte Frau habe sich seltsam angehört.

Alsberger hatte den gleichen Gedanken. »Vielleicht ist etwas passiert?« Er hämmerte an die Tür und rief laut nach Frau Franske.

»Lassen Sie das, Alsberger, sie ist zwar alt, aber nicht taub.« Maria überlegte. »Gehen Sie mal um das Haus herum, ob man irgendwo problemlos reinkommt. Ich frage in der Nachbarschaft. Vielleicht haben sie ja bei irgendjemandem einen Schlüssel deponiert.«

Sie entschied sich, mit dem Haus rechts von den Harmfelds anzufangen. Ein großes Wohnhaus mit Treppenstufen vor der Eingangstür, neben der drei Klingelschilder angebracht waren.

Bei der zweiten Partei hatte sie Glück.

»Wer ist denn da?«, ertönte es aus der Sprechanlage.

Maria erläuterte kurz, worum es ging, dass man in Sorge um Frau Franske sei und ob die Dame vielleicht einen Schlüssel zum Haus habe oder wisse, wer in der Nachbarschaft dafür in Frage käme.

»Sie machen sich Sorgen um Frau Franske?«, kam es krächzend aus der Sprechanlage. »Kommen Sie hoch, da kann ich Ihnen helfen!«

Das Summen des Türöffners ertönte. Maria trat in den breiten Flur und stieg die hellen Steinstufen hoch. Licht fiel durch ein großes bleiverglastes Fenster. Im zweiten Stock schaute eine junge dunkelhaarige Frau aus einer Wohnung. Maria zückte ihren Dienstausweis und stellte sich vor.

»Sie wollten sicher wegen Frau Harmfeld mit ihr reden, was?« Die Frau, die mit Jogginghose und T-Shirt bekleidet barfuß in der Tür stand und sich als Frau Klarbach vorstellte, blickte ernst drein. »Furchtbar. Wir wussten ja gar nicht, was los war. Wir haben es erst heute Morgen in der Zeitung gelesen.«

»Wissen Sie, was mit Frau Franske ist? Sie hatte uns zu sich gebeten, aber sie macht nicht auf.«

»Kommen Sie mit«, sagte Frau Klarbach resolut. »Ich zeig Ihnen mal was.«

Sie ging durch den Flur, in ein Zimmer, das zum Haus der Harmfelds hin lag. Mit einem Ruck zog sie den Vorhang zur Seite, öffnete die Balkontür und trat hinaus.

»Da ist sie!« Ihr Tonfall war nicht gerade freundlich, als sie auf die gegenüberliegende Seite deutete.

Maria blickte hinüber und sah Frau Franske auf dem Balkon in einem Sessel sitzen, halb zur Seite geneigt. Die Augen geschlossen, den Mund weit geöffnet.

»Um Gottes willen!« Sie trat an das Balkongeländer und beugte sich vor.

»Keine Sorge, sie ist nicht tot oder so.« Die junge Frau hatte sich mit verschränkten Armen neben sie gestellt. »Hören Sie mal genau hin!«

Maria lauschte und konnte ein kehliges Schnarchen hören, das vom anderen Balkon herüberwehte. Auf dem Tisch neben Frau Franske stand eine Flasche, die verdächtig nach Cognac aussah.

»Sie ist betrunken! Das Geschnarche geht den ganzen Nachmittag so, wenn sie mal wieder einen gekippt hat. Sie können sich nicht vorstellen, wie das nervt. Im Grunde genommen kann ich den Balkon so gut wie gar nicht nutzen. Ich habe mir wirklich schon überlegt, ob man deshalb nicht eine Mietminderung geltend machen kann.«

Maria hörte ein Rascheln und sah hinunter. Alsberger mühte sich gerade ab, an einem Holzgerüst für Rankpflanzen die Wand hochzuklettern.

»Es ist gut, Alsberger, alles in Ordnung!«, rief sie ihm zu.

»Ich hab sie von da oben gesehen!«, gab Alsberger aufgeregt zurück. Offensichtlich war er ein Stück den Hang hinter dem Haus hochgelaufen und hatte Frau Franske auf ihrem Balkon erspäht. »Ich glaube, sie ist bewusstlos!«

»Nein, nein! Alles in Ordnung! Und jetzt runter da!«

Das musste ja nicht sein, dass ihr Assistent sich völlig unnötigerweise den Hals brach.

»Wie oft macht sie das?«

»In letzter Zeit würde ich mal sagen, so jeden zweiten Tag. Seitdem ihre Enkelin nicht mehr da ist, ist es deutlich mehr geworden.«

Die junge Frau sah zu Frau Franske hinüber.

»Ich glaube, der bekommt das nicht, dass sie da oben jetzt allein in der Wohnung hockt.«

»Wieso ›jetzt allein‹?«, fragte Maria verwundert.

»Na, die Enkelin wohnt doch sonst mit da oben.«
Die Nachbarin hatte ihr Erstaunen wohl bemerkt.
»Ich habe Amelie irgendwann mal auf der Straße getroffen. Da hat sie mir erzählt, dass sie jetzt hoch zur Oma gezogen ist. Ich glaube, da gab es ziemliche Schwierigkeiten zwischen Amelie und der neuen Frau Harmfeld. Mehr als einmal habe ich die beiden bis hier schreien gehört.«
»Wann hat Amelie Ihnen das erzählt?«
Frau Klarbach dachte kurz nach. »Na, so vor ungefähr einem Jahr.«
»Haben Sie mitbekommen, um was es bei den Streitigkeiten ging?«
»Nein, tut mir leid. Normalerweise interessiert mich auch nicht, was bei meinen Nachbarn vorgeht. Es sei denn, sie hängen betrunken auf ihrem Balkon rum und vermiesen mir den Ausblick.«
Von unten waren Stimmen zu hören. Maria blickte hinunter und sah einen hoch aufgeschossenen Mann bei Alsberger stehen, der sich immer noch am Rankgerüst für die Glyzinie festhielt. Der Herr echauffierte sich offensichtlich. Alsberger kramte seinen Dienstausweis hervor. War das der Gärtner, der jetzt die Polizei rief, weil jemand einbrechen wollte? Hoffentlich! Vielleicht würden die Kollegen Alsberger ja mitnehmen und wegsperren. Dann konnte er sich erst mal in Ruhe erholen.
Ein Röcheln ließ Maria wieder hochschauen. Frau Franskes Kinn war noch ein wenig mehr in Richtung Brust gesunken, das Schnarchen noch etwas lauter geworden. Ob die hochprozentige Freizeitgestaltung der alten Dame wohl etwas mit ihrem Gedächtnisverlust am letzten Mittwoch zu tun hatte?
»Sie wissen nicht zufällig, ob Frau Franske letzte Woche Mittwoch auch betrunken auf dem Balkon lag?«
»Doch, das weiß ich ganz genau!« Empörung schwang in der Stimme der Nachbarin. »Letzten Mittwoch hatte ich eine gute alte Freundin zum Kaffee eingeladen. Es war richtig schönes Wetter, und ich hätte gerne, wirklich sehr gerne, mit ihr hier draußen Kaffee getrunken. Aber da musste sich ja jemand volllaufen lassen und den ganzen Nachmittag auf dem Balkon vor sich hin schnarchen!«

»Wissen Sie, wie lange sie dort gelegen hat?«
»Nicht mehr genau.« Frau Klarbach starrte voller Wut auf den Nachbarbalkon. »Aber sicher bis fünf oder so. Manchmal habe ich den Eindruck, sie macht das extra. Immer, wenn ich mich mal hier raussetzen will, hängt sie da.«
Einen Moment standen sie schweigend beieinander und lauschten den Geräuschen, die aus Frau Franskes Kehle kamen. Die alte Dame bewegte sich kurz, ohne die Augen zu öffnen.
»Haben Sie eigentlich einen Fotoapparat?«, fragte Maria.
Ein Lächeln erhellte Frau Klarbachs Gesicht. »Aber sicher doch!«

Auf der Rückfahrt war Alsberger immer noch voller Sorge. Ob man nicht doch besser noch einmal hätte versuchen sollen, Herrn Harmfeld zu erreichen? Vielleicht war das mit dem Trinken alles nur üble Nachrede einer verärgerten Nachbarin. Es dauerte fast den ganzen Weg bis zur Polizeidirektion, ehe Maria den jungen Mann überzeugt hatte, dass auch seriös wirkende Achtzigjährige durchaus Alkoholprobleme haben konnten. Und sei es aus Einsamkeit.
»Dieser Mann, der mich da angequatscht hat, den kannte ich irgendwoher«, meinte Alsberger, als sie in die Römerstraße einbogen.
»Was wollte der von Ihnen?«
»Der hat wohl gedacht, ich hätte vor, da über den Balkon einzusteigen. Als ich ihm meinen Dienstausweis gezeigt habe, war er dann ganz schnell weg. Sollte was am Garagentor reparieren, hat er gesagt.«
»Und woher kannten Sie ihn?«
Alsberger schüttelte den Kopf. »Keine Ahnung. Ich kann mich nicht daran erinnern.«
Vielleicht war Alsberger ja auch schon ein wenig vergesslich und hatte deshalb so ein großes Herz für alte Damen mit Erinnerungslücken? Juvenile Senilität. Alzheimer à la Alsberger.
Maria dachte an Fervers Ermahnungen und verkniff sich schweren Herzens ihren Kommentar. Außerdem musste man jemanden, der am Boden lag, nicht auch noch treten.

Als sie in der Polizeidirektion von dem Vorfall mit Frau Franske berichteten, bekam Mengert sich gar nicht mehr ein.

»Die Alte gefällt mir!«, bemerkte er und wischte sich lachend die Tränen vom Gesicht.

Er hatte sich zusammen mit Alsberger und Maria mal wieder in Arthurs Büro eingefunden. »Ich glaube, mit der muss ich mal einen trinken gehen!«

»Wenn die dich mal nicht unter den Tisch säuft«, bemerkte Maria trocken.

»Ich finde das überhaupt nicht witzig«, mischte Alsberger sich ein. »Was ist denn lustig an einer alten Frau, die sich aus Einsamkeit betrinkt?«

»Ach Roland!« Mengert klopfte ihm auf die Schulter. »Nun sei doch nicht so 'n Miesmuffel.«

»Das hat mit Miesmuffel nichts zu tun. Da ist ein Mensch einsam und verzweifelt und trinkt. Ich habe nur gesagt, dass das nicht lustig ist. Da müsstest du mir doch eigentlich zustimmen können?«

»Oh, unser kleiner Moralapostel!« Mengert rollte mit den Augen.

»Ach, leck mich doch!« Alsberger stand auf und knallte die Tür hinter sich zu.

Nun war Dieter Mengert doch etwas perplex. »Was ist denn mit dem los?«

»Ich glaube, Kollege Alsberger braucht in den nächsten Tagen etwas Nachsicht.« Mehr wollte Maria dazu eigentlich nicht sagen.

»Wieso, kriegt der seine Tage?« Mengert fing schon wieder an zu lachen.

»Mengert, jetzt reicht es!«, fuhr Maria ihn an. »Lass ihn einfach in Ruhe. Und deine letzte Frage habe ich überhört. Die ist frauenverachtend und völlig unangemessen. Also halt gefälligst die Klappe, wenn du nichts Wichtiges zu sagen hast!«

»Okay, okay«, sagte Mengert. »Dann eben kein Spaß.«

»Also, was gibt es Neues? Habt ihr irgendetwas klären können?«

Arthur beantwortete Marias Frage. »Dieser Markwell von der Unternehmensberatung hat sich gemeldet. Er weiß nicht, wo die Sachen von der Harmfeld abgeblieben sein sollen. Kann sich überhaupt nicht erklären, was damit passiert sein könnte. Markwell hat Bortellis Aussage bestätigt. Er war an dem Mittwoch noch bis gegen sieben zusammen mit ihm im Büro. Dieter hat bei der Firma, in der Bortelli am Abend war, angerufen. Das war auch alles in Ordnung. Und diese Frau Lettra«, ergänzte er, »ist immer noch krankgemeldet. Am Donnerstag hat sie noch bis mittags gearbeitet, ist dann zum Arzt. Die Krankmeldung war am Freitagmorgen im Briefkasten. Aber zu Hause ist sie nicht zu erreichen. Hat anscheinend auch keinen Anrufbeantworter.«

Arthur wühlte in den Zetteln auf seinem Schreibtisch.

»Immerhin konnte Herr Markwell mir aber sagen, dass Frau Harmfeld an einem der Tage, die auf dem Zettel standen, beruflich für die Firma unterwegs war. Irgendwelche Trainings, die sie abgehalten hat. Am sechzehnten August war sie in Nürnberg, hat dort auch übernachtet.«

»Das heißt, dass sie sich an diesem Tag zumindest nicht hier mit irgendeinem Liebhaber getroffen haben kann.« Maria grübelte. »Und wie weit bist du mit den Finanzen der Harmfelds? Gibt es irgendwelche Versicherungen, die Angelika Harmfeld hatte, von denen jemand profitieren könnte?«

»Ich habe mit Herrn Harmfeld telefoniert, der sagt, nein. Aber ich werde es noch mal nachprüfen, sobald ich Einsicht in die Konten habe. Falls doch, sind da ja wahrscheinlich irgendwelche Beiträge abgebucht worden.«

»Und das Handy?«

»Keine Ortung möglich«, warf Mengert ein. »Scheint ausgestellt zu sein.«

Arthur griff nach einem dicken Packen Papier und reichte ihn Maria.

»Was ist das?«, frage sie verblüfft und warf einen Blick auf die Bögen, auf denen in jeder Zeile eine kleine Zahlenkolonne stand.

»Die Verbindungsdaten der letzten drei Wochen für Frau Harmfelds Handy!«

Maria blätterte den Stapel durch. Das waren ja Hunderte!

»War die telefonsüchtig?«, fragte Mengert, der genauso wie Maria entgeistert auf den Ausdruck starrte.

»Ich habe mal stichprobenartig einige angerufen.« Arthur lehnte sich auf seinem Stuhl zurück, der unter der Last verdächtig knarrte. »Alles irgendwelche Firmen. Ich nehme an, dass sie per Handy eine

Akquiseaktion für diese Unternehmensberatung durchgeführt hat. Als ich nachgefragt habe, konnte man sich bei einer der Firmen daran erinnern, dass eine Frau Anfang letzter Woche angerufen und ein Trainingsseminar für Führungskräfte angeboten hat. Aber das wirklich Interessante steht auf der letzten Seite.«

Sie blätterte vor. Auf der letzten Seite stand oben: »*18.10.*«, aber darunter nichts.

»Da steht doch gar nichts!« Sie hielt Arthur das Blatt hin.

»Eben! Diese Frau telefoniert wie gestört, aber an dem Tag rührt sie ihr Handy nicht an. Sie wurde erst am Abend ermordet, sie hätte Stunden Zeit gehabt zu telefonieren.«

»Na, dann war die Werbeaktion wahrscheinlich beendet!«, merkte Mengert an und angelte sich eine Büroklammer von Arthurs Schreibtisch.

»Leg sie sofort wieder hin!« Arthur warf ihm einen strengen Blick zu.

Mengert legte die Klammer demonstrativ zurück. »Mein Gott, seid ihr heute alle mies drauf.«

»Halt dich bei der Liste an die letzten Tage vor ihrem Tod, und finde heraus, wer hinter den Anschlüssen steckt.« Maria wusste nicht, was sie von dieser Geschichte halten sollte.

»Ach, und dann noch wegen des anonymen Briefs von heute Morgen.« Arthur rieb sich durchs Gesicht, und erst jetzt fiel ihr auf, wie müde und geschafft er aussah.

»Du sollst deshalb zu Ferver.« Er schaute auf die Uhr an der gegenüberliegenden Wand. Es war schon fast sieben. »Am besten beeilst du dich, der ist bestimmt bald weg.«

Der Brief! Den hatte sie ganz vergessen. Erfolgreich verdrängt. Am liebsten hätte sie es dabei belassen.

»Mach Schluss für heute, Arthur. Geh nach Hause!« Mengert hatte recht. Arthur war mies drauf und nicht erst seit heute. Er arbeitete zu viel.

»Und was soll ich da?«, kam es zurück.

»Gut, dann geh ich!« Kollege Mengert packte die Gelegenheit beim Schopfe und war in Windeseile zur Tür raus. Offensichtlich befürchtete er neue Arbeitsaufträge. Das Telefon auf Arthurs Schreibtisch klingelte.

»Ja, die ist hier«, sagte er und reichte Maria den Hörer.
Es war Herr Wies von der Pforte. Ein Herr Brokkoli sei da und wolle sie sprechen. Maria hörte Stimmengemurmel im Hintergrund. Also der Herr hieße … Erneutes Gemurmel. Aber Maria ahnte schon, wie der Herr hieß.

Mit klopfendem Herzen lief sie die Treppe zum Eingang hinunter.
Ihr Besucher stand im Vorraum und studierte die Flyer über die Polizeiarbeit, die an der Infotafel hingen.
»Hallo, was machen Sie denn hier?«, begrüßte sie Herrn Bortelli.
Es war wohl kaum zu überhören, dass sie sich freute, ihn zu sehen.
»Na ja, Sie kennen ja jetzt meinen Arbeitsplatz, da wollte ich mir natürlich auch mal Ihren ansehen. Und da ich gerade in der Gegend war, dachte ich, ich schau mal, ob Sie vielleicht noch da sind.«
Herr Bortelli strahlte sie an. Maria lotste ihn aus dem kleinen Vorraum. Es mussten ja nicht alle mitbekommen, dass dieser Herrenbesuch mehr oder weniger privat war.
»Kommen Sie doch mit hoch. Ich muss noch eben zu meinem Vorgesetzten, aber dann habe ich Zeit.«
Sie eilte vor ihm die Treppen hoch. Was wollte Bortelli hier? Vielleicht fragen, ob sie heute Abend etwas mit ihm zusammen unternehmen würde?
Sie öffnete die Tür zu ihrem Büro.
»Oh, wie gemütlich«, bemerkte der Psychologe ironisch, als er das kahle Zimmer mit PVC-Fußboden sah.
Maria lachte. »Machen Sie es sich doch einfach auf meinen Designermöbeln bequem.«
Sie deutete auf den Stahlrohrstuhl vor ihrem Schreibtisch. Dann hetzte sie zu Ferver.

Grau wie üblich fand sie Ferver in seinem Büro vor. Nur das Froschgießkännchen leuchtete ihr in frischem Grün von der Fensterbank entgegen. Ferver hatte den Brief vor sich liegen.
»Frau Mooser! Wie schön, dass Sie mir heute doch noch etwas von Ihrer so überaus kostbaren Zeit schenken!«, begrüßte er sie bissig.
Offensichtlich hatte er schon länger auf sie gewartet. Aber gera-

de jetzt wollte sie ihm eigentlich überhaupt nichts schenken. Und ihre Zeit am allerwenigsten.

»Nehmen Sie doch Platz!«, wies Ferver sie an.

Das war ein schlechtes Zeichen. Ein ganz schlechtes Zeichen. Und es kam, wie Maria es befürchtet hatte. Ferver holte lang und breit aus. Über die Gefahren des Polizeiberufes. Die vielfältigen Bedrohungen, denen man ausgesetzt war, und so weiter und so fort.

Sie musste ihn bremsen, sonst würde sie morgen früh noch hier sitzen.

»Wollten Sie mit mir über den Brief reden?«

Ja, das wollte er. Die Kriminaltechnik hatte ihn sich sofort vorgenommen. Die Sicherheit der Mitarbeiter gehe ja schließlich über alles. Aber auf dem Brief selbst waren keine Fingerabdrücke zu finden. Auf dem Umschlag die von mindestens zwei Personen, von denen eine höchstwahrscheinlich der Postbote war. Keiner der Abdrücke ließ sich in irgendeiner Datenbank finden. Die Briefmarke war selbstklebend, ebenso der Umschlag. Also keine Speichelreste, keine Chance auf DNA-Spuren.

»Da war ein Profi am Werk, Frau Mooser!«, sagte Ferver und schaute sie mit gebeugtem Kopf und vielsagendem Blick über den Brillenrand hinweg an. Dann erging er sich in weiteren Ausführungen über Verhaltensregeln in einem solchen Fall. Welche Sicherheitsvorkehrungen nun getroffen würden und worauf sie zu achten habe. Ganz die Fürsorge selbst.

Maria hatte den Eindruck, Ferver war einfach froh, ein Thema zu haben, mit dem er sich wichtigmachen konnte. Seht her, wie besorgt ich um meine Mitarbeiter bin! Jetzt war es genug!

»Herr Ferver, es tut mir leid, aber ich bin etwas unter Zeitdruck. Sie wissen ja, der ganze Schriftkram, die Information an die Staatsanwaltschaft ...«

Mit Schriftkram kam man bei Ferver immer gut an. Zwei Minuten später war sie draußen, nicht ohne noch einmal von ihrem Vorgesetzten zu äußerster Vorsicht ermahnt worden zu sein. Sie hastete den Flur zurück und öffnete frohgemut ihre Bürotür.

»Hallo, hier bin ich ...« Der Rest blieb ihr im Hals stecken.

Es war niemand mehr da.

Zwei Stunden später lag sie erschöpft auf der Couch in ihrem Wohnzimmer und starrte auf den Fernseher, in dem irgendein Herz-Schmerz-Film von Rosamunde Pilcher lief. Sie wechselte den Sender. Dann heute vielleicht doch lieber den Dokumentarfilm über Lurche in Apulien.

Maria holte den Zettel aus ihrer Hosentasche und las ihn zum fünften Mal.

»*Habe leider nicht so viel Zeit. Melde mich wieder! Herzlichst, Harald*«.

Was hieß das jetzt?

Auf jeden Fall hatte Bortelli nicht vorgehabt, sie zum Essen einzuladen oder so etwas in der Art. Sonst wäre er ja dageblieben. Oder war er ärgerlich, weil sie ihn so lange hatte warten lassen? Sie hätte diesen Idioten Ferver eher bremsen sollen. »*Melde mich wieder!*« Wie sollte man das denn verstehen? Halt still, wenn, dann komme ich auf dich zu? Er hätte ja auch schreiben können: »*Rufen Sie doch mal an!*« Hatte er aber nicht. Stand der vielleicht auch auf Frauen mit scheuem Rehleinblick?

Sie musste Bea fragen, wie sie diesen Zettel verstehen sollte. Bea kannte sich da besser aus. Sie selbst hatte ja während ihrer Ehe, und das waren immerhin fast dreißig Jahre gewesen, mit dem ganzen Partnergesuche nichts mehr zu tun gehabt. Woher sollte sie da noch wissen, wie ein *Melde mich wieder* in Kombination mit einem Überraschungsbesuch und einem böswillig verlassenen Büro zu verstehen war? Wollte der jetzt was von ihr oder nicht?

Verärgert knüllte sie den Zettel zusammen und warf ihn in hohem Bogen durchs Zimmer. Weg damit. Er landete irgendwo zwischen Ficus und Stereoanlage. Was machte sie sich Gedanken, wie dies oder jenes gemeint sein konnte? Sie benahm sich ja wie ein Teenager. War doch besser so. Auf privater Ebene konnte mit Bortelli sowieso nichts laufen, solange sie diesen Fall noch nicht gelöst hatte. Das brachte nur Ärger.

Das Telefon klingelte. Maria sprang von der Couch und hastete in den Flur. Bortelli konnte es eigentlich nicht sein, der hatte ja ihre Festnetznummer nicht. Oder doch?

Es war Vera. Ob Alsberger noch irgendetwas über sie gesagt habe. Maria verneinte wahrheitsgemäß. »Natürlich«, ereiferte sich ihre Tochter. »So viel bedeute ich ihm also! Aus den Augen, aus dem Sinn. Das habe ich mir gedacht! Wahrscheinlich baggert er morgen schon die Nächste an!«

Vera war nicht zu besänftigen. Das machte doch sehr den Eindruck, als brauche ihre Tochter im Moment ein wenig mütterliche Unterstützung. Maria lud Vera für den nächsten Tag zum Essen ein.

Als sie nach einer halben Stunde, in der sie die Schimpftiraden ihrer Tochter über Alsberger anhören musste, den Hörer auflegte, wusste sie, weshalb die Sache mit der jungen Frau im Supermarkt sie geärgert hatte. Vera hatte zwar gesagt, sie sei mit Alsberger fertig. Aber sie war es noch lange nicht. Und solange ihre Tochter noch etwas für Alsberger übrighatte, sollte ihn auch keine andere bekommen.

Da war sie eben doch ganz der Muttertyp. Vielleicht ein Muttertyp, der sich ein ganz klein wenig verliebt hatte.

*

Kai Hansen lag auf dem Bett in seinem Zimmer, das immer noch so eingerichtet war, als ob ein Siebzehnjähriger darin wohnen würde. Er konnte den Regen hören, der über ihm auf das Dach prasselte. Unaufhörlich. Aus großen grauen Wolken, die wie festgemauert über dem Ort hingen.

Er öffnete die Schublade seines Nachttischs. Da lag dieses blöde silberfarbene Handy. Einmal hatte er es ganz kurz angemacht. Es funktionierte noch. Wie ein Einbrecher war er sich vorgekommen. Ein Einbruch bei einer Toten.

Neben dem Handy lag der Brief von Karina. Das Papier war ganz glatt. Schön fühlte sich das an. Fast ein bisschen wie Karinas Haut.

Am Bauch war ihre Haut so unglaublich weich und zart. So ganz anders als seine. Er roch an dem Papier. Es duftete ein ganz klein wenig nach ihr. Sie hatte ihm geschrieben. Dass sie ihn vermisse. Sehnsucht habe. Dass man doch Kompromisse finden müsse. Und ein Nordlicht und eine Süddeutsche, da müsse man vielleicht ein bisschen mehr Kompromisse eingehen. Aber dass sie das doch vielleicht schaffen könnten.

Kai Hansen lauschte auf den Regen. Ob man in Heidelberg jetzt wohl noch draußen sitzen konnte?

Ziegelhäuser Fassade

Das Geräusch, das sie aus dem Schlaf schreckte, klang dumpf. Ein Klopfen, dunkel und bedrohlich. Reglos lag sie im Bett. Starr vor Angst. Traute sich kaum zu atmen.

Maria hatte nichts von dem gemacht, was Ferver ihr gesagt hatte. Vor lauter Gedanken an Bortelli hatte sie alles vergessen. Nicht einmal die Haustür hatte sie abgeschlossen. Und die Balkontür? Hatte sie die verriegelt?

Sie lauschte angestrengt in die Stille. Alles war ruhig. Aber sie war sich sicher, irgendetwas hatte sie gehört. Ein Geräusch, das hier nicht hingehörte. Oder wurde sie jetzt schon hysterisch?

Draußen fuhr ein Auto vorbei. Die roten Ziffern des Weckers auf ihrem Nachttisch sprangen weiter. Lautlos. Minute um Minute. Maria starrte auf die Anzeige. Bemühte sich, auch das kleinste Geräusch wahrzunehmen. Aber es war nichts mehr zu hören. Im ganzen Haus schien es totenstill zu sein.

Sie ließ zehn Minuten vergehen. Dann stand sie langsam auf, so geräuschlos wie möglich, schlich in den Flur und machte das Licht an. Ihre Dienstwaffe lag genau da, wo sie sie am Abend hingelegt hatte. Auf dem kleinen Tisch an der Garderobe. Ferver würde sich die letzten Haare ausreißen, wenn er das wüsste.

Sie nahm die Pistole, die beruhigend kühl in ihrer Hand lag. Dann ging sie von Zimmer zu Zimmer. Ins Wohnzimmer. Die Balkontür war verschlossen. In Veras Zimmer, in dem immer noch ein Bett für ihre Tochter stand. In die Küche. In Bernds ehemaliges Arbeitszimmer, das seit seinem Auszug verwaist war und das sie selbst kaum nutzte. Als sie auch in den allerletzten Winkel ihrer Wohnung geschaut hatte, beruhigte sie sich langsam wieder.

Sie ging zur Haustür und schloss ab. Dann ließ sie sich auf das Sofa im Wohnzimmer fallen. Sie musste sich geirrt haben. Oder das Geräusch war von der Straße gekommen. Wahrscheinlich hatte es gar nichts zu bedeuten. Aber die Angst hatte sie für den

Bruchteil einer Sekunde in ihren Fängen gehabt. Maria hasste es, Angst zu haben. Und noch mehr hasste sie es, allein zu sein, wenn sie Angst hatte.

Da sie keine Lust hatte, ins Schlafzimmer zurückzugehen, holte sie sich ihre Bettdecke und legte sich auf die Couch. Das Licht ließ sie an. Und ärgerte sich über sich selbst. Das war doch genau das, was dieser anonyme Schmierfink beabsichtigt hatte. Sie sollte Angst haben. Und dann? Ob der wohl dachte, sie würde den Fall abgeben, wenn er ihr drohte? Oder war es jemand, der sie einfach nur fertigmachen wollte? Sich für irgendetwas rächen wollte?

Der Tag dämmerte herauf, und Maria hatte kaum ein Auge zugetan. Aber frisch geduscht, mit einer Tasse Kaffee und der Tageszeitung vor sich auf dem blanken Holztisch ihrer Küche, waren die Gespenster der Nacht bald vertrieben.

Sie musste an den Zettel denken, den Bortelli geschrieben hatte und den sie im Wohnzimmer unter drei Büchern auf dem Tisch gerade plättete. Sie hatte ihn hinter dem Ficus hervorgeholt und, so gut es ging, glatt gestrichen. Sie würde ihn Bea vorlegen. Bea musste ihr helfen zu verstehen, was das heißen sollte. Gleich heute Abend würde sie sie anrufen. Sollte sie Bea nicht sowieso noch wegen dieser Horror-Show zurückrufen?

Die Luft, die Maria entgegenschlug, als sie die alte Holztür öffnete und auf den schmalen Plattenweg trat, war kühl und feucht. Sie klappte den Kragen ihrer dunkelblauen Wachsjacke hoch und vergrub die Hände in den Taschen.

Herr Meltzer, der zwei Etagen über ihr wohnte, versuchte unter großen Mühen, etwas aus der blau bedeckelten Tonne zu angeln, die dem kleinen Mann gut und gerne bis zur Brust reichte. Man sah auf jeden Fall nicht allzu viel von ihm, außer den gestreiften Beinen der Pyjamahose und dem ebenso gestreiften Hinterteil. Der Rest hing kopfüber in der hohen Tonne.

»Morgen, Herr Meltzer«, rief Maria.

Herr Meltzer, der mit seinen fünfundsiebzig Jahren manchmal etwas verwirrt war und nicht mehr allzu gut hörte, kam murrend zum Vorschein. Sie kannte den alten Herrn nun schon seit fast zwanzig Jahren, so lange, wie sie hier wohnte. Alle anderen Mieter waren deutlich älter gewesen, als sie damals als junge Familie eingezogen waren. Fast alle waren im Haus wohnen geblieben, sodass Maria es heute manchmal spaßhaft als »Seniorenresidenz« bezeichnete. Immerhin hatte diese Hausgemeinschaft einen Vorteil: Wenn man unter sechzig war, kam man sich im Vergleich zu den anderen Mietern geradezu jugendlich vor.

»So ein Blödsinn mit diesen ganzen Tonnen«, giftete Herr Meltzer. »Gelb, braun, blau, wer blickt denn da noch durch!«

Missmutig starrte er in den Abfallbehälter. Er schien nicht sehr erfreut darüber, dass er sein Papier, dank neu eingeführter Papiertonne, nun direkt vor der Haustür entsorgen konnte.

»Kommen Sie da unten dran?«, fragte er Maria und wies mit dem Kinn in die Tiefe. Aber Maria hatte keine Lust, vor Arbeitsbeginn schon im Müll herumzukriechen, um Herrn Meltzers Sortierfehler wieder zu beheben.

Sie schüttelte den Kopf. »Was haben Sie denn reingeworfen?«

»Ich habe die Zeitung aus dem Briefkasten geholt und den Plastikmüll mit runtergenommen«, gab Herr Meltzer zur Antwort.

Der alte Mann sah sie hilflos an. Maria spähte in die geöffnete Papiertonne und sah auf dem Boden Herrn Meltzers Plastikmüll, daneben seine Tageszeitung. Ein Doppelfehler, sozusagen.

»Klappen Sie den Deckel zu und vergessen Sie es.« Sie lächelte ihm aufmunternd zu. »Ist sozusagen eine polizeiliche Anordnung. Ich lege Ihnen heute Abend meine Zeitung vor die Tür.«

Der alte Herr warf noch einen letzten bedauernden Blick in die Tonne, bevor er nach dem Deckel hangelte.

»Herr Meltzer, haben Sie vielleicht heute Nacht irgendwelche ungewöhnlichen Geräusche im Haus gehört?«

Vielleicht war sie ja nicht die Einzige, die eine unruhige Nacht hinter sich hatte. Der alte Mann neigte den Kopf leicht zur Seite.

»Ach, war da was?«, fragte er mit besorgtem Blick.

»Nein, nein, schon gut«, erwiderte Maria rasch.

Nur niemanden verrückt machen mit ihrer eigenen Panik. Wenn sie schon nachts vor Angst nicht schlafen konnte, musste sie ja nicht auch noch dafür sorgen, dass es anderen genauso ging.

Doch eines wurde ihr in diesem Moment klar: In ihrer Wohnung konnte jemand sie umbringen, und es würde wahrscheinlich niemand im Haus merken. Die eine Hälfte ihrer Mitbewohner würde es nicht hören, und die, die es hören könnten, würden denken, einer der schwerhörigen Nachbarn habe den Fernseher mal wieder zu laut gestellt.

Oder hatte der alte Mann einfach deshalb nichts gehört, weil es nichts zu hören gab? Weil sie sich das Ganze nur eingebildet hatte? Weil Ferver sie mit seinem Gequatsche völlig verrückt gemacht hatte? Ferver, der sie so lange vollgeblubbert hatte, bis Bortelli das Weite suchte.

Maria schaute in den grauen Himmel, spürte den feinen Nieselregen auf ihrem Gesicht. Das mit dem schönen Wetter war wohl erst mal vorbei. Sie verabschiedete sich von Herrn Meltzer und war noch keine zwanzig Meter die Dantestraße entlanggelaufen, als sie Lambert entdeckte, einen der Kollegen vom Streifendienst, der, in Zivil gekleidet, in einiger Entfernung unschlüssig am Straßenrand stand. Sie grüßte, aber er schaute weg und wechselte die Straßenseite. Was war denn mit dem los? Maria war sich sicher, dass er sie erkannt haben musste. Der war doch sonst einer von der freundlichen Truppe.

Mürrische Nachbarn am frühen Morgen, Kollegen, die sie ignorierten – irgendwie war das wohl heute nicht ihr Tag.

Ihre Stimmung besserte sich schlagartig, als sie in den braunen Papierumschlag schaute, den sie auf ihrem Schreibtisch in der Polizeidirektion vorfand. Mit der Kamera der netten Nachbarin von Familie Harmfeld konnte man wirklich sehr schöne Fotos machen! Frau Franske auf Hochglanzpapier gebannt, mit weit offenem Mund und geschlossenen Augen. Die Flasche auf dem Tisch neben ihr war auch sehr gut zu erkennen.

Sie nahm den Umschlag und ging rüber zu Arthur.

»Willst du mal den Giftzahn sehen?«, fragte sie und legte ihm die Fotos hin.

»Guten Morgen, Maria«, sagte Arthur in mahnendem Tonfall. »Man kann an meiner Tür auch anklopfen. Eine wichtige Funktion von Türen ist die, dass man daran anklopfen kann. Wusstest du das schon?«

»Was ist dir denn über die Leber gelaufen?« Maria hatte heute eigentlich wenig Lust auf beleidigte Mitarbeiter.

Arthur schaute sie kurz von unten an, um dann wieder auf das Papier zu blicken, das er gerade las.

»Also gut«, lenkte Maria ein. »Guten Morgen, lieber Arthur! Hast du gut geschlafen?«, säuselte sie. »Reicht das, oder soll ich noch mal rausgehen und anklopfen?«

Arthur erwiderte nichts und griff wortlos nach den Fotos. »Ist das diese Frau Franske?«

»Nette Aufnahmen, nicht wahr?« Maria konnte die Freude in ihrer Stimme nicht verbergen.

»Und was machst du jetzt damit?« Er gab ihr die Fotos zurück.

»Wenn sie mich noch mal ärgert, lass ich die als Poster drucken und häng sie in Neuenheim an jede Straßenecke.«

»Maria!« Arthur schüttelte den Kopf und suchte in den Papieren auf seinem Schreibtisch. Er reichte ihr einen Zettel. »Hier, ich glaube, das könnte interessanter sein als deine Fotos.«

Auf dem Zettel stand eine Handynummer, daneben ein Name: Rainer Röttke.

»An diese Nummer hat Angelika Harmfeld am Abend vor ihrem Tod laut Telefongesellschaft eine SMS geschickt. Um siebzehn Uhr dreiundzwanzig. Es war die letzte Nummer, die sie von ihrem Handy aus angewählt hat.«

Röttkes Name hatte in Angelika Harmfelds Adressbuch gestanden – der Tennis spielende Rechtsanwalt und Freund der Familie, mit dem man aber nach Herrn Harmfelds Aussage schon seit Längerem keinen Kontakt mehr hatte.

»Röttke hat eine Kanzlei hier in Heidelberg, in ...« Arthur suchte erneut im Zettelwust auf seinem Schreibtisch. »Da ist ja die Adresse. In Ziegelhausen. Ich habe die Listen der Telefongesellschaft durchgesehen. Den hat sie in den letzten Wochen einige Male angerufen.«

»Und die Sekretärin aus der Unternehmensberatung? Diese Frau Lettra?«

»Nicht aufzufinden. Ich habe es gestern Nacht und heute Morgen früh noch probiert, die ist nicht da. Auf jeden Fall liegt sie nicht zu Hause in ihrem Bett.«

Bortelli hatte ja gesagt, dass die gute Dame gerne mal eine Krankschreibung nutzte, um ein paar Tage wegzufahren. Wahrscheinlich würde sie bald wieder auftauchen. Trotzdem beschlich Maria ein ungutes Gefühl.

»Es gibt doch ihre Krankmeldung. Auf der ist auf jeden Fall der Stempel vom behandelnden Arzt. Den fragt ihr, was los ist. Wenn ihr da nicht weiterkommt, ruft alle Krankenhäuser an! Und Mengert soll sich bei den Nachbarn umhören, ob die was wissen.«

Und wenn die Sekretärin unauffindbar blieb, würde sie bei der Staatsanwältin beantragen, Frau Lettras Wohnung einen Besuch abstatten zu dürfen. Da ging sie doch lieber auf Nummer sicher.

Röttkes Kanzlei strahlte kühle Eleganz aus. Der Boden war weiß gekachelt und mit teuren Teppichen belegt, die jeden Schritt weich abdämpften. An den Wänden hingen in silbernen Rahmen Schwarz-Weiß-Fotos von Heidelbergs Schokoladenseite. Das Schloss in all seiner Pracht, das Neckartal, in dem eine Wolke wie ein dickes, weißes Daunenbett über dem Fluss lag, die Dächer der Altstadt im frühen Morgennebel.

Eine freundliche Dame führte Maria und Alsberger in einen Raum, der offensichtlich auf wartende Gäste ausgerichtet war. Kleine schwarze Ledersessel, Zeitschriften, auf einem großen Glastisch ein Tablett mit Getränken und Keksen. Maria griff nach einer der Zeitungen, die versprachen, die intimsten Details über die englische Queen und ihre Schwiegertochter Camilla preiszugeben. Bis zu den pikanten Einzelheiten kam sie aber nicht, denn schon bald öffnete sich die gegenüberliegende Tür.

Ein großer, schlanker Mann, Mitte vierzig, mit blauem Anzug und dezent gepunkteter Krawatte, trat auf sie zu.

»Röttke«, stellte er sich lächelnd vor und bat sie in sein Arbeitszimmer.

Der Rechtsanwalt ließ sie in einer kleinen Sitzgruppe Platz nehmen. Auch hier war alles aus Leder, Glas und chromblitzendem Metall. Sehr schick und ohne Zweifel eine Inneneinrichtung, die den Besitzer einiges gekostet hatte.

Herr Röttke schaute Maria an, nickte, gerade so, als ob sie ihn schon etwas gefragt hätte, und folgerte ganz richtig: »Sie kommen sicher wegen Angelika Harmfeld.«

Maria saß ihm gegenüber und sah direkt in seine stahlblauen Augen, die auffällig mit dem kurz geschnittenen schwarzen Haar kontrastierten. Röttke sah verdammt gut aus. Mit Schnurrbart hätte er glatt Tom Selleck Konkurrenz machen können.

»Sie wissen, was passiert ist?«, fragte sie.

»Natürlich. Stand ja groß in der Zeitung.« Herr Röttke holte tief Luft. »Das tut mir sehr leid. Ich habe früher mal eine Zeit lang mit Klaus Tennis gespielt. Angelika war einige Male dabei, daher kannte ich sie.«

»Wann hatten Sie das letzte Mal Kontakt zu Frau Harmfeld?« Maria ließ ihn nicht aus den Augen.

Der Rechtsanwalt zögerte einen Moment. »Nun, sie hat mich in letzter Zeit einige Male angerufen. Aus beruflichen Gründen, sozusagen.«

»Könnten Sie das bitte näher erläutern?«

Aus den Augenwinkeln sah sie, dass Alsberger begonnen hatte, eifrig auf seinem Notizblock rumzukritzeln.

»Es ging um eine Angelegenheit, in der Regelungsbedarf bestand.«

»Herr Röttke«, entgegnete Maria mit etwas genervtem Unterton, »Sie wollen mich doch wohl nicht mit leeren Floskeln abspeisen? Frau Harmfeld hat Ihnen am Abend vor ihrem Tod eine SMS geschickt. Das gibt uns doch sehr zu denken. Und Ihnen sollte es auch zu denken geben. Entweder Sie sagen uns, was los war, oder wir müssen Sie leider vorübergehend mitnehmen. Das wäre doch sicher keine gute Werbung für Ihre Kanzlei.«

Maria hätte gedacht, dass Röttke ihre Drohung mit irgendwelchen juristischen Argumenten wie Schweigepflicht oder Ähnlichem parieren würde. Aber Herr Röttke blickte nur betreten drein und wirkte mit einem mal sehr jungenhaft.

»Die Harmfelds wollten sich scheiden lassen. Angelika hat einige Male angerufen und war auch zu ein oder zwei Terminen hier, weil sie wissen wollte, wie die finanziellen Dinge im Falle einer Scheidung für sie aussehen würden«, erklärte er. »Die beiden waren ja noch nicht so lange verheiratet, die Sache wäre nicht sehr kompliziert geworden. Es gab zwar keinen Vertrag auf Gütertrennung, aber aufgrund der kurzen Ehedauer war der Zugewinn sehr überschaubar. Ansonsten bleibt ja den Ehepartnern, was sie mit in die Ehe eingebracht haben, und das war alles recht gut dokumentiert. Keine große Sache.«

»Gut.« Maria nickte. »Das wäre der Stoff für *einen* Anruf. Vielleicht auch für zwei oder drei. Sie haben aber öfter mit ihr gesprochen.«

Herr Röttke stand auf, ging zu einem Karteikasten, der hinter seinem Schreibtisch stand, und holte eine Akte heraus. »Eigentlich plauder ich nicht gerne Details über meine Mandanten aus. Aber in diesem Fall ist es ja wohl für mich auch nicht ganz unwichtig, dass Sie wissen, was los war.«

Kluges Kerlchen, dachte Maria und wartete.

»Sie hat mich vor circa drei Monaten das erste Mal angerufen.« Er blätterte in der Akte. »Sie war einmal hier, das war am zweiundzwanzigsten September. Diese Woche hätte sie am Donnerstag einen weiteren Termin gehabt, aber den hat sie per SMS kommentarlos abgesagt. Das war das letzte Mal, dass sie mich kontaktiert hat.«

»Was hat sie geschrieben?«

»Nur, dass sie nicht kommen kann. Mehr nicht. Ich bin davon ausgegangen, dass sie sich noch einmal wegen einer neuen Terminvereinbarung melden würde. Ich nehme mal an, dass sie sich wegen der Scheidung an mich gewandt hat, weil ich der einzige Rechtsanwalt war, den sie persönlich kannte. Daher hatte sie auch meine Handynummer. Die gebe ich eigentlich nur in Ausnahmefällen an Mandanten weiter. Manche denken sonst, ihr Rechtsanwalt sei so etwas wie ihr Leibeigener, der ihnen zu jeder Tages- und Nachtzeit zur Verfügung stehen müsste.«

Herr Röttke legte die Akte vor sich auf den Tisch.

»Als sie sich anfangs meldete, ging es zunächst wirklich rein um die rechtlichen Dinge der Scheidung. Aber wie das eben oft so ist in meinem Job: Die Leute brauchen nicht nur einen Anwalt. Wenn die erst mal gemerkt haben, dass ihnen jemand zuhört, wollen sie auch ihren Kummer loswerden. Wie gemein der andere ist, was man ihnen alles antut und so weiter. Angelika Harmfeld war da auch nicht anders.«

Maria horchte auf. »Und was hat man ihr angetan?«
Der Anwalt zuckte mit den Schultern. »Das Übliche halt. Klaus sei lieblos, bemühe sich nicht mehr um sie. Die ganze Situation in dem Haus fand sie wohl schrecklich. Wenn sie angerufen hat, ging es meistens auch darum.«

»Was genau fand sie schrecklich?«, fragte Alsberger.

»Sie hatte den Eindruck, alle hätten sich dort gegen sie verschworen. ›Die da oben, die hassen mich‹, hat sie mal gesagt. Damit hat sie wohl diese alte Dame gemeint, die Mutter der ersten Frau von Klaus, und seine Tochter. Soviel ich weiß, leben die beiden in dem Haus zusammen im Obergeschoss. Schon eine etwas seltsame Situation. Aber vielleicht hat Angelika es auch etwas sehr negativ gesehen. Sie konnte manchmal schon recht theatralisch sein.«

Fast unmerklich hatte sich Röttkes Tonfall geändert. Ganz so sympathisch schien Frau Harmfeld dem Rechtsanwalt wohl nicht gewesen zu sein.

»Dabei muss sie sich mit der Stieftochter zu Anfang sehr gut verstanden haben. Aber das Mädchen wurde dann, so wie sie es geschildert hat, immer schwieriger. Die Kleine muss wohl nicht ohne sein.«

»Wie sieht es mit den finanziellen Verhältnissen aus? Darüber sind Sie ja sicher informiert, wenn Frau Harmfeld Sie zurate gezogen hat. Gab es jemanden, der einen Vorteil von ihrem Tod hatte?«

Herr Röttke schüttelte den Kopf. »Nein, soviel ich weiß, nicht. Angelika hat in ihrem Job ganz passabel verdient, auch wenn sie das selbst anders einschätzte. Aber sie hatte kein nennenswertes Vermögen. Sie kam aus eher kleinen Verhältnissen, wie man so schön sagt.« Der Rechtsanwalt zögerte. »Es hat auch Streit ums Geld gegeben, aber ich glaube, das ging eher in eine andere Richtung.«

»In welche?«, fragte Alsberger mechanisch, ohne von seinem Block aufzusehen.

»Die alte Dame im Obergeschoss hatte wohl große Sorge, dass Angelika als neue Ehefrau später einmal das Erbe ihrer Enkelin schmälern würde.«

»Ach«, entfuhr es Maria.

Das Telefon auf Herrn Röttkes Schreibtisch klingelte. Eine Entschuldigung murmelnd sprang er auf. Während des Telefonats drehte er sich um, sodass Maria und Alsberger nur seinen Rücken sehen konnten. Sie verstand nicht alles, was er sagte, aber das »Ja, mein kleiner Schatz« war deutlich zu hören. Maria schaute zu ihrem Assistenten, der immer noch nicht aufgesehen hatte und schon wieder irgendetwas auf seinem Block notierte. Was machte der denn da? Alsberger kritzelte und kritzelte. Schrieb der etwa das Telefonat mit?

Sie beugte sich so weit wie möglich zur Seite und spähte auf Alsbergers Papier. Er malte etwas um den Rand seiner Aufzeichnungen herum. Mit großer Sorgfalt, so wie man es früher in der Schule beim Schönschreiben mit den Schmuckreihen getan hatte. Maria beugte sich noch weiter zu ihm herüber. Was sollte das sein? Waren das alles kleine Dolche, die er da auf den Rand kritzelte?

»Meine Tochter«, bemerkte Röttke entschuldigend, als er sich wieder zu ihnen setzte. »Sie hat die Windpocken, und ich habe ihr versprochen, dass sie mich anrufen kann, wenn ihr langweilig ist.«

Dafür bekam der schöne Rechtsanwalt ein paar Bonuspunkte auf Marias persönlichem Sympathiekonto. Trotzdem kein Freibrief. Und wahrscheinlich saß die Ehefrau zu Hause und hielt das windpockenverseuchte Händchen. Da konnte man sich als liebender Vater auch mal tagsüber anrufen lassen.

Die Bonuspunkte wurden wieder gestrichen.

»Sie sind verheiratet?«, fragte Maria.

Herr Röttke sah sie erstaunt an. »Meine Frau und ich leben getrennt«, gab er mit leicht fragendem Unterton zurück. »Ich hoffe, dagegen ist nichts einzuwenden.«

»Seit wann?«

»Seit circa anderthalb Jahren. Zum Glück bekommen wir das mit den Kindern trotzdem ganz gut hin. Zwei Mädchen, acht und zehn.«

»Herr Röttke, hat Frau Harmfeld Ihnen außer den familiären Problemen noch etwas anderes erzählt? Hat sie über ihre Arbeit gesprochen, vielleicht irgendwelche Andeutungen über einen neuen Partner gemacht, über Pläne bezüglich eines Auszugs, was auch immer?«

»Ich kann mich an nichts erinnern.« Der Rechtsanwalt schüttelte fast unmerklich den Kopf. »Ich habe aber ehrlich gesagt meistens versucht, die Telefonate kurz zu halten. Wenn man nachfragte, dauerten die Gespräche noch mal so lang.«

Und darauf hattest du keine Lust, weil Angelika Harmfeld dir auf die Nerven gegangen ist, dachte Maria. Genau, wie sie ihrem Mann auf die Nerven gegangen war. Irgendwie konnte einem die Frau fast leidtun.

»Wo waren Sie am Mittwoch vergangener Woche zwischen siebzehn und neunzehn Uhr dreißig?«

»Hier. Ich hatte zu tun. Das weiß ich noch gut, weil am Donnerstagmorgen ein schwieriger Gerichtstermin anstand und ich mit den Vorbereitungen ziemlich unter Druck war.«

»Kann das jemand bezeugen?«

Maria versuchte, eine Regung im Gesicht ihres Gegenübers auszumachen. Eine Bewegung des Mundwinkels, ein Runzeln der Stirn. Nichts. Röttke zuckte nicht einmal mit der Wimper.

»Meine Schreibkraft war da sicher schon weg. Ich war allein hier.«

»Hat Sie irgendjemand angerufen? Oder könnte Sie jemand gesehen haben, als Sie abends nach Hause gingen?«

»Ich denke, schon. Normalerweise ruft immer irgendwer zwischendrin an.«

»Mit wem haben Sie gesprochen?«

»Ich weiß es nicht mehr«, sagte Herr Röttke. »Aber es wird mir sicher wieder einfallen.«

»Denken Sie noch mal in Ruhe darüber nach. Sollte Ihnen niemand einfallen, haben Sie doch sicherlich nichts dagegen, dass wir uns bei Ihrer Telefongesellschaft nach Ihren Verbindungsdaten für den Mittwochabend erkundigen? Das kann ja nur zu Ihrem Vorteil sein.«

Der Rechtsanwalt hatte keine Einwände und unterschrieb die Einverständniserklärung, die Alsberger ihm vorlegte. Nein, verreisen werde er nicht. Natürlich nicht.

Sie saßen gerade wieder im Wagen, als es in Alsbergers Jackentasche piepste. Hektisch holte er sein Handy hervor und drückte einige Tasten, um es dann wieder verschwinden zu lassen. Er ließ wortlos den Wagen an, und Maria hatte den Eindruck, seine Miene war wieder deutlich finsterer als zuvor.

»Na, schlechte Nachrichten?«

Sie hätte ja zu gerne gewusst, wer ihm da eine SMS geschickt hatte. Besonders gefreut hatte er sich darüber auf jeden Fall nicht. Ob Alsberger wohl darauf wartete, dass Vera sich meldete?

»Belanglos«, murmelte Alsberger und bog auf die Uferstraße.

Na hoffentlich, dachte Maria. Wenn es schon keine Nachricht von Vera war, und davon ging sie nach dem gestrigen Telefonat mit ihrer Trotzkopftochter aus, dann wäre es gut, wenn alle anderen Nachrichten vorerst belanglos waren. Hoffentlich fiel Alsberger nicht wieder in sein früheres Verhalten zurück. Flirten und dann nix wie weg. Wer wusste schon, ob das mit dem »nix wie weg« bei ihm nicht endgültig vorbei war und nur das mit dem Flirten wiederkam. Dann blieb er vielleicht bei der Nächsten kleben. Und ihre Trotzkopftochter hatte den Kummer.

»Wir fahren zu Frau Franske«, wies Maria ihn an. »Mal hören, was die gestern von uns wollte. Wenn sie sich noch daran erinnern kann.«

»Und was passiert mit diesem Röttke?«

Maria war sich unsicher. Manchmal hatte sie ein klares Gefühl, wenn sie mit jemandem gesprochen hatte. Bei Röttke war irgendein Mischmasch zurückgeblieben. Sie hätte noch nicht einmal sagen können, ob er ihr sympathisch war. Sein Alibi ließ auf jeden Fall zu wünschen übrig. War er wirklich nur der halbprofessionelle Seelentröster gewesen, wie er es sie glauben machen wollte? Für eine Bekannte, die sich ab und zu mal irgendwo ausweinen musste?

»Ich setze Mengert auf ihn an. Der soll erst mal mehr Infos über ihn beschaffen, ein bisschen im Umfeld herumfragen. Und die Verbindungsdaten für letzten Mittwoch anfordern. Im Moment haben wir zu wenig in der Hand, um weitere Schritte einzuleiten. Und ich hatte nicht den Eindruck, dass die Gefahr besteht, er könnte sich aus dem Staub machen. Solche Typen hauen nicht einfach ab, dazu hat der zu viel zu verlieren. Einen guten Job, Kinder, und ich nehme mal an, eine schicke Eigentumswohnung oder ein nettes Häuschen hier irgendwo.«

Sie schaute aus dem Seitenfenster. Ihr Blick fiel auf das alte Gemäuer des Stifts Neuburg. Das war allerdings mehr als ein nettes Häuschen. Die Benediktinerabtei lag etwas erhöht am Hang über der Straße. Eine saftig grüne Wiese mit Obstbäumen zog sich bis zur Klostermauer, und wenn man einen Moment vergaß, dass täglich Tausende von Autos hier unten vorbeibrausten, machte das Ganze einen sehr idyllischen Eindruck. Da oben gab es eine Klostergärtnerei und einen kleinen Laden, in dem man alles Mögliche kaufen konnte. Maria war nicht oft dort gewesen, hatte aber die frisch geräucherten Forellen noch in sehr guter Erinnerung. Sie tippte mit dem Zeigefinger gegen das Seitenfenster.

»Fahren Sie mal hoch zum Stift, ich muss da noch was besorgen.«

»Weihwasser?«, fragte Alsberger zynisch und outete sich damit als Nichtkenner des kleinen Lädchens.

»Genau. Ich wollte mal fragen, ob die Fünfliterkanister von dem Zeug haben. Dann kann man Sie vielleicht von Ihren Sünden reinwaschen.«

Sie konnte Alsberger ja schlecht erzählen, dass sie dort etwas für ihr gemeinsames Abendessen mit Vera einkaufen wollte.

Alsberger wartete auf dem winzigen Parkplatz im Auto. Maria war es gerade recht.

Als sie den kleinen Laden betrat, kam eine getigerte Katze auf sie zugelaufen und schmiegte sich an ihre Beine. Das war mal eine nette Begrüßung. In dem kleinen Geschäft herrschte gedämpftes Licht. Es war voll mit Lebensmitteln, Büchern und Dingen wie Holzbrettchen und Schaffellen. Maria musste unweigerlich an die Atmosphäre in Röttkes Kanzlei denken. Das reinste Kontrastprogramm. Das Büro des Rechtsanwaltes war geschmackvoll, sodass man auf den ersten Blick beeindruckt war. Aber unpersönlich. Eine perfekte Fassade, die nichts verriet. Genau das war der Grund für ihr Unbehagen.

Bis auf den Augenblick, als er mit seiner kleinen Tochter telefonierte, hatte sie nichts davon mitbekommen, was Röttke wohl für ein Mensch war. Er verschanzte sich hinter einer Fassade. Gewohnheitsmäßig oder weil es etwas zu verbergen gab? Und er hatte kurze schwarze Haare.

Bortelli hatte auch kurze schwarze Haare. Aber der hatte ein Alibi und abgesehen davon kein Motiv. Harmfeld hatte weder schwarze Haare noch ein Motiv, dafür aber ein Alibi. Die alte Franske hatte kein Alibi und ein offen eingestandenes Motiv, das nach

Röttkes Aussage viel weiter ging als bloße Antipathie. Aber sie hatte weiße Haare, und ein Windstoß konnte sie wahrscheinlich umpusten. Außerdem war sie zur Tatzeit vielleicht immer noch betrunken oder nach ihrem Alkoholexzess vom Nachmittag zumindest recht lädiert.

»Ist Ihnen nicht gut?«

Maria schaute hoch, eine abgepackte Forelle in der Hand. Sie musste wohl eine Weile an der kleinen Kühltheke wie zur Salzsäule erstarrt gestanden haben.

»Nein, nein«, beeilte sie sich zu antworten. »Ich war nur etwas in Gedanken.«

Sie blickte in das lächelnde Gesicht einer jungen Frau, die ein Einkaufskorb am Arm als Kundin auswies.

»Nehmen Sie die Forelle ruhig mit. Die räuchern die hier selbst. Schmecken wirklich gut.« Dann drehte sie sich um und ging zur Kasse.

Maria starrte auf ihren Rücken. Die junge Frau hatte eine kräftige Statur und – dichtes schwarzes Haar! Hätte man von ihr nur einen Arm und den Hinterkopf durch das Seitenfenster eines Autos gesehen, dann hätte man sie genauso gut für einen Mann halten können!

Mit voller Plastiktüte eilte Maria aus dem Laden. Alsberger wartete vor dem Wagen und zog an einer Zigarette.

»Machen Sie den Glimmstängel aus. Wir fahren. Ihre Qualmerei geht mir übrigens echt langsam auf die Nerven!«

Zum Glück durfte in den Dienstwagen nicht geraucht werden. Aber wenn man mit Alsberger im Auto saß, roch es inzwischen auch so schon, als hätte man einen randvollen Aschenbecher neben sich. Liebeskummer hin, Liebeskummer her. Deshalb musste man sich ja nicht gleich die Lunge teeren.

Der junge Mann, der mit gesenktem Kopf dagestanden hatte, warf seine Zigarette wortlos auf den Boden und trat sie mit provozierender Langsamkeit aus. Erst dann schaute er hoch und sah Maria an. Mit einem Blick, den sie nur einmal gesehen hatte: Bei einem Mann, der seine Frau im Wahn erstochen hatte.

Der Giftzahn punktet

Klein und bleich saß sie in dem blauen Sesselchen. Vor ihr, auf dem niedrigen Tisch, stand ein überdimensionales Alpenveilchen in zartem Rosa, das hervorragend mit Frau Franskes blassem Teint, dem Hellblau ihres Bademantels und dem Ultramarinblau des Sessels kontrastierte. Das Ganze hätte ein wunderbares Gemälde abgegeben. Das wäre Maria auch lieber gewesen, denn dann hätte sie jetzt Frau Franskes Geschwätz nicht mit anhören müssen.

»Ich muss mich für mein Aussehen entschuldigen«, bemerkte die alte Dame zu Alsberger, der auf der Couch Platz genommen hatte. »Ich fühle mich heute nicht ganz wohl.«

Ich würde mich auch nicht wohl fühlen, wenn ich am Tag vorher allein eine Flasche Cognac leer gemacht hätte. Maria schluckte die Bemerkung runter. Erst mal höflich anfangen.

»Tut mir leid, Frau Franske, aber wir müssen Ihnen trotzdem einige Fragen stellen.«

Frau Franske nickte schwach.

»Junger Mann«, sie beugte sich leicht vor und legte Alsberger vertraulich ihre faltige Hand auf den Arm, »junger Mann, würden Sie vielleicht in die Küche gehen und uns einen Tee machen? Sie kennen sich ja schon aus, nicht wahr? Kaffee habe ich leider im Moment nicht da. Sie trinken sicher lieber Kaffee. In Ihrem Alter verträgt man das ja auch noch.«

Sie ließ sich wieder in ihren Sessel zurückfallen, um Maria mit einem freundlichen Lächeln ins Visier zu nehmen.

»Wenn man älter wird, muss man leider auf die Gesundheit Rücksicht nehmen. Sie trinken doch auch gerne Tee, nicht wahr? Ich bin so vergesslich geworden, aber das habe ich noch behalten. Nur die Sorte weiß ich nicht mehr. Warten Sie, das war doch der gegen …«

»Danke«, unterbrach Maria sie scharf. »Wir möchten jetzt keinen Tee.«

Auf das boshafte Geplänkel würde sie sich diesmal nicht einlassen.

»Sie haben gestern in der Polizeidirektion angerufen und uns zu sich bestellt, dann aber die Tür nicht geöffnet. Können Sie mir erklären, was das sollte?«

»Ach, habe ich das?« Die weißhaarige Dame schaute mit hilflosem Blick zu Alsberger. »Habe ich das wirklich getan?«

»Ja, das haben Sie. Wissen Sie, wie Sie den gestrigen Tag verbracht haben?«, hakte Maria nach.

»Nun, ich bin wie üblich gegen acht Uhr aufgestanden, habe dies und das im Haushalt erledigt. Mit achtzig geht das ja alles nicht mehr so schnell.«

»Und dann?«

Frau Franske zog die Augenbrauen zusammen.

»Sehen Sie, meine Liebe. Das ist genau das, was ich meine. Irgendwie lässt das Gedächtnis nach. Man tut etwas, dreht sich um, und schon weiß man nichts mehr davon. Das ist nicht schön, nein, wirklich nicht.«

Sie schaute auf ihre Hände, die aus den flauschigen Ärmeln ihres Bademantels hervorlugten, schüttelte den Kopf und bemerkte mit betrübter Stimme: »Ich glaube, ich werde langsam ein wenig zement.«

Eine geniale Vorstellung. Die Franske wusste mit Sicherheit noch, was gestern los war. Ein raffiniertes Luder war die. Und verfehlte ihre Wirkung nicht. Alsberger saß mit traurigem Dackelblick neben ihr und sah aus, als wäre er kurz davor, ihr tröstend den Rücken zu tätscheln.

»*Dement*. Wenn schon, dann werden Sie *dement*«, entgegnete Maria. »Aber ich kann Sie beruhigen, Frau Franske. Sie werden nicht dement. Es gibt noch andere Gründe, warum man etwas vergisst.«

Sie holte den braunen Umschlag hervor, nahm zwei der Bilder heraus und legte sie rechts und links neben das Alpenveilchen.

Frau Franske schaute etwas irritiert, griff in die Tasche ihres Bademantels und brachte eine goldgeränderte Brille zum Vorschein. Alsberger, dem Maria aus Gründen, die sie selbst nicht genau hätte benennen können, nichts von den Aufnahmen gesagt hatte, warf einen neugierigen Blick darauf.

»Wann haben Sie die gemacht?« Die Hand der alten Frau zitterte, als sie die Fotos wieder zurück auf den Tisch legte.

Alsberger warf Maria einen Blick zu, der dem am Wagen eben sehr ähnlich war.

»Gestern. Vom Balkon Ihrer Nachbarin aus.«

Frau Franske nickte. »Sicher Frau Klarbach, nicht wahr? Immer so nett und hilfsbereit.« Ihrer Stimme fehlte jeder Spott. »Ja, gestern war mir auch schon nicht gut. Ich habe mich auf dem Balkon ein wenig ausgeruht. Wissen Sie, an manchen Tagen fühle ich mich so schwach.«

Sie schaute zu Alsberger und machte seinem Dackelblick schwere Konkurrenz.

»Bemühen Sie sich gar nicht, uns etwas vorzumachen. Sie waren betrunken. Und haben auf dem Balkon Ihren Rausch ausgeschlafen.«

»Nun, vielleicht habe ich da ein kleines Problem. Manchmal passiert es mir, dass ich ein wenig zu viel trinke. Aber wirklich nur ganz, ganz selten. Dann erlaube ich mir nach dem Mittagessen ein Gläschen Cognac. Wenn der Magen zu voll ist, drückt das hier so, und dann bekomme ich furchtbare Schmerzen.«

Frau Franske legte mit leicht gequältem Gesichtsausdruck ihre Hand auf die Magengegend.

»Alkohol fördert die Verdauung. Das habe ich in der ›Apotheken Umschau‹ gelesen. Da muss man in meinem Alter schon drauf achten. Und wenn es dann gar nicht besser werden will, dann trinke ich auch schon mal einen zweiten. Das ist dann wohl etwas viel für mich.«

Die arme alte Frau! Zwei Cognac, und schon lag sie halb bewusstlos auf dem Balkon. Maria konnte sich vor Mitleid kaum noch beherrschen.

»Mich interessiert nicht, wie viel Sie trinken.« Diese Alte konnte einen mit ihrer Unschuldstour wirklich zur Weißglut treiben. Maria spürte, wie die Hitze hochstieg. Gleich würde der erste Schweißtropfen rollen. Und Frau Franske würde es mit Argusaugen beobachten. »Fakt ist, dass Sie die meiste Zeit des gestrigen Tages betrunken auf Ihrem Balkon zugebracht haben.«

»Ich wusste gar nicht, dass es jetzt zu den Aufgaben der Polizei gehört, ältere Menschen in hilflosen Situationen zu fotografieren.«

Nun hörte sich der Giftzahn schon gar nicht mehr so bemitleidenswert an.

»Nein, das ist sicher nicht unsere Aufgabe. Aber unsere Aufgabe ist es, herauszufinden, was Menschen getan haben, während ein anderer ermordet wurde.«

»Ach, Sie denken …« Frau Franske hielt kurz inne. »Sie denken, an dem Abend, an dem Angelika ermordet wurde, hätte ich vielleicht auch etwas zu viel getrunken!«

»Vielleicht. Am Mittwochnachmittag zumindest waren Sie betrunken. Aber vielleicht waren Sie ja abends schon wieder topfit. So fit, dass es für einen kleinen Spaziergang reichte. Richtung Höllenbach.«

Frau Franske musterte Maria mit besorgtem Blick.

»Ist Ihnen vielleicht ein wenig warm, meine Liebe? Sollen wir das Fenster öffnen?«

Maria ignorierte die Anspielung und ging zum Angriff über.

»Warum haben Sie uns nicht gesagt, dass Ihre Enkelin mit in Ihrer Wohnung lebt?«

»Sie haben ja nicht gefragt. Ist das denn wichtig? Das konnte ich ja nicht wissen.« Die alte Dame warf Alsberger einen unschuldigen Blick zu.

»Wo ist Ihre Enkelin jetzt?«

»Ich weiß es nicht. Sie meldet sich ja so selten. Der Papa hat ihr so eine Karte für die Bahn spendiert, mit der sie durch ganz Europa reisen kann. Weil sie doch so ein schönes Abitur gemacht hat im Frühjahr. Jetzt darf sie ein Jahr machen, was sie will. Klaus zahlt ihr alles.« Beifallheischender Blick zu Alsberger.

»Haben Sie ein Bild von Ihrer Enkelin? Ein möglichst aktuelles?«

»Ja, natürlich. Aber warum denn? Weshalb interessieren Sie sich denn jetzt auf einmal so für Amelie?«

»Das Bild, Frau Franske! Wo ist es?« Maria machte sich keine Mühe mehr zu verbergen, dass die Alte sie nervte.

»Ja, ja, das Bild. Natürlich, sofort.«

Frau Franske erhob sich mühsam aus dem Sessel. Dabei schwankte sie leicht und streckte Hilfe suchend ihre Hand aus. Alsberger war sofort zur Stelle.

»Da drüben!«

Die alte Dame ließ sich zurück in den Sessel fallen und wies auf ein silbergerahmtes Bild, das auf dem Fernseher stand. Alsberger holte es und reichte es Maria. Auf dem Bild war eine hübsche junge Frau zu sehen. Mit halblangen, glatten schwarzen Haaren.

»Trägt sie die Haare immer noch so?« Maria hielt Frau Franske das Bild hin.

»Nun, als sie fortfuhr, auf jeden Fall. Jetzt habe ich sie ja auch schon länger nicht gesehen. Wissen Sie, das ist schon eine Umstellung, wenn man auf einmal wieder so allein in der Wohnung ist.« Trauriger Dackelblick zu Alsberger.

»Seit wann ist sie weg?«

»Seit Anfang September.«

»Und wo ist sie jetzt?«

Frau Franske zog in hilfloser Geste die Schultern hoch.

»Wo ist die Karte?«

Die alte Dame sah Maria fragend an.

»Die Postkarte, die Sie Ihnen geschickt hat. Die kam doch angeblich aus der Provence.«

Frau Franske starrte ratlos vor sich hin und schüttelte nachdenklich den Kopf. »Ich weiß nicht.«

»Dann suchen Sie sie!«

»Ja, ja. Sofort.«

Frau Franske erhob sich. Mit unsicheren Schritten ging sie in Richtung Flur. Als sie den Türrahmen erreicht hatte, hielt sie sich krampfhaft daran fest, bevor sie langsam zusammensackte.

Alsberger sprang hoch und fing sie auf. Maria eilte hinzu, und gemeinsam trugen sie die kleine Frau, die leicht wie ein Kind war, zur Couch. Der fürsorgliche Alsberger stopfte ihr ein paar Sofakissen unter die Beine und tastete nach dem Puls. Für einen winzig kleinen Moment war Maria besorgt.

»Rufen Sie den Notarzt, Alsberger!«

Aber als der sein Handy hervorholte, schlug Frau Franske die Augen wieder auf. Nicht langsam, mit flatternden Lidern, so wie Maria es von Bewusstlosen kannte. Nein, sie schlug die Augen auf und sah Maria, die sich über sie gebeugt hatte, mit klarem, wachem Blick an. Es war alles nur ein Spielchen! Franskes großer Auftritt!

»Wo ist die Postkarte?«, zischte Maria in das bleiche Gesicht der Alten.

»Ich weiß es nicht mehr«, wisperte Frau Franske leise. »Ich vergesse ja so viel in letzter Zeit.« Mit Tränen in den Augen schaute sie Alsberger an, der tröstend ihre Hand ergriff.

Maria war wütend. So wütend, dass sie die Franske am liebsten geschüttelt hätte, bis sie mit dem Theater aufhörte. Die alte Dame wollte auf keinen Fall, dass ein Arzt gerufen wurde. Nein, nein, es gehe ihr schon wieder gut. Man solle sich nur keine Mühe machen. Das war ihr ja alles so unangenehm. Eine vorübergehende Schwäche.

Schließlich hatten sie Herrn Harmfeld informiert, der innerhalb von zwanzig Minuten da war und Maria und Alsberger mit einem vorwurfsvollen Blick bedachte. Dafür habe er nun wirklich kein Verständnis mehr, dass man eine Achtzigjährige in den Kollaps treibe. Auch nicht, wenn es sich um Ermittlungen in einem Mordfall handle.

Maria war sich absolut sicher: Die Franske hatte sie an der Nase herumgeführt. Die war topfit und intrigant bis zum Gehtnichtmehr. Alsberger mochte sie mit ihrer Ich-bin-eine-liebe-nette-arme-alte-Dame-Tour einwickeln. Sie fiel nicht darauf herein.

Die alte Frau hatte die Postkarte auf keinen Fall zeigen wollen, und Maria wusste auch, warum. Weil sie gar nicht von Amelie Harmfeld war. Wahrscheinlich saß die liebe Enkelin irgendwo hier in der näheren Umgebung, mit kurz geschnittenen schwarzen Haaren.

Die Postkarte, mit der Frau Franske herumgewedelt hatte, als sie Harmfeld befragten, war eine Finte gewesen. Sie sollten glauben, dass Amelie weit weg war. Damit sie nicht auf die Idee kamen, dass die Enkelin ihr Handlanger war. Die alte Franske hatte Angelika Harmfeld gehasst. Sie wusste nichts davon, dass Klaus Harmfeld sich von ihr trennen wollte. Und Amelie musste ihre Stiefmutter genauso gehasst haben. Der Eindringling, der sich ins gemachte Nest setzte und sie aus der Wohnung trieb. Der ihr später einmal das Erbe streitig machen würde! Maria konnte sich genau vorstellen, wie der Giftzahn das junge Mädchen mit ihren spitzen, bösartigen Bemerkungen immer mehr aufgehetzt hatte!

»Warum haben Sie das gemacht?«

Alsbergers Stimme klang aggressiv. Sie waren am Wagen angekommen.

»Was gemacht?«

»Das mit den Fotos! Das war doch völlig überflüssig! Sie haben die Frau erniedrigt und gedemütigt!« Der junge Mann starrte sie wütend über das Dach des Autos hinweg an. »Das war eine Sauerei! Völlig unnötig!«

Was sollte das denn werden? Eine Moralpredigt? Maria öffnete die Wagentür und ließ sich auf den Sitz fallen.

»Mein Gott, Alsberger, Sie zerfließen ja förmlich vor Mitleid! Sie fallen doch wirklich auf die blödesten Altweibertricks rein!«

Der junge Mann steckte den Schlüssel ins Zündschloss.

»Und Sie nehmen einem anderen Menschen seine Würde und klopfen sich auch noch voller Stolz auf die Schulter!«

Na, das war ja wohl die Höhe!

»Diese Gefühlsduselei sollten Sie sich mal ganz schnell abgewöhnen! Sonst werden Sie vielleicht besser Pfaffe!« Maria griff nach dem Sicherheitsgurt und murmelte dabei leise vor sich hin: »Memmen können wir bei der Kripo nicht brauchen.«

Alsberger war jung. Und sein Gehör war noch ausgezeichnet. Er hatte gerade den Schlüssel im Zündschloss herumgedreht, drehte ihn nun wieder zurück. Sein Gesicht war kreidebleich, als er Maria ansah.

»Genau das ist doch das Problem!«, stieß er mit schmalen Lippen hervor. »Wenn ein Mann einmal Gefühle zeigt, dann ist er eine Memme. Ein Weichei! Unmännlich! Und wenn er keine Gefühle zeigt, ist er ein beziehungsunfähiges Arschloch!«

Er starrte sie an. In Marias Kopf schrillten alle Alarmglocken. Klappe halten, nicht weiter provozieren.

»Ich denk mal drüber nach!«, sagte sie und bemühte sich um einen belanglosen Ton. »Fahren wir.«

Als Alsberger den Motor anließ und mit ausdruckslosem Gesicht auf die Straße starrte, dämmerte Maria, dass das, was ihr Assistent ihr da zum Thema »Männer und Gefühle« meinte mitteilen zu müssen, wohl noch mit jemand anderem zu tun hatte.

Die Maschinerie lief auf Hochtouren. Maria hatte zusätzliche Leute bekommen. Ferver zeigte sich erstaunlich gnädig und war auf all ihre Forderungen eingegangen. Sie hatte Herrn Harmfeld nach dem Aufenthaltsort seiner Tochter befragt. Auch der gab an, dass er nur wisse, dass sie nach Südfrankreich fahren wollte. Er werde seine Tochter anweisen, sofort nach Hause zu kommen, wenn sie sich melde, aber er gehe nicht davon aus, dass sie es tun würde. Angerufen habe sie während der ganzen Zeit nur einmal.

Maria gab Amelie Harmfelds Bild in die örtliche Fahndung, mit dem Hinweis, dass die junge Dame vielleicht inzwischen kurze Haare hatte. Dann nahm sie Kontakt mit der französischen Polizei auf. Man bemühe sich, die junge Dame zu finden, aber bei den vielen Touristen im Land!

Arthur hatte in den Finanzunterlagen von Frau Harmfeld nichts Auffälliges entdecken können. Die üblichen Buchungen. Keine Lebensversicherungen. Finanziell lebten die Harmfelds auf großem Fuße. Vielleicht etwas größer, als den Einkünften angemessen schien. Aber das taten andere auch. Nun kämpfte er sich weiter durch die Telefondaten Angelika Harmfelds. Sie hatte an die hundert Firmen in ganz Deutschland kontaktiert. Einige mehrfach. So war das heute. Dank Flatrate kein Problem.

Der Arzt von Frau Lettra war ausfindig gemacht worden. Nein, lebensbedrohlich sei die Erkrankung seiner Patientin sicher nicht gewesen. Über ihren Aufenthaltsort könne er nichts sagen. Alle Krankenhäuser in der Umgebung waren abtelefoniert worden. Ohne Ergebnis. Allerdings hatte Mengert von einem Kioskbesitzer in der Nähe von Frau Lettras Wohnung erfahren, dass diese vor einigen Tagen mitsamt einem kleinen Koffer zu einer anderen Frau ins Auto gestiegen sei.

Alsberger saß schweigend und bockig in seinem Büro und erledigte den Schriftkram, den Maria ihm aufs Auge gedrückt hatte. In seinem Büro würde sie ihn auch zunächst einmal sitzen lassen, bis er sich wieder beruhigt hatte.

Sie war gerade zum ersten Mal seit Stunden wieder allein in ihrem Zimmer, als das Telefon klingelte.

Herr Röttke war am Apparat.

»Ich glaube, die Mühe mit der Telefongesellschaft können Sie sich sparen.«

Das überlässt du mal schön mir, was ich mir spare, dachte Maria.

Röttkes Stimme hörte sich geradezu heiter an.

»Ich hatte völlig vergessen, dass unsere Putzfrau da war. Ich weiß gar nicht, warum mir das nicht sofort eingefallen ist.«

»Von wann bis wann war sie da?«

»Auf jeden Fall am Abend. Die genaue Zeit kann ich Ihnen nicht mehr sagen, aber ich schätze, so zwischen halb sieben und halb acht. Sie kommt immer am Mittwoch um diese Zeit.«

Maria notierte die Adresse der Frau. Wenn die Herrn Röttkes Aussage bestätigte, dann war er zwar alibimäßig noch nicht ganz aus dem Schneider, aber es sah schon mal wesentlich besser für ihn aus.

Kaum hatte sie den Hörer aufgelegt, als es erneut klingelte.

»Hallo, Mama!« Ihre Tochter klang erbärmlich.

»Hallo, mein Schatz!«

Vera rief sie so gut wie nie auf der Arbeit an. Und wenn sie es tat, dann war immer irgendetwas nicht in Ordnung.

»Ich kann heute nicht kommen.« Ihre Stimme hörte sich belegt an. »Ich habe Fieber. Ich glaube, ich habe die Grippe.«

»Ach, wie schade!« Erst jetzt merkte Maria, wie sehr sie sich auf den Abend mit ihrer Tochter gefreut hatte. Auch wenn die wahrscheinlich pausenlos über Alsberger geschimpft hätte, es wäre schön gewesen, mal wieder Zeit mit ihr zu verbringen. Nun lag Vera allein und krank in ihrer Studentenbude in Stuttgart.

»Soll ich zu dir kommen?«

»Nein, lass nur, Mama. So schlimm ist es nicht. Und dann steckst du dich nur an.«

Manchmal war das Kind wirklich vernünftig, das konnte man nicht anders sagen.

Es klopfte kurz an Marias Bürotür, und noch bevor sie etwas

sagen konnte, war Alsberger eingetreten. Wortlos und mit versteinerter Miene legte er ihr Papiere auf den Tisch, drehte sich um und verschwand so schnell, wie er gekommen war.

»Vera?« Maria starrte auf die Tür. Sie musste an die kleinen Dolche auf Alsbergers Block denken.

»Ja?«

»Vera, hat Alsberger eigentlich einen Schlüssel von deiner Wohnung?«

Ja, ja, den habe er noch. Vera fing an zu weinen. Nein, den könne sie nicht von ihm zurückfordern. Dann müsse sie ihn ja anrufen. Nein, das wolle sie auf keinen Fall, dass Maria das mache. Sie solle sich da raushalten.

»Willst du nicht ein paar Tage zu mir ziehen, Vera, bis du wieder gesund bist?«

Maria hätte sich besser gefühlt, wenn sie ihre Tochter in ihrer Nähe gewusst hätte. Wer konnte denn schon einschätzen, wozu so ein in seinem männlichen Stolz verletzter Kerl fähig war? Sie hatte solche Geschichten zur Genüge mitbekommen.

Aber Vera wollte lieber in Stuttgart bleiben.

»Du kannst jederzeit zu mir kommen, das weißt du ja? Wenn du lieber nicht allein sein möchtest, dann kommst du einfach! Zu jeder Tages- und Nachtzeit, ganz egal. Ich kann dich auch abholen!«

Nein, nein. Sie solle sich keine Sorgen machen. Es sei ja nur die Grippe. Sie werde schon allein fertig.

Maria legte den Hörer auf, und das Herz war ihr schwer.

Doch sie kam nicht dazu, sich weiter um Vera zu sorgen. Schon wieder klingelte es. Diesmal war es ihr Handy. Mein Gott, ging das denn ewig so weiter!

»Mooser!«, blaffte sie entnervt in den Apparat.

»Psychologische Beratungsstelle für gestresste Polizeibedienstete«, ertönte eine männliche Stimme.

Maria stutzte. Machte sich da jemand über sie lustig?

Der Mann am anderen Ende lachte. Nun erkannte sie ihn.

»Guten Tag, Herr Bortelli!«

Wahrscheinlich klang ihre Stimme noch immer nicht sehr freundlich. Aber irgendwie fand sie das jetzt gerade gar nicht lustig. Und sie wusste auch nicht, ob der Anruf sie freute. Dafür hatte Bortelli sie mit seinem überraschenden Verschwinden zu sehr enttäuscht.

»Viel zu tun?«

»Wie üblich.«

Die Gedanken rasten durch ihren Kopf. Was sollte sie sagen? Wie sich verhalten, nach seinem gestrigen Abgang? Jetzt nur gut überlegen! Am Ende sah es noch so aus, als wollte sie ihm Vorwürfe machen, weil er gegangen war. Und womöglich dachte er dann noch, es hätte ihr etwas ausgemacht. Das wollte sie nun ganz und gar nicht. Es war ihr schon unangenehm genug, dass er wahrscheinlich ihre Freude über seinen Besuch bemerkt hatte. Rein sachlich bleiben. Genau, nur sachlich. Fassade war angesagt.

»Es tut mir leid, dass Sie gestern warten mussten, aber ich hatte noch einige wichtige Angelegenheiten zu regeln«, erklärte Maria im neutralsten Ton, den sie hinbekam.

»Ich kann mir vorstellen, dass Sie bis über beide Ohren in Arbeit stecken. Ich muss mich entschuldigen.« Bortelli klang ernst. »Es ist normalerweise nicht mein Stil, irgendwo aufzutauchen und dann einfach wieder zu verschwinden. Aber ich hatte noch einen Termin in der Stadt, den ich unbedingt einhalten musste. Auch wenn ich gerne noch weiter auf Sie gewartet hätte.«

Beim letzten Satz hatte seine Stimme einen weichen Tonfall angenommen.

»Kein Problem«, erwiderte Maria.

»Gibt es schon eine heiße Spur?«, fragte er.

»So ähnlich.«

»Wahrscheinlich haben Sie den Fall so gut wie gelöst und wollen es mir nur nicht sagen, weil Sie dafür zu bescheiden sind. Geben Sie es nur zu!«

»Na, wenn Sie das sagen als Psychologe, dann wird wohl was dran sein.« Die Idee, sie könnte bescheiden sein, war ja wirklich amüsant.

»Ihren Job stell ich mir auch nicht einfach vor. Immer unter Druck, schnell Ergebnisse bringen zu müssen, ständig Leute, die versuchen, Sie an der Nase herumzuführen.«

Recht hatte er. Nur die neurotischen Mitarbeiter und die nervigen Vorgesetzten hatte er noch vergessen. Maria merkte, wie ihr Groll zusammenschrumpfte.

»So ist das eben bei der Kripo. Entweder Sie kommen damit zurecht oder Sie lassen es bleiben«, bemerkte sie lapidar.

»Ich glaube, ich könnte so einen Job nicht machen!«

Schwang da ein winziger Hauch von Bewunderung in seiner Stimme mit, oder bildete sie sich jetzt wieder etwas ein? Marias letzter Ärger auf Bortelli löste sich in Luft auf.

»Weshalb rufen Sie denn an?«

»Einer Ihrer Mitarbeiter, der Herr Mengert, hat heute mit Herrn Markwell telefoniert. Er wollte eine Liste der Firmen haben, in denen Angelika Harmfeld in den letzten Monaten Trainings oder Beratungen durchgeführt hat. Er sagte, wir sollen uns melden, wenn uns noch etwas Wichtiges einfällt. Und er hat gefragt, ob Frau Harmfeld in einer der Firmen, nun, wie sagt man so schön, von Unregelmäßigkeiten erfahren haben könnte.«

»Und?«

»Mir ist da etwas eingefallen.«

»Und was?«

»Eigentlich hat es gar nichts mit dem Job zu tun. Wir bekommen immer diesen Lesezirkel, falls mal Kunden bei uns sind und warten müssen. Vor ein paar Wochen saß Frau Harmfeld in der Mitarbeiterküche. Sie hatte sich in der Mikrowelle etwas zu essen gemacht und las in einer dieser Klatschzeitungen. Irgendwie kamen wir auf unser Gehalt zu sprechen. Dass es ruhig etwas mehr sein könnte, für die Schufterei. Wie das wahrscheinlich so in jeder Firma mal geredet wird. Sie hatte die Zeitung aufgeschlagen vor sich auf dem Tisch liegen, hat draufgetippt und gemeint: ›So muss man das machen!‹«

»Worum ging es da?«

»Um einen verheirateten Typen, irgendeinen Adeligen, der sich für seine Sadomaso-Spielchen eine Geliebte zugelegt hatte. Als es mit den beiden zu Ende war, hat sie angefangen, ihn auszupressen wie eine Zitrone. Und als er nicht mehr zahlen wollte, hat sie die Story sofort an alle möglichen Zeitungen verkauft, inklusive Fotos und aller pikanten Details.«

»Hat Frau Harmfeld noch mehr dazu gesagt?«

»Noch irgendetwas wie: ›Auch keine schlechte Idee, an Geld zu kommen.‹ Dann ist sie raus.«

»Das war alles?«, fragte Maria.

»Ich weiß, das löst Ihren Fall wahrscheinlich nicht. Aber ich habe gedacht, vielleicht ist es wichtig. Sind *Sie* eigentlich erpressbar?«

Die Frage klang harmlos. So harmlos, dass Maria einen Moment brauchte, bis der Inhalt angekommen war. »Wie bitte?« Wollte der jetzt wissen, ob sie pervers war?

»Ich meine, wenn Sie zum Beispiel eine Affäre hätten, gäbe es jemanden, der davon nichts wissen dürfte?«

»Haben Sie vor, mich zu erpressen?« Was sollte das denn jetzt? Bortelli lachte. »Eigentlich nicht. Es würde mich nur freuen, wenn Sie in dieser Hinsicht nicht erpressbar wären! Ich meine jetzt das mit dem Ehemann.«

Das wurde ihr aber jetzt zu bunt. »Herr Bortelli, was soll das denn jetzt?«

»Schon gut, schon gut. Irgendwie hab ich das jetzt wohl blöde angestellt.«

Maria war verwirrt. Sie schwieg einfach.

»Ich melde mich dann mal wieder, ich habe gleich einen Termin«, sagte der Psychologe und legte auf, ohne auf eine Antwort zu warten.

*

Er sog die Luft ein. Frisch und kalt war sie, machte den Kopf klar. Wie hatte er das während dieses brütend heißen Sommers in Heidelberg vermisst!

Kai Hansen schaute hoch zum Himmel. Wolken zogen langsam vorbei. Weiß waren sie. Weiß wie Schnee. Wie eine Decke schwebten sie über dem Land. Das war es, was ihm gefehlt hatte. Die Luft, der Geruch. Seine Heimat.

Gestern Nacht noch hatte er Karina angerufen. Er hatte es nicht mehr ausgehalten in der erdrückenden Stille, die seine Eltern miteinander teilten. Karina hatte geweint. Vielleicht war das mit dem Handy ja ein Zeichen, hatte sie gesagt. Dass du mich anrufen sollst. Der Geist der Toten hat vielleicht gewollt, dass du es mitnimmst.

Es hatte ihn nicht mal aufgeregt. So konnte man es eben auch sehen. Vielleicht war es ja wirklich mehr als nur ein blöder Zufall.

Es war schön gewesen, ihre Stimme zu hören. Sehnsucht hatte er nach ihr. Solche Sehnsucht, dass er einen dicken Kloß im Hals hatte und sich um sein Herz herum alles zusammenzog.

Kai Hansen schaute den Wolken zu, die langsam vorbeitrieben. Er wischte sich mit dem Jackenärmel die Tränen vom Gesicht.

Eigentlich hatte er sich schon entschieden.

Verstörende Botschaften

Bea hatte Zeit. Allerdings nicht allzu lange, denn später war sie noch im Roten Ochsen verabredet. Maria war erleichtert. Sie brauchte an diesem Abend jemanden, mit dem sie reden konnte, und zwei geräucherte Forellen brauchten jemanden, der sie zu würdigen wusste. Es dämmerte schon, als sie die Fische mitsamt einer Flasche Leimener Herrenberg in ihren Fahrradkorb packte und sich aufmachte.

Sie radelte die Dantestraße lang, querte die viel befahrene Rohrbacher, um auf die ruhigere Gaisbergstraße zu kommen, auf der auch Radfahrer die Chance hatten zu überleben. Als sie schließlich in die Landfriedstraße einbog, dachte sie wieder einmal, dass Bea mit ihrer Wohnung hier wirklich einen guten Fang gemacht hatte. Die kleine Straße, die parallel zur Fußgängerzone verlief, war mit ihren hohen, alten Häusern sicherlich eine der schönsten in der Heidelberger Altstadt. Und nicht nur das. Sie war in früheren Zeiten sozusagen ein Hort der Fortschrittlichkeit gewesen, denn gerüchteweise hatte die Familie des Tabakhändlers Landfried, nach dem die Straße benannt war, das erste Telefon in der Stadt besessen.

Maria war froh, dass Bea wieder in ihrem Leben aufgetaucht war. Nach der Trennung von Bernd hatte sie die meiste Zeit mit ihren drei besten Freunden, Rotwein, Chips und Selbstmitleid, auf dem häuslichen Sofa verbracht. Irgendwie hatte sie das gebraucht. Sie hätte nicht einfach so weitermachen können wie vorher. Sich mit Freunden treffen, weggehen, so tun, als sei nichts passiert.

Aber die Phase des Rückzugs war vorbei. Je weniger sie um ihre Ehe trauerte, umso langweiliger wurde es ihr zu Hause. An manchen Abenden fiel ihr regelrecht die Decke auf den Kopf. Bei den alten Bekannten, mit denen Bernd und sie sich als Paar getroffen hatten, mochte sie sich nicht wieder melden. Bernd hatte sie sozusagen geerbt, vielleicht, weil er sich nicht zurückgezogen und den Kontakt zu ihnen gehalten hatte. Aber bei Bea war das anders.

Sie war immer ein bisschen mehr ihre Freundin gewesen. Und solange Maria sie kannte, war Bea Single. Zumindest immer wieder.

Bea stand im Eingang ihrer Wohnung, aus der helles Licht in das Treppenhaus fiel. Sie war fast genauso alt wie Maria. Auch das leichte Übergewicht hatten sie gemeinsam. Ansonsten allerdings konnten zwei Frauen, was das Äußere anging, kaum unterschiedlicher sein.

Wenn ich eine Blaubeere bin, dachte Maria, dann ist Bea eine Blutorange. Oder eine Tomate. Zumindest sah sie in ihrer knallroten Jacke und ihren in einem ähnlich roten Farbton leuchtenden, schulterlangen Haaren verdächtig danach aus. Die Begrüßung war herzlich wie immer.

»Schaffst du es heute noch die Treppe hoch, oder muss ich helfen?«, rief Bea ihr zu.

»Hast du günstig einen Eimer rote Haarfarbe erstanden?« Maria kämpfte sich die letzten Stufen der knarrenden Holztreppe hoch.

»Na, immer noch besser als dein Altweibermausgrau.«

Als sie in der Küche saßen, jede mit einem Fisch vor sich auf dem Teller, erzählte Maria von Bortelli. Beas Urteil war klar:

»Der will was von dir!«

»Mich erpressen?«, fragte Maria und trennte beherzt den Kopf vom Fisch.

Bea sah ihr zu. »Meinst du, so macht man das? Ich habe schon seit ewigen Zeiten keine Forelle mehr gegessen.«

»Dann kann sie einen nicht mehr ansehen, während man sie isst.«

»Stimmt.« Bea tat es ihr nach. »Aber das mit dem Erpressen meinst du ja wohl nicht ernst, oder?«

»Es klang nicht so, als ob er es ernst meinen würde. Aber gesagt hat er es.«

»Maria! Der wollte nur wissen, ob du verheiratet bist! Darum ging es! Ob es jemanden gäbe, der etwas dagegen hätte, wenn du eine Affäre hast! Mit anderen Worten, für meine dumme Freundin: Sind Sie verheiratet, Frau Hauptkommissarin?« Bea kämpfte mit den Gräten und schüttelte den Kopf. »Du bist doch sonst nicht auf den Kopf gefallen! Aber was Männer angeht, da hast du echte Bildungslücken.«

Bea hatte recht. Ohne Zweifel.

»Bea, ich habe mich dreißig Jahre lang nicht mehr für Männer interessiert, außer für meinen eigenen.«

»Ein Fehler, wie wir beide inzwischen wissen. Denn dein Herr Gemahl hat sich sehr wohl noch für andere Frauen interessiert.«

»Ja, ja«, murrte Maria.

»Und wie hast du auf seine Frage reagiert?«

Sie wusste, dass ihre Antwort Bea nicht gefallen würde. »Gar nicht.«

»Wie, gar nicht?«

»Ich habe nichts gesagt, und er hat sich verabschiedet und aufgelegt.«

»Na prima!« Beas Entsetzen war nicht zu überhören. »Da ruft dich mal einer an und versucht, mit dir zu flirten, und du bleibst stumm wie eine Forelle!«

Sie steckte die Gabel in den Mund, um dann hinzuzufügen. »Da flirtet man ein bisschen. Macht Andeutungen, bleibt etwas unklar, aber doch klar genug, damit der Fisch auch an der Angel bleibt.«

Maria fühlte sich fatal an die Aussprüche der Filmdiva über scheue Blicke und harmonische Bewegungen erinnert.

»Ach, und was hätte ich deiner Meinung nach sagen sollen?«

Das interessierte sie ja jetzt wirklich mal.

»Na, so was wie: ›Sie wüssten gerne, ob ich mit einer Affäre erpressbar bin? Ich auch! Sagen Sie mir doch Bescheid, wenn Sie es herausgefunden haben‹, und dann lachst du mit tiefer, erotischer Stimme ins Telefon.«

»Bea, sag, dass das nicht dein Ernst ist!« Maria hatte das Besteck hingelegt und schaute ihre Freundin entgeistert an.

»Natürlich ist das nicht mein Ernst«, erwiderte Bea trocken. »Dafür kenne ich dich zu lange, um zu glauben, dass du dazu in der Lage wärst. Das würdest du niemals hinbekommen!«

»Danke, danke. Ich nehme dein Kompliment gerne entgegen. Die Sache ist nur die, dass ich so ein Gegurre überhaupt nicht können *will*. Das ist doch das reinste Zickengehabe. ›Sie wüssten gerne, ob ich eine Affäre habe?‹«, äffte Maria Bea mit zuckersüßer Stimme nach. »Wenn der was will, dann soll er sich klar äußern. Das ist doch wohl kein Wunder, dass ich den nicht verstehe, wenn er irgendwelche Fragen über mein Privatleben in Erpressungsdrohungen einbaut!«

Sie steckte sich ein Stück Brot in den Mund und sah ihre Freundin verärgert an.

»Na gut«, sagte Bea. »Ich sehe schon, du bist nicht der Typ fürs Indirekte.«

»Ich bin überhaupt kein Typ«, protestierte Maria mit vollem Mund.

Außer der Typ langweilige, völlig uncharmante und flirtunfähige Blaubeere. Selbst Bea hielt sie dafür! Deprimierend!

»Wenn du es direkter haben willst, dann musst *du* eben deutlich werden. Oder dafür sorgen, dass er es wird.«

»Ach ja, und wie bitte schön?«

»Na, dann hättest du zum Beispiel sagen können: ›Würde es Sie denn stören, wenn es jemanden gäbe, der von einer Affäre nichts wissen dürfte?‹ Relativ einfache Frage. Er muss etwas darauf sagen, und du weißt mehr.«

In der Tat, das wäre vielleicht nicht schlecht gewesen.

»Oder«, fuhr Bea fort, »die ganz direkte Tour: ›Herr Borreliose, was wollen Sie eigentlich von mir? Ich nehme an, es geht nicht um Erpressung, denn dann müsste ich Sie leider festnehmen!‹«

Maria nickte.

Bea lachte. »Das habe ich mir gedacht, dass das die Variante ist, die dir am besten gefällt.«

»Und was gibt es da zu lachen?«

Bea winkte ab. »Ach, lass nur. Aber eins sag ich dir!«, und dabei fuchtelte sie mit dem Messer vor Marias Nase herum. »Ran an den Fisch! Sonst ist er nachher weg!«

Maria seufzte. Das Leben war doch verdammt kompliziert, wenn man nicht mehr mit dem Ehemann zu Hause auf dem Sofa rumdümpeln konnte.

»Also, unternimmst du was?« So wie Bea die Frage stellte, hörte es sich nicht an, als ob man darauf mit »nein« oder »später« antworten dürfte.

»Mal sehen«, murmelte Maria und nahm einen großen Schluck Riesling.

Der nächste Morgen fing schlecht an. Nicht nur, dass sich der leichte Nieselregen vom gestrigen Tag zum kräftigen Dauerregen ausgewachsen hatte und Maria trotz Schirm durchnässt in der Polizeidirektion ankam, nein, sie sollte auch noch zu Ferver kommen. Sofort!

Diesmal bot er ihr keinen Platz an. Maria wertete es als gutes Zeichen.

Ferver hüstelte kurz, dann drehte er langsam seinen Füllfederhalter zu. Wenn die Farbe ihrer Haare altweibermausgrau war – was nicht stimmte, weil sie wirklich nur ganz, ganz wenige graue Haare hatte –, dann konnte man die Farbe von Fervers zunehmend kleiner werdendem Haarkranz wohl nur noch mit einäscherungsgrau beschreiben.

»Mir liegt eine Beschwerde über Sie vor!«

Ferver bedachte sie mit einem vorwurfsvollen Blick. Maria sagte nichts. Erst mal abwarten, bevor man anfing, sich zu verteidigen.

»Sie haben gestern eine achtzigjährige Frau so bedrängt, dass am Abend der Notarzt gerufen werden musste.«

»Wer hat sich beschwert?«

»Herr Harmfeld, ihr Schwiegersohn.«

»Und, musste sie ins Krankenhaus?«

Bestimmt wickelte die Alte gerade drei Assistenzärzte um den Finger.

»Nein, zum Glück war das nicht nötig. Ihr geht es schon wieder besser.«

Natürlich, wie hätte es auch anders sein können!

»Weshalb sind Sie in dieser, wie mir zugetragen wurde, recht ruppigen Art mit der alten Dame umgegangen?«

»Es war notwendig!«

»Und warum?«

»Diese Frau hat etwas mit dem Mord an Angelika Harmfeld zu tun.«

Ferver taxierte sie. »Auf welcher Grundlage fußt Ihre Behauptung? Haben Sie Beweise dafür?«

»Sie hat ein starkes Motiv. Sie hat die Harmfeld gehasst. Das hat sie offen zugegeben.«

»Was für Beweise haben Sie, Frau Mooser?«

»Sie hat für die Tatzeit kein Alibi.«
»Das ist noch kein Beweis. Da müssten wir halb Heidelberg festnehmen, wenn das reichen würde.«
Maria schwieg.
»Darf ich daraus schließen, dass Sie außer einer eingestandenen gewissen Abneigung gegenüber der Ermordeten keine weiteren Beweise für Ihre Behauptung haben, dass die alte Frau in diesen Mord verwickelt sein könnte?«
Was sollte sie sagen? Ich weiß es eben? Sie muss etwas damit zu tun haben – wenn Sie sie kennen würden, würden Sie genauso denken? Maria merkte, wie sie langsam rot wurde, spürte, wie die Hitze den Hals hochkroch, langsam ihre Wangen überflutete und bis zum Haaransatz hinaufstieg.
»Frau Mooser«, Fervers Stimme klang scharf, »eine Gefährdung anderer Personen aufgrund eines, wie mir scheint, recht diffusen Eindrucks kann ich nicht tolerieren. Sie lassen diese Frau in Ruhe, oder Sie bringen Beweise. Habe ich mich klar ausgedrückt?«

Das war die Rache der Alten! Die Rache für die Fotos. Sie hatte es geschafft, ihre Arme-alte-Oma-Tour bis in die Polizeidirektion schwappen zu lassen! Jetzt war Franske für die anderen das unschuldige Opfer, und sie, Hauptkommissarin Mooser, die herzlose, kalte Ermittlerin!
Es war nicht schwer, sich vorzustellen, wie der Giftzahn Harmfeld in weinerlichem Ton, von kleinen Schwächeanfällen unterbrochen, erzählt hatte, was geschehen war. Und wahrscheinlich hatte sie noch das ein oder andere dazugedichtet. Diesmal hatte die Franske gewonnen. Aber das Spiel war noch nicht zu Ende!

Maria kochte vor Wut, als sie, ohne anzuklopfen, in Arthurs Büro stürmte.
»Jetzt hat sie es geschafft!«, polterte sie los.
»Guten Morgen, liebe Maria!«, kam es hinter dem Schreibtisch hervor.
»Arthur, lass das heute mal sein, mir Umgangsformen beizubringen.«
Sie ließ sich auf den Stuhl vor seinem Schreibtisch fallen.

Arthur hatte die Lage schnell erfasst. »Ärger mit unserem kleinen Giftzwerg?«

Fervers Körpergröße hatte ihm diesen Spitznamen eingebracht. Eine Zeit lang hieß er auch Perkeo, nach dem Hofzwerg, der zu Zeiten des Kurfürsten Karl Philipp auf den Inhalt des riesigen Heidelberger Weinfasses aufpassen sollte und elendig starb, als er einmal Wasser statt Wein trank. Perkeo war daher in der Stadt ein gängiger Spitzname für etwas klein geratene Menschen oder solche, die gerne und vielleicht ein wenig zu ausgiebig dem Wein zusprachen. Doch Ferver war kein Freund ausschweifender Alkoholexzesse, und die Bezeichnung »Giftzwerg« traf seinen Charakter wesentlich besser und hatte sich bald durchgesetzt.

Maria überlegte kurz. »Vor allem Ärger mit der Alten aus Neuenheim. Und mit mir, weil ich noch nicht weiß, wie ich ihr den Strick um den Hals legen kann! Und mit dem Giftzwerg auch noch.«

»Oh, das ist ganz übel. Kaffee, damit der Blutdruck noch ein bisschen steigt?«

Maria nickte. Und dachte fieberhaft nach.

»Die Schwier aus dem Raubdezernat, die hat doch ein ziemlich breites Kreuz, findest du nicht auch?«, fragte sie.

Arthur stellte den Becher mit dampfendem Kaffee vor sie hin. »Ehrlich gesagt, habe ich sie unter diesem Aspekt noch nicht so genau betrachtet. Ich bevorzuge den kleinen, zierlichen Typ.«

»Hör mir bloß auf mit diesem Typengequatsche!« Maria warf ihm über den Rand des Kaffeebechers einen missmutigen Blick zu. »Die Schwier, die hat doch kurze schwarze Haare?«

»Ja, da stimme ich dir zu!«

»Setz dich mit ihr in Verbindung. Ich brauche ein Foto von ihr auf dem Fahrersitz eines Wagens, von außen durch das Seitenfenster aufgenommen. Sie soll den Kopf wegdrehen und sich mit dem Arm so am Fenster abstützen, dass man ihr Gesicht nicht sehen kann. Am besten macht ihr Bilder in ein paar unterschiedlichen Positionen. So schnell wie möglich!«

Mal sehen, ob Frau Prolowka so eindeutig eine Frau von einem Mann unterscheiden konnte, wenn sie nur Hinterkopf und Ellbogen sah. Und wenn Frau Prolowka auch nur den geringsten Zweifel daran ließ, dass sie das konnte, dann würde Maria versuchen, die Staatsanwältin zu überzeugen. Sie brauchte die Genehmigung, das Konto von Amelie Harmfeld einzusehen. Irgendwie musste die ja an Geld kommen. Über eine EC- oder Kreditkarte vielleicht. Der Bankautomat würde ihr verraten, wo die junge Frau sich aufhielt. Und sich in den letzten Wochen aufgehalten hatte. Ob in der Provence oder vielleicht doch im Odenwald.

In der nachfolgenden Besprechung der Soko Schneewittchen saßen nun inzwischen an die zwanzig Mitarbeiter. Maria liebte diese Besprechungen in der Großgruppe nicht besonders, aber sie waren die beste Möglichkeit sicherzustellen, dass alle über das informiert waren, was sie wissen mussten.

Sie berichtete von Angelika Harmfelds Bemerkung über den Zeitschriftenartikel und den Liebhaber als mögliche Geldquelle. Das Wort Erpressung geisterte durch die Unterredung. Der Zettel mit den Daten, die verschwundenen Unterlagen, Angelika Harmfelds Unzufriedenheit mit ihrem Gehalt – Mosaiksteine, die passen würden. Zumindest wäre Erpressung auch ein gutes Motiv, musste Maria sich eingestehen. Und nicht nur eine ›gewisse Abneigung‹, wie Ferver es so schön ausgedrückt hatte.

Aber wen sollte Angelika Harmfeld erpresst haben? Bislang hatte man bei den Firmen, mit denen sie in Verbindung stand, nichts Verdächtiges entdecken können. Herr Markwell hatte allerdings mit Beschwerden an höchster Stelle gedroht. Wer würde sich noch seine Unternehmensberatung ins Haus holen, wenn die Polizei hinterher kam!

Röttkes Putzfrau war heute Morgen befragt worden und hatte bestätigt, dass sie an dem Mittwoch gegen achtzehn Uhr dreißig gekommen und mindestens eine Stunde geblieben war.

Die Verbindungsdaten von Röttkes Telefonanschluss ließen auf sich warten. Der übliche Ärger, den es mit manchen Telefongesellschaften gab, wenn es um die Herausgabe von Daten ging.

Es fiel Maria schwer, ihre üble Laune während der Besprechung im Zaum zu halten. Nachdem Alsberger schon wieder wie gestört auf seinem Block rumkritzelte, Mengert zum dritten Mal wiederholte, dass der Sprachwissenschaftler der Universität den anonymen Anrufer anhand der Sprachmelodie ganz klar als Niedersachsen identifiziert habe, Kollege Prankerl sich so laut schnäuzte, dass er den Elefanten aus dem Heidelberger Zoo Konkurrenz machte, und Malek und Bauer schwätzten, explodierte sie.

Alle waren froh, als sie endlich den stickigen Raum verlassen konnten.

Maria hatte gerade ihre Bürotür geöffnet, als das Telefon auf ihrem Schreibtisch klingelte.

Der Giftzwerg persönlich. »Bitte kommen Sie doch noch einmal zu mir!«

Was sollte das jetzt? Der nächste Anschiss? Hatte Markwell sich beim Ministerium beschwert, und bekam sie nun die Kündigung? Oder hatte sie eben so laut geschrien, dass Ferver sie hören konnte? Das allerdings wäre ihr doch sehr peinlich.

Zwei Minuten später wusste sie, was los war. Ferver hatte sie gebeten, Platz zu nehmen. Sein Ärger auf sie schien verflogen. Dann zeigte er ihr den Brief.

»Der war heute Morgen in Ihrer Post.«

»Und weshalb haben Sie ihn dann und nicht ich?«

Ferver antwortete nicht. Der Umschlag und das Blatt, auf das die Buchstaben geklebt waren, waren sorgfältig in durchsichtige Plastikhüllen verpackt.

Auf dem Umschlag, der wieder einen Poststempel aus Mannheim trug, standen in krakeligen Druckbuchstaben ihr Name und die Adresse der Polizeidirektion. Die Buchstaben auf dem Blatt hatten unterschiedliche Größen und Farben. Sie sahen aus wie eine Kette von bunten Ballons, die durch die Luft tanzten. Da hatte jemand fleißig Zeitungen zerschnitten. Und das alles, um einen sehr seltsamen Satz zusammenzustückeln:

»*Rauchen gefährdet Sie und die Menschen in Ihrer Umgebung*«

Maria starrte auf das Blatt. Was sollte das? Den ersten Brief hatte sie ja noch verstanden. »*Frauen, die neugierig sind, leben gefährlich.*« Aber das?

»Das ist der Wortlaut einer der Warnaufschriften, die man heute auf die Zigarettenschachteln druckt. Zumindest ist er dem sehr ähnlich«, bemerkte Ferver mit ernstem Gesicht und beantwortete damit ihre unausgesprochene Frage.

»Die Aufschrift von einer Zigarettenschachtel?«, wiederholte Maria ungläubig.

Ferver nickte. Für einen kurzen Moment herrschte Stille. Nur vom Fenster her war ein leises Geräusch zu hören. Die größte und schönste Blüte des Hibiskus war zu Boden gefallen.

»Haben Sie irgendeine Idee dazu, Frau Mooser?«

Maria schüttelte den Kopf.

»Wurde kürzlich jemand aus der Haft entlassen, für dessen Verurteilung Sie verantwortlich waren? Hat jemand in letzter Zeit gedroht, dass er sich an Ihnen rächen würde?«

»Tja«, sagte Maria etwas ratlos, »das mit den Drohungen, das passiert ja immer wieder mal. Und wegen der Haftentlassung – da fällt mir im Moment niemand ein.«

»Wir werden das überprüfen, Frau Mooser. Vielleicht ist ja jemand vorzeitig entlassen worden.«

Schon wieder hörte man vom Fenster her das leise, betrübliche Geräusch, das das unwiederbringliche Ende einer der prachtvollen roten Blüten verkündete. Ferver dreht sich um, sah das gärtnerische Desaster und nahm das Froschgießkännchen zur Hand.

»Hat mir meine Tochter geschenkt«, murmelte er, so als müsse er sich entschuldigen.

Er goss seinen grünen Schützling mit großer Sorgfalt. Gedankenverloren kam er zum Schreibtisch zurück und stellte die Gießkanne darauf ab.

»Es könnte natürlich auch gemeint sein: ›Rauch‹ gefährdet Sie und die Menschen in Ihrer Umgebung.«

Maria sah ihn verständnislos an.

»Vielleicht plant jemand einen Brandanschlag auf Sie.«

»Danke, das beruhigt mich jetzt ungemein. Aber glauben Sie wirklich, jemand würde freiwillig mit der Nagelschere zwei Buchstaben zu viel aus der Zeitung ausschneiden, wenn er sie nicht braucht?«

»Da haben Sie auch wieder recht«, pflichtete Ferver ihr bei. Nachdenklich rieb er sich das Kinn. »Wissen Sie, man muss auch an eine andere Möglichkeit denken. Ich hoffe nicht, dass es so ist, denn die halte ich eigentlich für die schlimmste.«

Ihr Vorgesetzter war doch wirklich jemand, der einen in schweren Lebenssituationen ungemein aufmuntern konnte, das musste Maria ihm uneingeschränkt zugestehen.

»Und welche?«

»Ein Verrückter. Jemand, der nicht bei klarem Verstand ist und aus irgendwelchen skurrilen Gründen Sie als Opfer ausgewählt hat. Das sind die Gefährlichsten. Völlig unberechenbar.«

Ein Mensch, der den Verstand verloren hatte. Aber trotzdem noch so viel davon besaß, dass er darauf achtete, keine Fingerabdrücke zu hinterlassen. Der vielleicht besessen war von der Idee, sie zu töten?

»Gibt es jemanden in Ihrer Umgebung, der sich Ihnen gegenüber seltsam verhält? Jemanden, an dem Sie irgendwelche Veränderungen bemerkt haben?«

Maria spürte, wie die Angst wiederkam, die sie seit den seltsamen Geräuschen in der vorletzten Nacht erfolgreich verdrängt hatte. Elena Jahn fiel ihr ein. Eine psychisch kranke junge Frau, mit der sie bei einem der letzten Mordfälle zu tun gehabt hatte. Aber Elena Jahn ging es längst wieder gut. Maria hatte sie vor einigen Wochen in der Stadt getroffen, und Elena hatte ihr erzählt, dass sie einen neuen Freund habe, und dabei sehr glücklich ausgesehen. Nein, das konnte nicht sein.

Ihr Blick fiel auf das Gießkännchen. Es war nicht einfach nur ein Frosch. Ein Krönchen auf dem Kopf wies den grünen Gesellen eindeutig als Frosch*könig* aus. Frösche verwandelten sich in Prinzen oder eben Prinzen in Frösche. Maria musste an Alsberger denken. Vera hatte ihren Prinzen geküsst – und dann zutiefst verletzt! Hatte der Prinz sich in einen Frosch verwandelt? Oder gar am Ende in ein Monster?

Gestern hatte sie den jungen Mann zurechtgestutzt, als er rauchte. Heute bekam sie einen Brief, mit dem Warntext einer Zigarettenschachtel. Zufall? Bilder schwirrten durch ihren Kopf. Alsbergers halb wahnsinniger Blick vor dem Auto, die kleinen Dolche auf seinem Block, der Beinaheunfall. War ihr Assistent dabei, den Verstand zu verlieren?

»Frau Mooser?« Ferver sah sie besorgt an.

»Ich muss darüber nachdenken. In Ruhe.« Sie konnte unmöglich aussprechen, was ihr gerade durch den Kopf ging. Wenn sie sich nun irrte!

»Tun Sie das, Frau Mooser, tun Sie das. Und sobald Ihnen etwas einfällt oder jemand in Ihrer Umgebung sich auffällig verhält, melden Sie sich.«

Maria nickte und stand auf. Als sie die Tür schon geöffnet hatte, drehte sie sich noch einmal um.

»Es gibt auch Schweine«, sagte sie zu Ferver und schaute auf die Froschgießkanne.

Ferver warf ihr einen mitfühlenden Blick zu. »Ja, Frau Mooser. Ich würde es zwar nicht so ausdrücken, aber es gibt wirklich auch Schweine.«

Maria war einen Moment verwirrt.

»Ich meinte eigentlich, ich …«, stotterte sie.

Ferver nickte väterlich.

»Ach, schon gut«, sagte Maria und zog die Tür hinter sich zu.

Sie fühlte sich, als hätte jemand ihren Kopf in Watte gepackt. Sie musste jetzt unbedingt raus, an die frische Luft. In Ruhe nachdenken. Maria holte ihre Jacke aus dem Büro und verließ das Gebäude. Zum Glück regnete es wenigstens nicht mehr. Die Luft war wieder mild. Der Wind hatte sich gelegt.

Sie lief die Bergheimer Straße entlang Richtung Innenstadt. Vorbei am Orient-Markt mit seinen Körben voller bunter, exotischer Früchte, dem kleinen Laden für französische Spezialitäten, dem italienischen Restaurant. Sie bemühte sich, in jedes Schaufenster zu sehen, um sich abzulenken. Beim Fachhandel für Senioren, vor dem eine riesige alte Dame aus Plastik mit grünem Kleid und roter Tasche residierte, fühlte sie sich unangenehm an Frau Franske erinnerte. Schnell ging sie weiter. Daneben im Callshop gab es afrikanische Masken zu kaufen, im Zeitschriftenladen Wasserpfeifen, bevor man dann am Ende der Straße in die Sushi-Bar einkehren konnte, über deren Eingang, wie um den Kulturenmix perfekt zu machen, in großen Lettern »Brauerei« stand. Eine kleine Weltreise auf einem Kilometer. Aber es nutzte alles nichts.

Die Gedanken in ihrem Kopf kreisten nur um Alsberger und die Briefe. Wenn er nun wirklich der Verfasser war? Was würde dann aus ihm und Vera? Vera liebte ihn noch, davon war Maria überzeugt. Bis jetzt gab es eine Chance, dass die beiden wieder zueinanderfanden. Maria kannte ihre Tochter. Irgendwann tat es ihr leid, und dann war es auch wieder gut. Aber wenn Alsberger ihrer Mutter anonyme Drohbriefe geschrieben hatte, dann würde da nie wieder etwas gut werden. Es würde Vera das Herz brechen. Und ihre Tochter würde sich garantiert die Schuld daran geben, dass Alsberger durchgedreht war.

Ohne es zu merken, war Maria am quirligen Bismarckplatz angekommen. Sie wartete auf Grün, ließ sich mit der Menge auf die andere Straßenseite treiben. Sie ging Richtung »Darmstädter Hof Centrum« und schlenderte durch die Passage. Im hinteren Teil war ein Café, gegenüber luden Tische und Stühle eines kleinen Chinarestaurants dazu ein, Platz zu nehmen. Ihr Magen knurrte. Mittag war schon längst vorbei.

In dem chinesischen Lokal ergatterte sie einen kleinen Zweiertisch direkt neben dem Eingang. Von hier aus konnte man durch die große Glasscheibe dem Treiben in der Passage zusehen. Maria bestellte sich sechs von diesen knusprigen kleinen Frühlingsrollen und danach die Ente mit acht Kostbarkeiten. Tage wie diesen konnte man nur mit einer ordentlichen Grundlage verkraften.

Nachdem sie auch den letzten Krümel Reis vernichtet hatte, spürte sie, wie es ihr langsam besser ging. Ein gutes Essen war ganz eindeutig auch gut für die Seele. Draußen ging ein älteres Paar vorbei. Die ergraute Dame schien Probleme mit dem Laufen zu haben und hatte sich am Arm ihres Mannes eingehakt. Im Schneckentempo schlichen die beiden vorüber und unterhielten sich dabei angeregt. Maria spürte, wie es ihr einen kleinen Stich versetzte.

Wie sehr vermisste sie es, jemanden an ihrer Seite zu haben, mit dem sie ihr Leben teilen konnte! Jemanden, mit dem sie morgens zusammen frühstücken konnte. Der ihr abends zuhörte, wenn sie heimkam. Mit dem sie jetzt ihre Sorgen um Vera und Alsberger hätte teilen können. Sie hatte sich in letzter Zeit manchmal allein gefühlt. Aber jetzt, jetzt fühlte sie sich einsam. Es war fast so, als hätte Bortelli mit seinen Andeutungen eine Kiste geöffnet, deren Deckel sie nicht mehr zubekam.

Vielleicht sollte sie ihn anrufen. Einfach sagen, wie es war. Dass es keinen Ehemann mehr gab. Dass sie sich freuen würde, wenn sie ihr Kaffeetrinken vom letzten Sonntag noch einmal wiederholen würden. Aber erst, wenn dieser Fall abgeschlossen war.

Als sie bezahlt hatte und das Restaurant verließ, entdeckte sie gegenüber vor einem Schaufenster den Kollegen Baumert vom Streifendienst, der zu ihr herüberschaute. Maria hob die Hand und winkte ihm zu. Aber Baumert drehte den Kopf weg.

Die Frau hatte eine Stunde lang gewartet. Es sei ihr egal, dass man nicht genau wisse, wann Frau Mooser wieder im Haus sei. Sie würde nur mit dem Leiter der Ermittlungsgruppe sprechen. Oder eben mit der Leiterin. Aber mit sonst niemandem. Was sie zu sagen habe, sei sehr wichtig. Nein, nein, sie warte.

Maria schaute in das kränklich wirkende Gesicht der Frau, die ein paar Jahre jünger sein mochte als sie selbst. Unter ihren Augen sah man dunkle Ringe, die einen deutlichen Farbkontrast zur roten, wundgeputzten Nase bildeten. Frau Lettra war von den Toten auferstanden!

»Das Fieber war so hoch, dass meine Freundin mitten in der Nacht den Arzt rufen musste.« Influenza. Aber eine ganz, ganz schwere. Im nächsten Jahr lasse sie sich impfen, das habe sie jetzt beschlossen.

Dankbar sei sie der Freundin aus Neckargemünd, die sie zu sich geholt und gepflegt habe. So dankbar. Als alleinstehende Frau könne man nur froh sein, wenn man so eine gute Freundin hatte. Erst seit gestern habe das Fieber so weit nachgelassen, dass sie überhaupt wieder klar denken könne. Heute sei sie zum ersten Mal aufgestanden, und die Freundin habe sie sofort hergefahren.

Maria nickte verständnisvoll. Frau Lettra schnäuzte dezent in ein Papiertaschentuch.

»Es ist ja so furchtbar! So entsetzlich! Die arme Frau Harmfeld! An dem Tag, als wir es erfahren haben, da hatte ich ja schon Fieber.

Ich habe mich trotzdem zur Arbeit geschleppt. Aber dann ging es einfach nicht mehr.«

Nun betupfte Frau Lettra mit einem Zipfel des Taschentuchs ihre Augenwinkel. »Aber das habe ich noch mitgenommen.«

Sie griff in eine Plastiktüte, die zu ihren Füßen stand, und holte einen Packen Papiere heraus. »Ich bin sofort in ihr Büro und habe die Sachen aus dem Schreibtisch geholt. Damit *er* sie sich nicht unter den Nagel reißt!«

»Und wer ist *er*?« Maria nahm den Stapel, der sicher zwei Kilo wog.

»Na, er, Herr Bortelli!«

»Wieso sollte er denn diese Papiere an sich nehmen?«

»Weil er ein schlechter Mensch ist!«

Frau Lettras Verachtung für Herrn Bortelli war trotz belegter Stimme nicht zu überhören.

»Frau Harmfeld hat alles Wichtige in der Schublade aufbewahrt. Auch ihre Entwürfe für neue Seminare, die Angebote an die Kunden. Sie war ja so kreativ! Was die uns an Kunden reingebracht hat im letzten Jahr, das hat dieser Bortelli die ganzen fünf Jahre vorher nicht geschafft.«

Frau Lettra steckte das inzwischen zu einem kleinen nassen Knäuel verunstaltete Tüchlein weg und holte ein frisches aus ihrer Tasche.

»Und wenn die arme Frau Harmfeld nicht umgekommen wäre, dann hätte der Chef dem Bortelli sicher bald den Stuhl vor die Tür gesetzt. Es war ja klar, dass Herr Markwell nicht beide auf Dauer halten konnte«, fuhr sie fort. »Jetzt geht es ja zum Glück wieder etwas aufwärts mit der Konjunktur, aber die Firmen sparen immer noch, wo sie nur können. Ganz schön mau hat es ausgesehen bei uns. Und Frau Harmfeld war immer so charmant und herzlich. Da haben die Leute schon am Telefon gleich gemerkt, dass sie gut aufgehoben sind. Deshalb hat Bortelli sie auch so gehasst. Sie kam einfach toll an bei den Kunden.«

»Haben die beiden sich denn nicht gut verstanden?« Maria musste an Bortellis Aussage denken. Er habe kaum etwas mit Angelika Harmfeld zu tun gehabt. Eine sympathische Kollegin.

»Um Gottes willen!« Frau Lettra hustete. »Gepiesackt hat der sie, wo er nur konnte. Am Anfang war er noch ganz nett zu ihr, aber als er dann gemerkt hat, dass sie an ihm vorbeizieht, da hat er es mit der Angst zu tun bekommen. Und ganz schlimm wurde es, nachdem Herr Markwell die Umsatzzahlen vom letzten Halbjahr vorgelegt und gesagt hat, dass er nicht beide halten könnte.«

»Wann war das?«, hakte Maria nach.

»Na, vielleicht so vor drei Monaten. Und dann habe ich ihn an ihrem Schreibtisch erwischt. Stellen Sie sich das mal vor! Irgendwann höre ich Geräusche aus Frau Harmfelds Büro. Ich wusste aber, dass sie auf einem Seminar war. Komisch, dachte ich, da siehst du besser mal nach. Ich mache die Tür zu ihrem Büro auf, und was sehe ich? Bortelli, der in den Unterlagen herumwühlt. Das Gesicht von ihm hätten Sie sehen sollen! Dann ist er auch noch frech geworden. Ich solle besser meine Arbeit machen, als hier den Kontrolleur zu spielen. Ich habe es Frau Harmfeld nicht gesagt. Ich bin ja keine Petze. Aber vielleicht wäre es besser gewesen.«

Maria räusperte sich. Sie hatte das Gefühl, einen Frosch im Hals zu haben, der mindestens so groß war wie Fervers Gießkanne. »Und wieso wäre das besser gewesen?«

»Weil da was fehlt!« Frau Lettra tippte energisch mit dem Zeigefinger auf den Stapel Unterlagen. »Da bin ich mir ganz sicher. Sie hatte noch eine rote Mappe. DIN-A4-groß. Die hat sie gehütet wie ihren Augapfel. Knallrot! Sie hat sie nie offen liegen gelassen. Hat manchmal sogar ihr Zimmer abgeschlossen, wenn sie weggegangen ist und wusste, dass Bortelli noch im Haus war.«

Frau Lettra suchte erneut nach einem frischen Taschentuch.

»Und dann gab es diesen Riesenkrach. Eine Woche bevor sie starb. Es ging um einen Kunden. Bei dem hatten die beiden zusammen ein Seminar abgehalten. Das hatte Markwell ihnen aufs Auge gedrückt. Freiwillig hätten die das nie gemacht. Aber der Herr Markwell ist da auch recht naiv. Ich glaube, der hat von den ganzen Spannungen kaum etwas mitbekommen.«

Ein leiser Vorwurf schwang in Frau Lettras Stimme.

»Auf jeden Fall hat der Kunde nach dem Seminar für eine ganze Serie von Coachingterminen Frau Harmfeld angefragt und nicht den Bortelli, obwohl der bisher den Kunden betreut hatte. Da hat es vielleicht gescheppert, kann ich Ihnen sagen! Ich habe sie bis in die Küche schreien hören. Vor allem ihn. Sie dränge sich überall in den Vordergrund, ob sie denn glaube, gute Arbeit bestehe darin, dem Personalchef schöne Augen zu machen und den Rock hochzuschieben. Und als er raus ist, hat er ganz boshaft gezischt: ›Dafür wirst du noch bezahlen!‹ Wie eine Schlange!«

Frau Lettra rutschte auf ihrem Stuhl etwas nach vorne und beugte sich vertraulich zu Maria, so als dürfe sie niemand hören. Mit leiser Stimme fuhr sie fort.

»Und an dem Mittwoch, als Frau Harmfeld umgebracht wurde, da hatte der Bortelli ja abends noch einen Coachingtermin in Walldorf. Mit einem aus der Chefetage von Frikolin. Ich weiß das genau. Die hatten nämlich am Nachmittag noch einmal angerufen. Eigentlich war der Termin auf zwanzig Uhr festgesetzt. Bei diesen Managern geht das oft erst so spät abends. Aber dann ging es wohl doch schon früher, und das Sekretariat rief an, Herr Bortelli möge doch eine halbe Stunde eher kommen. An dem Tag bin ich abends noch einmal ins Büro zurück. Ich hatte vergessen, die Post mitzunehmen. Es war ein Brief dabei, der unbedingt noch raussollte, und Herr Markwell ist da immer etwas pingelig mit seiner Post. Also bin ich noch mal kurz rein, damit er sie am Morgen nicht da liegen sieht, falls er vor mir kommt. Das war so gegen zwanzig vor acht. Und gerade als ich wieder gehen will, klingelt das Telefon. Seltsam, denke ich mir, und bin rangegangen. Und was denken Sie? War das die Firma Frikolin. Zeller, dieser Manager, persönlich. Wo denn der Herr Bortelli bleibe, er warte. Das ist doch komisch, oder nicht? Wo der Bortelli doch immer so großen Wert auf Pünktlichkeit legt.«

»Und was haben Sie dann getan?«

»Nichts habe ich getan. Ich hatte ja eigentlich schon seit fünf Uhr Feierabend, und wenn der Herr Psychologe es nicht nötig hat, zeitig bei den Kunden zu sein, werde ich ihm nicht hinterhertelefonieren.«

Maria spürte dieses unangenehme Gefühl in der Magengegend, das sie nur zu gut kannte. Ein Gefühl, das ihr sagte, dass etwas schiefgelaufen war. Ziemlich schief. Mordsmäßig schief, sozusagen.

Männer unter Verdacht

»Shit happens.«
Das war Mengerts ganzer Kommentar zu der Panne mit Bortellis Alibi. Herr Zeller von der Firma Frikolin war ständig in irgendwelchen Besprechungen gewesen. So hatte man schließlich über die Sekretärin kommuniziert, die ausrichten ließ, dass Herr Bortelli an besagtem Abend da gewesen sei. Bis einundzwanzig Uhr dreißig. Nur seine Verspätung, die war leider unter den Tisch gefallen. Maria überlegte kurz, ob sie Mengert aus der Ermittlungsgruppe rausschmeißen sollte. Aber im Moment war sie zu geschockt, um einen klaren Gedanken fassen zu können.
Herr Zeller, den sie nach zahlreichen Anrufen und Bitten um Rückruf schließlich dann doch persönlich am Apparat hatte, bestätigte Bortellis Verspätung. Unmittelbar nach seinem Anruf in der Unternehmensberatung habe Herr Bortelli sich telefonisch gemeldet und berichtet, er habe eine Reifenpanne, die er aber schnell werde beheben können. Gegen acht Uhr sei er dann auch da gewesen.
Bortelli hatte zusätzlich zur Fahrtzeit nach Walldorf eine weitere halbe Stunde Zeit gehabt. Eine halbe Stunde, um nach Heidelberg zu fahren und dort einen Mord zu begehen? Das war zu knapp.
Maria telefonierte mit Herrn Markwell. Ja, Herr Bortelli sei am Mittwochabend etwas früher als er gegangen. Er selbst habe um kurz vor sieben das Büro verlassen. Ob Herr Bortelli nun zehn oder zwanzig Minuten vor ihm gegangen sei, das könne er so genau wirklich nicht mehr sagen. Es müsse aber auf jeden Fall nach achtzehn Uhr dreißig gewesen sein. Weil Herr Bortelli noch einmal in sein Büro gekommen sei, um etwas zu besprechen. Dabei habe er auf seine Uhr geschaut und gesagt: »Ach, zum Glück erst halb.« Er müsse ja noch nach Walldorf.
Für die Strecken von Mannheim nach Heidelberg und von Hei-

delberg nach Walldorf zur Firma Frikolin brauchte man jeweils zwischen zwanzig und dreißig Minuten. Bortelli hatte, wenn er die Unternehmensberatung um kurz nach halb sieben verlassen hatte, fast anderthalb Stunden Zeit gehabt. Dann wäre es mit einer guten Vorbereitung für ihn möglich gewesen, den Mord an Angelika Harmfeld zu begehen. Eine Jacke, die man überzog, falls es Blutspritzer gab. Handschuhe, die man nach dem Termin bei Frikolin irgendwo auf der Strecke im Schutz der Dunkelheit entsorgte. Vielleicht gab es Blutspuren im Wagen.

Maria grübelte. Bortelli konnte nicht der schwarzhaarige Mann sein, der im Wagen in der Nähe des Tatorts gesehen worden war. Um halb sechs war er nachweislich noch in der Unternehmensberatung gewesen. Aber wer sagte denn, dass der Mann im Auto auch der Täter war?

Doch eines war Bortelli ganz bestimmt, davon war sie nun überzeugt: ein begnadeter Lügner! Er hatte sie im Glauben gelassen, er hätte sich gut mit Angelika Harmfeld verstanden. Kein Wort hatte er über die Streitereien verloren. Wahrscheinlich hatte er sich in Sicherheit gewogen, solange Frau Lettra nicht auftauchte. Man kann es ja mal versuchen, vielleicht hat man Glück, und alles geht glatt!

Und hatte er nicht bei jedem Gespräch mit ihr auf irgendeine Weise versucht herauszubekommen, wie der Stand der Ermittlungen war? Er hatte sie ausgehorcht, sie vollgesülzt mit irgendwelchem verständnisvollen Psychogequatsche über ihren Job, und sie war darauf reingefallen! Bortelli, jemand, der die Schreibtische anderer Leute durchwühlte! Den sie allein in ihrem Büro gelassen hatte! Wie konnte sie nur! Unmöglich zu sagen, was an diesem Tag auf ihrem Schreibtisch gelegen hatte. Aber sicher auch irgendetwas, das mit dem Fall zu tun hatte.

Maria fühlte sich, als wäre sie einem Heiratsschwindler aufgesessen. Bortelli hatte sie benutzt und manipuliert. Sie schämte sich und war gleichzeitig so wütend, dass sie selbst ohne Weiteres einen Mord hätte begehen können. Gebt mir ein Messer, und ich mache Hackfleischsoße aus ihm! Spaghetti Bortelli!

Frau Lettra erhielt den polizeilichen Auftrag, sich weiter krankzumelden. Bortelli wusste wahrscheinlich bislang gar nichts davon, dass Herr Zeller am Mittwochabend bei der Unternehmensberatung angerufen hatte und Frau Lettra sein Alibi ins Wanken bringen konnte. Und es war vielleicht besser für Frau Lettra, wenn er es vorerst nicht erfuhr. Bisher war für Bortelli alles gut gelaufen. Wer wusste schon, wie er reagieren würde, wenn sich das Blatt wendete.

Maria rief die Staatsanwältin an.

Eine Kletterrose wuchs am Spalier neben der Haustür. Eine samtig rote Blüte reckte sich zur Tür, geradeso, als wolle sie die ankommenden Gäste mit ihrem betörenden Duft begrüßen.

Bortelli lächelte, als er die Tür öffnete.

»Hallo, wie schön, Sie …« Dann stockte er. Bortelli hatte gesehen, dass sie nicht allein gekommen war. Sein Gesicht verfinsterte sich.

»Oh, in Begleitung, wie ich sehe.«

»Herr Bortelli, wir würden gerne einen Blick in Ihren Wagen werfen. Und möchten uns auch ansonsten ein wenig bei Ihnen umsehen.« Maria schaute ihm direkt in die Augen. Er sollte nicht denken, dass ihr das hier schwerfiel.

Bortelli musterte die Männer, die im Halbdunkel hinter ihr standen.

»Natürlich, wenn Sie das glücklich macht.« Er holte den Schlüssel aus seiner Jackentasche, die an der Garderobe hing. »Mein Auto steht gleich hier vorne.«

Der Psychologe wohnte in Wieblingen, dem westlichsten Stadtteil Heidelbergs, in einer Straße nahe am Neckar. Sein Wagen stand direkt vor dem Haus. Schweigend gingen sie dorthin. Hinter ihnen, wie in einer kleinen Prozession, die Leute von der Spurensicherung.

»Würden Sie uns bitte das Reserverad zeigen?«

Bortelli blickte zu Boden und nickte.

»Das ist es also«, sagte er. »Sie haben gehört, dass ich bei Frikolin zu spät gekommen bin.«

»Nicht nur das«, entgegnete Maria kühl.

Bortelli sog hörbar die Luft ein. »Falls Sie wissen wollten, ob ein Reifen beschädigt ist oder erneuert wurde – nein, das ist nicht der Fall.«

Hätte sie nicht inzwischen gewusst, was für ein guter Schauspieler dieser Mann war, hätte sie gesagt, dass er traurig aussah.

»Vielleicht gehen wir rein und unterhalten uns drinnen weiter«, schlug sie vor. »Sie haben ja sicher nichts dagegen, dass sich die Kollegen inzwischen Ihr Auto einmal näher ansehen.«

»Bitte, tun Sie, was Sie tun müssen.«

Im Haus roch es anheimelnd nach Holz und altem Papier. Bortelli führte sie in ein Zimmer, in dem eine alte braune Ledercouch und zwei hohe Lehnstühle standen, die mit bunten Kissen bestückt waren. Die dunklen Regale im Raum gingen bis zur Decke und waren vollgestopft mit Büchern. Eine Stehlampe spendete sanftes Licht. Statt des üblichen Couchtisches gab es drei kleine niedrige Tischchen, die aussahen wie Tabletts mit Füßen und die Maria von dem marokkanischen Händler in der Altstadt kannte. Auf einem standen ein halb volles Glas und eine Flasche Rotwein, ein Buch lag aufgeschlagen daneben. Gemütlich war es hier. Alsberger, den Maria etwas widerwillig mitgenommen hatte, war nachgekommen und hatte sich in einen der Lehnstühle platziert. Maria nahm den anderen, in dem man aufrecht, aber sehr bequem saß.

»Was haben Sie uns denn zu sagen?«, begann sie.

Der Psychologe, der sich auf die Couch gesetzt hatte, griff nach seinem Glas, so als handle es sich bei ihrem Gespräch um einen Besuch von netten Bekannten.

»Sie haben ja offenbar mitbekommen, dass ich bei Frikolin zu spät aufgetaucht bin. Und wenn Sie sich für meine Reifen interessieren, dann haben Sie wohl auch erfahren, dass ich dort angegeben habe, ich hätte eine Panne gehabt. Nun«, Bortelli lehnte sich zurück, »das entspricht nicht ganz der Wahrheit.«

»Was entspricht denn der Wahrheit?«

»Es gibt manchmal Dinge, die man nicht jedem auf die Nase binden möchte.«

Da erzählte ihr der gute Mann jetzt wirklich nichts Neues.

»Dass man zum Beispiel einen Mord begangen hat?«, fragte Maria.

Bortelli zog die Augenbrauen hoch. »Das sind aber schwere Geschütze! Nun, in diesem Fall erzähle ich wohl besser, was los war.«

Er schlug die Beine übereinander und nahm einen Schluck aus seinem Weinglas, bevor er weitersprach.

»Ich bin Diabetiker. Insulinpflichtiger Diabetiker, wie man so schön sagt. Ich weiß nicht, inwieweit Sie sich da auskennen. Auf jeden Fall hatte ich eine ziemlich heftige Hypo auf der Fahrt zu Frikolin.«

»Können Sie bitte erläutern, was das ist: eine Hypo?«, hakte Alsberger nach.

»Eine Hypoglykämie. Eine Unterzuckerung. Kriegt man schon mal, wenn man Insulin spritzt. Sie werden zittrig, bekommen weiche Knie, können irgendwann nicht mehr klar denken, und am Ende geht Ihnen die Lampe aus, wenn Sie nichts unternehmen. So läuft es auf jeden Fall bei mir ab. Ich hatte wohl vorher zu wenig gegessen oder zu viel Insulin gespritzt oder beides, was weiß ich. Auf jeden Fall habe ich auf der Fahrt zu Frikolin gemerkt, dass ich in der Hypo hänge. Ich bin rechts ran und habe erst mal Traubenzucker in mich reingestopft und gewartet. Es hat eine ganze Weile gedauert, bis ich mich wieder so weit im Griff hatte, dass ich anrufen konnte. Da habe ich mir die Reifenpanne ausgedacht. Ich gehe nicht gerne mit meinem Diabetes hausieren. Manche denken dann, man wäre nicht leistungsfähig oder so was.«

»Und warum haben Sie *uns* nichts davon erzählt?«, fragte Maria.

Bortelli nahm einen weiteren Schluck aus seinem Glas. Offensichtlich hatte er es nicht eilig mit seiner Antwort. Oder wollte er Zeit schinden? Er sah Maria mit einem so durchdringenden Blick an, dass sie am liebsten weggeschaut hätte.

»Vielleicht wollte ich nicht, dass Sie es wissen.« Seine Stimme war leise geworden. »Ich wollte uns noch etwas Zeit lassen. Bis sich eine gute Gelegenheit ergeben hätte, es zu erzählen.«

Alsberger blickte von seinem Block auf und sah seine Chefin an wie ein lebendes Fragezeichen. Maria betete, dass sie jetzt nicht wieder gleich rot anlaufen würde. Diesmal sollte dieser Psychoheini es nicht schaffen, sie aus dem Konzept zu bringen.

»Herr Bortelli, wir haben gehört, dass es erhebliche Spannungen zwischen Ihnen und Frau Harmfeld gab. Wollen Sie Ihre bisherige Aussage, Sie hätten sich gut mir ihr verstanden, vielleicht revidieren?«

»Ach! Sie haben mit unserem Klatschweib gesprochen, mit Frau Lettra!« Bortelli setzte sich aufrecht hin und stellte das Glas ab. »Ist die Schlange doch wieder aufgetaucht? Was hat sie denn erzählt, unsere gute Frau Lettra? Dass ich Angelika Harmfeld im Büro den Schädel eingeschlagen und sie dann im Papierkorb entsorgt habe?«

Da ihm keiner antwortete, fuhr er fort.

»Es stimmt, es gab Spannungen mit Frau Harmfeld. Große Spannungen. Und hiermit korrigiere ich meine Aussage. Angelika Harmfeld war eine ehrgeizige, konkurrenzgeile Anfängerin. Die alles, aber auch wirklich *alles* machte, um an einen Auftrag zu kommen.«

»Was genau meinen Sie damit?« Alsberger hatte wieder von seinem Block aufgeschaut.

»Können Sie sich das nicht denken? Den Rock zu kurz, immer einen Knopf zu viel offen und zu allem bereit. Habe ich mich jetzt verständlich genug ausgedrückt?«

»Sie meinen also, dass Frau Harmfeld versucht hat, über sexualisiertes Verhalten Kunden zu werben?«

Bortelli warf Alsberger einen spöttischen Blick zu. »Sie kennen aber kluge Wörter. ›Sexualisiertes Verhalten!‹ Sie sind wohl ein kleiner Hobbypsychologe, was? Aber völlig richtig. Sexualisiertes Verhalten, so kann man es nennen.«

Alsberger runzelte die Stirn. Es war ihm anzusehen, dass er sich ziemlich ärgerte.

»Hatte sie sexuelle Beziehungen zu Kunden?«, schaltete Maria sich ein, bevor die beiden sich in die Haare bekommen konnten.

»Fragen Sie doch Frau Lettra, die weiß doch alles!«

»Was haben Sie an Frau Harmfelds Schreibtisch zu suchen gehabt?«

Der Psychologe sah sie irritiert an. »Nichts. Ich war nie an ihrem Schreibtisch. Was sollte ich da?«

»Vielleicht nach einer roten Mappe Ausschau halten?«

»Ich habe keine Ahnung, wovon Sie reden!«

»Warum haben Sie die Spannungen mit Frau Harmfeld verschwiegen?«

»Weil sie tot war. Weil ich nicht schlecht über eine Tote reden wollte.« Bortelli klang verärgert. »Das sollte man aber besser tun, wie ich jetzt erfahre, nicht wahr? So etwas wie die Ehre eines toten Menschen zu wahren, das ist ja heute nichts mehr wert! Da landet man dann gleich hinter Gittern. Und jetzt sage ich Ihnen mal was!«

Er hatte sich ganz Maria zugewandt.

»Ich finde es absolut erbärmlich, dass die Polizei jeder ersten dahergelaufenen Denunziantin Glauben schenkt! Frau Lettra, die Sie ja für so vertrauenswürdig halten, hat Ihnen wahrscheinlich nicht erzählt, dass ich mich vor ihrer letzten angeblichen Krankschreibung bei Herrn Markwell für ihre Kündigung starkgemacht habe! Frau Lettra feiert nämlich ständig krank und ist als Sekretärin absolut nicht zu gebrauchen. Und sie weiß ganz genau, dass ich mich bei Markwell über sie beschwert habe, weil ich es ihr nämlich persönlich gesagt habe. Und auch alles, was ich ansonsten von ihr halte.«

Bortelli stand abrupt auf, ging in die Diele und kam mit seinem Handy zurück.

»Und jetzt bekommen Sie die Nummer von meinem Diabetologen. Mit dem hatte ich nämlich direkt am Donnerstag einen Termin. Dem habe ich von der Hypo am Mittwoch erzählt. Und hier auch gleich noch mal die Nummer von Herrn Markwell, der Ihnen die Sache mit der Kündigung bestätigen wird.«

Er hantierte mit seinem Handy herum und schrieb zwei Nummern auf einen Zettel, den er Maria hinhielt.

»Und wenn Ihre Schnüffler draußen fertig sind, dann holen Sie sie hier rein. Sie sollen jeden Zentimeter absuchen. Ob ich irgendwo eine grüne, rote oder gelbe Mappe versteckt habe oder ob es irgendeinen Hinweis darauf gibt, dass ich Angelika Harmfeld umgebracht habe. Bitte«, Bortelli streckte die Hände aus, »durchwühlen Sie, nehmen Sie Fingerabdrücke, suchen Sie nach Blutspuren!« Seine Stimme war mit jedem Satz lauter geworden. »Und dann, wenn Sie kapiert haben, dass Sie einer miesen, kleinen Lügnerin aufgesessen sind, die sich rächen wollte, dann können Sie sich bei mir entschuldigen, Frau Mooser!«

Er verschränkte die Arme vor dem Körper und starrte sie mit wütendem Blick an.

Und dann wurde Maria doch noch rot. Dunkelrot, wie sie vermutete.

Bortelli gab auf ihre drängenden Fragen hin den Streit mit Angelika Harmfeld kurz vor deren Tod zu. Gedroht habe er ihr aber nie. Das entspringe nur Frau Lettras kranker Fantasie.

Die Kollegen von der Spurensicherung stellten seine Wohnung auf den Kopf, die Maria nun leider auf diese Weise kennenlernte: das im japanischen Stil eingerichtete Schlafzimmer, die kleine, gemütliche Junggesellenküche, das Arbeitszimmer mit einem absolut unaufgeräumten Schreibtisch, der sie fatal an ihren eigenen erinnerte, in dem aber auch ein breiter Ledersessel vor einem hypermodernen Fernseher deutlich machte, dass beim Herrn Psychologen die Entspannung nicht zu kurz kam.

Bortellis Wohnung gefiel ihr ausnehmend gut, wie sie mit Bedauern feststellte. Bei ihr wäre sicher der Fernseher etwas kleiner ausgefallen. Dieser Hightech-Kram war nicht so ihre Sache. Aber ansonsten entsprach die Einrichtung durchaus ihrem Geschmack. Unter den jetzigen Umständen wäre es ihr allerdings lieber gewesen, sie hätte seine Wohnung scheußlich gefunden.

Schließlich wollte Maria nur noch möglichst schnell weg. Hier konnte sie im Moment sowieso nichts mehr tun. Bortelli stand mit finsterer Miene im Flur. Sie drängte sich an ihm vorbei, und beide vermieden es, den anderen anzusehen.

Als sie ins Büro kam, lag ein Zettel auf ihrem Schreibtisch: »Frau Franske bittet um Rückruf. Postkarte gefunden.« Nein, die würde sie heute bestimmt nicht mehr anrufen. Marias Bedürfnis nach grauenhaften Situationen war für diesen Tag gedeckt.

Sie setzte sich an ihren Schreibtisch, stützte die Ellbogen auf und starrte vor sich hin. Hatte Bortelli jetzt eben wieder gelogen? Oder war das wirklich alles nur die Rache der gekränkten Sekretärin, die um ihren Job fürchtete?

Und das mit dem »Ich wollte uns noch etwas Zeit lassen«? Hatte er das nur gesagt, um sie einzuwickeln? Dachte Bortelli vielleicht, sie würde ihn laufen lassen, wenn er ihr genug Honig ums Maul schmierte? Die alternde, alleinstehende Kommissarin, die ein

Auge zudrückt, wenn man ihr einen attraktiven Junggesellen in Aussicht stellt? Wie der Hund, der Männchen macht, wenn man ihm eine Wurstscheibe vor die Nase hält?

Wenn Bortelli gelogen hatte, dann war sie mit einem blauen Auge davongekommen. Sie hatte sich einlullen lassen, aber zum Glück war sie ja nicht weiter auf seine Avancen eingegangen. Auch, weil sie sie nicht verstanden hatte, aber das wusste ja außer Bea Gott sei Dank niemand.

Wenn sich allerdings herausstellen sollte, dass Bortelli unschuldig war, dann würde sie sich vor Ärger in den Hintern beißen. Und das nicht nur einmal.

Es klopfte kurz, dann stand Mengert im Zimmer.

»Ich habe den Diabetologen erreicht. Der Bortelli war tatsächlich am Donnerstag da und hat von dieser Unterzuckerungsgeschichte erzählt. Er hat sich wohl ziemlich aufgeregt, weil ihm das in letzter Zeit schon öfters passiert ist. Und Markwell haben wir auch erwischt. Scheint alles zu stimmen, was Bortelli erzählt hat. Er wollte von Markwell, dass er die Lettra rausschmeißt, weil sie ständig einen auf krank machen würde. Markwell war der Meinung, dass die Interna uns nichts angingen.«

»Na prima«, murmelte Maria.

Wahrscheinlich fanden die von der Spurensicherung auch nichts. Konnte sich jetzt nicht einfach die Erde auftun und sie verschlucken?

Es war schon längst dunkel, als sie nach Hause kam. Im Flur fiel Marias Blick auf das Telefon, und sie musste an Vera denken. Ihre Tochter lag krank zu Hause, und sie hatte sie den ganzen Tag noch kein einziges Mal angerufen.

Sie wählte die Stuttgarter Nummer. Vera hörte sich immer noch krank an. Ja, es gehe ihr schon besser. Ja, sie wisse, dass sie ihre Mutter jederzeit anrufen könne. Nein, sie glaube nicht, dass die Grippe davon komme, dass sie sich nicht warm genug angezogen habe. Ja, ja, sie wisse auch, dass ihre Mutter sie jederzeit holen kommen würde. Ja, sie habe etwas gegessen. Nein, sie wolle nicht lieber bei ihr sein. Nein, sie brauche sich wirklich keine Sorgen zu machen. Vera klang leicht genervt.

»Dann schlaf schön, mein Schatz.« Maria legte den Hörer auf. Sie stand im Flur, hatte ihre Jacke noch nicht ausgezogen. Heute Abend musste sie raus hier. Unter Leute. Wenn sie jetzt allein zu Hause bliebe, würde sie nur grübeln und Chips in sich hineinstopfen. Sie wusste, dass noch zwei Tüten im Schrank waren. Und das war in ihrer momentanen Verfassung ganz übel.

Maria verließ ihre Wohnung und stand einen Moment ratlos vor dem Haus. Wohin? Sie könnte in den »Schwarzen Walfisch« gehen, eine nette Kneipe in der Bahnhofstraße. Immer gut für einen abendlichen Absacker. Aber das war Alsbergers Stammkneipe, und auf den hatte sie heute nun wirklich keine Lust mehr. Auch wenn er sich wieder ganz normal verhalten hatte. Aber das musste nichts heißen. Vielleicht saß ihr lieber Assistent ja gerade zu Hause und schnippelte am nächsten anonymen Brief? Doch besser ins »Hugo«, einen Wein trinken?

Schließlich entschied sie sich für das persische Lokal auf der Rohrbacher. Freundliche Bedienung, gutes Essen, das war genau das, was sie jetzt brauchte.

Als sie keine zehn Minuten später die Eingangstür des Restaurants hinter sich schloss und in den kleinen, übersichtlichen Raum trat, sah sie ihn sofort. Alsberger saß an einem Tisch in der Ecke, eine aufgeschlagene Speisekarte vor sich. Er schaute hoch. Ihre Blicke trafen sich. Es gab kein Entrinnen mehr. Maria zögerte. Aber da half wohl nur die Flucht nach vorn.

Vielleicht war es ja nicht schlecht, mal in Ruhe mit Alsberger reden zu können. Wenn ihr Assistent wirklich langsam abdrehte, war das hier wahrscheinlich die beste Möglichkeit, es festzustellen.

Sie ging zu seinem Tisch.

»So ein Zufall, was? Soll ich noch mal reinkommen und so tun, als hätte ich Sie nicht gesehen, oder essen wir was zusammen?«

»Bitte, nehmen Sie Platz.«

Immerhin blieb er höflich. Auch wenn Maria ihm deutlich ansehen konnte, dass er von ihrem Auftauchen alles andere als begeistert war.

»Macht ganz schön durstig, so ein Tag, was?«

Alsberger hatte ein großes Weizenbier vor sich stehen, das schon

fast leer war. Maria bestellte ein Wasser. Es war besser, einen klaren Kopf zu behalten.
Sie redeten über dies und das. Übten sich im Smalltalk. Aber sie sprachen nicht über die Bilder von Frau Franske. Und nicht über seinen Wutausbruch. Als das Essen kam, ergriffen sie die Chance und tauschten sich ausgiebig über Berberitzen und Gewürzzitronen aus und darüber, ob man nach einer Portion eingelegtem Knoblauch am nächsten Tag noch gesellschaftsfähig war. Alsberger hatte inzwischen sein drittes Weizenbier intus, und der Alkohol zeigte langsam seine Wirkung.
»Hatten Sie was mit diesem Bortelli?«, fragte er unvermittelt, als er sich eine Knoblauchzehe in den Mund schob.
Maria fiel vor Schreck fast der Reis von der Gabel. »Wie kommen Sie darauf?«
»Na ja, wegen diesem Gefasel von wegen, er wollte Ihnen beiden Zeit lassen und so.«
»Nein. Ich hatte nichts mit ihm.«
»Das habe ich mir gedacht«, sagte Alsberger. »Dass Sie sich mit so einem nicht einlassen.«
»Und warum nicht?«
»Unsympathisch. Das ist einer, der trickst.«
Irgendwie hatte Alsberger, was ihren Männergeschmack anging, offenbar eine gute Meinung von ihr. Wer hätte das gedacht! Besonders sympathisch war Bortelli heute Nachmittag auch wirklich nicht rübergekommen. Aber wenn man gerade des Mordes verdächtigt wurde, war wohl niemand sehr erfreut.
In gewisser Weise tat es ihr gut, dass Alsberger so über ihn redete. Dann kam es ihr nicht mehr so schlimm vor, dass sie die Sache vermasselt hatte.
»Aber so, wie es aussieht, hat er nichts mit dem Mord zu tun«, sagte Maria.
»Ich kann ihn trotzdem nicht ausstehen.«
Alsberger bestellte ein weiteres Bier. Und Maria nun doch ein Viertel Weißwein.

Anderthalb Stunden später war die Stimmung deutlich gelockert. Maria konnte sich im Nachhinein nicht mehr daran erinnern, wer zuerst von Vera anfing. Wahrscheinlich hatte sie erzählt, dass ihre Tochter die Grippe hatte.

»Sie isst zu wenig«, sagte Alsberger. »Deshalb wird sie krank.« Er lallte ein klein wenig.

»Und sie zieht sich nicht warm genug an«, ergänzte Maria.

»Genau«, sagte Alsberger, dessen Gesicht im Bierglas verschwand. »Ich habe ihr immer was gekocht, wenn sie bei mir war.« Er stellte sein Glas ab und starrte traurig auf den Tisch. »Wissen Sie, was das Schlimmste ist?«

Maria wusste es nicht. Der junge Mann sah sie an, und in seinen Augen glitzerte es verdächtig.

»Mein Leben lang bin ich vor den Frauen davongerannt. Sobald eine mehr von mir wollte, habe ich Panik bekommen, und weg war ich. Und jetzt ...«, er schaute auf sein Bier, als ob darin die Wahrheit verborgen wäre, »... jetzt bin ich zum ersten Mal so weit, dass ich dableibe, und dann sagt sie mir, dass ich klammer! Ich und klammern! So etwas hat mir wirklich noch nie eine gesagt.«

»Na ja, kann ja sein, wenn man noch nicht so viel Erfahrung hat, wie Beziehungen normalerweise ablaufen, dass man da ein bisschen übertreibt.«

Maria dachte an das, was ihre Tochter ihr erzählt hatte. Das war wahrscheinlich wirklich zu viel des Guten gewesen. »Sie müssen ihr etwas mehr Luft lassen. Wenn Sie Vera zu sehr auf die Pelle rücken, wird das nicht klappen. Dafür ist sie zu eigen.«

»Eigen! Oh ja, das ist sie!«, sagte Alsberger und nickte vor sich hin. »Und sie hat Angst! Vera hat noch viel mehr Angst als ich! Und wissen Sie, warum?«

Maria schüttelte den Kopf.

»Weil Ihr Mann *Sie* sitzen gelassen hat. Einfach weg. Tschüss und futsch! Da hat sie Angst gekriegt, dass ihr das auch passiert. Vera hat Verlus... Verlustängste. Deshalb das ganze Theater. Deshalb lässt sie sich nicht auf mich ein. Und mir sagt sie ...«, Alsberger tippte sich empört mit dem Zeigefinger auf die Brust, »... mir! Ich wär eine Klette. Ein klebriges Kaugummi!«

»Klebriges Kaugummi« waren schwierige Worte nach viereinhalb Weizenbier.

Maria hörte nicht gern, was der junge Mann da sagte. Vera hatte vor Alsberger lange Zeit keinen Freund gehabt. Oft genug hatte Maria sich selbst Sorgen gemacht, dass das vielleicht mit dem Scheitern ihrer Ehe zu tun haben könnte. Wie oft hatte sie bei ihrer Tochter, nachdem Bernd so plötzlich gegangen war, auf die Männer geschimpft? Und insbesondere natürlich auf Veras Vater! Das war keine ihrer Glanzleistungen gewesen. Es wäre ja kein Wunder, wenn das bei dem Kind Spuren hinterlassen hätte und Vera jetzt Männer, die ihr etwas bedeuteten, wegekelte – damit sie erst gar keine Chance bekamen, sie zu enttäuschen. Nach dem altbewährten Cowboy-Motto »Wer zuerst zieht, hat gewonnen«.

»Warum rufen Sie sie nicht einfach mal an?«, fragte Maria.

»Niemals! Ich werde mich nicht mehr bei ihr melden. Ich werde sie nicht mehr belästigen.« Die Stimme des jungen Mannes klang beleidigt. »Ich will keine Klette sein. Nie wieder werde ich eine Klette sein. Nie wieder. Nie wieder.«

Er stieß einen kleinen Rülpser aus. Alsberger hatte eindeutig genug.

Aber Maria wollte noch eine Sache klären.

»Alsberger, hassen Sie mich eigentlich?«

Ihr Assistent schaute sie verdutzt an. Dann schüttelte er den Kopf.

»Nicht mehr so wie früher. Nur noch ganz bisschen. Manchmal auch mehr. Wenn Sie so gemein sind.«

Die Gelegenheit war günstig. Alsberger war ganz offensichtlich so betrunken, dass ihm das Lügen schwerfiel.

»Schreiben Sie diese Briefe?«

»Was für Briefe?« Alsberger nahm den letzten Schluck aus seinem Glas. Er schwankte ein bisschen auf seinem Stuhl.

»Die anonymen Briefe, die ich bekommen habe, sind die von Ihnen?«

»So 'n Quatsch«, murmelte Alsberger. »So 'n Quatsch.«

Er konnte zwar nicht mehr geradeaus sehen, trotzdem hörte er sich recht glaubwürdig an.

»Aber wissen Sie, warum ich hier hin bin?«, lallte er. »Damit ich Ihnen nicht über den Weg laufe. Bin extra nach hier, weil ich dachte, da kommt die nicht hin.«

Alsberger gluckste, und sein Kopf sank nach unten. Maria wusste nicht, ob er nun heulte oder lachte. Aber es war auf jeden Fall Zeit zu gehen.

Ihr Assistent wohnte nicht allzu weit entfernt in der Häusserstraße. Sie brachte ihn noch bis vor die Haustür. Alsberger redete die ganze Zeit vor sich hin und hatte ziemliche Schwierigkeiten, ein Bein vor das andere zu setzen. Maria hakte ihn schließlich unter und betete, dass sie kein Kollege sah. Es war allgemein bekannt, dass sie ihrem Assistenten die Pest an den Hals wünschte. Irgendwie wäre ihr das verdammt peinlich, wenn man sie jetzt so mit ihm gesehen hätte.

Nachdem Alsberger auch nach mehreren Versuchen das Schlüsselloch nicht getroffen hatte, nahm sie ihm den Hausschlüssel ab, schloss die Tür auf und manövrierte ihn in den Hausflur. Hier hatte er wenigstens ein Dach über dem Kopf, selbst wenn er nicht mehr bis in seine Wohnung kam. So weit ging die Fürsorge dann doch nicht, dass sie ihn auch noch die Treppen hochschleppte.

Alsberger lehnte an der Wand. Maria drückte ihm den Schlüssel in die Hand.

»Ab in Ihre Wohnung, Alsberger!«

Der junge Mann schaute sie mit glasigem Blick an. Er packte sie am Kragen ihrer Jacke und zog sie zu sich.

»Eins sag ich Ihnen!«, brachte er mit Mühe hervor. »Dieser Bolelli, das ist ein Schurke! Ein pschychoschologischer Schmierlappen. Widerlicher Schmierlappen.« Alsberger rutschte langsam an der Wand hinunter. »Und ich, ich ...« Mehr brachte er nicht mehr heraus.

Maria löste seine Klettenfinger von ihrem Jackenkragen und ging.

Es nutzte alles nicht. Sie hatte Kakao getrunken, eine halbe Stunde lang irgendeine idiotische Sendung im Fernsehen gesehen. War aufgestanden, wieder ins Bett gegangen, wieder aufgestanden, wieder ins Bett gegangen.

Sie konnte einfach nicht schlafen. Auch das Nutellabrot hatte diesmal nicht gewirkt. Dann würde sie jetzt eben so lange im Bett liegen bleiben, bis es Morgen wurde. Da ließ sich das Grübeln leider nicht verhindern.

War ihr Verdacht gegen Alsberger wirklich unberechtigt? Kinder und Betrunkene sagen die Wahrheit, hieß es doch. Aber sie selbst war als Kind eine begnadete Lügnerin gewesen. Vor allem, wenn es darum ging, sich um irgendwelche Hausarbeiten zu drücken. Das konnte also nicht stimmen. Und was war mit Bortelli? Alles gelogen?

Es tat weh, wenn sie an ihn dachte. Jetzt würde es wohl in nächster Zeit doch niemanden geben, der ihr »Cara mia« ins Ohr flüsterte. So sauer, wie Bortelli wegen der Hausdurchsuchung gewesen war.

Frau Franske log auf jeden Fall wie gedruckt. Und das in Kombination mit einer nicht zu unterschätzenden schauspielerischen Begabung. Würde sie selbst auch einmal so werden wie diese alte Frau? Ihre Umgebung mit kleinen Boshaftigkeiten quälen? Von ihrer Persönlichkeit her brachte sie sicherlich die besten Voraussetzungen dafür mit. Wo sie schon ihrer Tochter mit ihrer Jammerei Angst vor Männern eingejagt hatte.

Schluss damit. Sie wollte jetzt nicht mehr nachdenken. Maria zog die Bettdecke bis zur Nase und machte das Licht aus. Sie starrte in die Dunkelheit.

Dann hörte sie es. Diesmal gab es keinen Zweifel.

Die Geräusche kamen aus dem Flur.

Frauen greifen an

Es war ein leises Geräusch. Sehr leise. Aber es war da. Diesmal konnte es keine Einbildung sein.

Marias Herz klopfte so heftig, dass sie das Pochen in ihren Ohren hören konnte. Sie griff nach der Waffe, die auf dem Nachttisch lag, und schlich zur Schlafzimmertür, bemüht, so aufzutreten, dass die Holzdielen unter ihren Füßen nicht knarrten. Langsam und vorsichtig. Schritt für Schritt, mit angehaltenem Atem.

Die Tür zum Flur war nur angelehnt. Sie spähte hinaus. Im Dunkeln konnte sie schemenhaft die Umrisse des kleinen Tisches sehen, auf dem das Telefon stand. Nichts bewegte sich.

Das Geräusch kam von der Haustür. Als ob Metall aneinanderrieb. Sie hatte abgeschlossen, als sie nach Hause kam, und den Schlüssel stecken lassen. Ein leises Kratzen. Jemand machte sich am Schloss zu schaffen! Maria zog die Schlafzimmertür vorsichtig auf. Dann brach die Hölle los.

Ein lautes Krachen. Jemand warf sich mit voller Wucht vor die Tür. Eines der beiden schmalen Milchglasfenster, die dort eingelassen waren, zersplitterte. Die Scherben fielen auf den Boden und zersprangen mit hellem Klirren. Ein Ellbogen, der in einer schwarzen Lederjacke steckte, ragte für einen Moment in ihre Wohnung hinein. Eine tiefe Männerstimme rief etwas.

Dann hörte sie ihn, den spitzen schrillen Schrei. Ein Schrei in Todesangst. Sie hatte die Stimme sofort erkannt.

Maria lief zur Tür, drehte den Schlüssel um und riss sie auf.

»Aufhören«, schrie sie, und ihre Stimme überschlug sich. »Sofort aufhören!«

Auf dem Boden wälzten sich zwei Personen. Sie sah den breiten Rücken eines Mannes vor sich. Darunter eine dunkel gekleidete Gestalt, den Kopf schwarz vermummt, die um sich trat. Maria riss den Mann an den Haaren und bog seinen Kopf nach hinten.

Sie blickte in das schmerzverzerrte Gesicht des Kollegen Baumert.

»Aufhören, habe ich gesagt!«

Baumert starrte sie an und ließ den Arm der Person unter sich los, den er in abenteuerlicher Weise verdreht hatte. Die vermummte Gestalt kroch zur Seite und setzte sich mühsam auf.

Maria stürzte zu ihr. In dem Gesicht, das halb unter einer schwarzen Wollmütze verborgen war, stand das blanke Entsetzen.

»Mama, ich wollte doch nur ...«

Dann brachte Vera vor Schluchzen kein Wort mehr heraus. Maria legte den Arm um sie.

»Was soll das, Baumert, ticken Sie nicht mehr richtig?«, schrie sie. »Wollen Sie meine Tochter umbringen oder was?«

Auch Baumert war mühsam aufgestanden. Vera hatte ganze Arbeit geleistet. Quer über sein Gesicht zog sich eine Kratzspur, an der er noch lange seine Freude haben würde.

»Ihre Tochter?« Baumert wischte sich mit dem Handrücken Blut vom Kinn. »Ach du Scheiße!«

Maria zog Vera hoch und ging mit ihr in die Wohnung. Baumert kam hinterher. Murmelte entschuldigend etwas von Personenschutz, Auftrag von Ferver. Draußen fuhren zwei Polizeiwagen vor, Kollegen, die Baumert vor seinem Zugriff informiert hatte. Maria schickte sie wieder weg.

Es dauerte mindestens eine halbe Stunde, bis ihre Tochter sich halbwegs beruhigt und Maria herausbekommen hatte, dass sie bei der Aktion nicht ernsthaft verletzt worden war. Vera weinte und weinte. Sie habe doch nur versucht, mit ihrem Schlüssel reinzukommen. Sie wollte Maria doch nicht aufwecken. Aber irgendwie ging der Schlüssel nicht.

Veras Arm tat weh, aber alles funktionierte, wie es sollte. Maria trichterte ihr fünf Baldrianpillen und einen Cognac ein. Als ihre Tochter endlich ruhiger wurde, verfrachtete sie ins Bett.

Baumert hatte sie mit Jodtinktur gequält und dann wieder auf die Straße geschickt. Sollte er sich draußen die Beine in den Bauch stehen, wenn er schon Vera zu Tode erschreckte.

Sie kehrte die Scherben im Flur weg, befestigte provisorisch ein

Stück Pappe dort, wo einmal die Scheibe in der Tür gewesen war. Dann legte sie sich auf die Couch im Wohnzimmer. Hier konnte sie am besten hören, wenn ihre Tochter nach ihr rief.

Irgendwann in den frühen Morgenstunden dämmerte Maria weg. Ihr letzter Gedanke galt Ferver. Den würde sie morgen vierteilen.

Aber am nächsten Morgen hatte sie erst einmal ein ganz anderes Problem.

»Ich habe gedacht, ich schaue mal bei ihm vorbei. Wie es ihm so geht und so. Aber er war nicht zu Hause.« Vera saß vor ihr am Küchentisch, eingehüllt in eine von Marias Strickjacken, in die sie gut und gerne zweimal passte.

»Er war nicht da! Um drei Uhr morgens!«

Nun begann Vera schon wieder zu weinen.

Sollte Maria ihrer Tochter jetzt erzählen, dass Alsberger wahrscheinlich um diese Zeit im Hausflur lag? Nachdem er sich in Anwesenheit ihrer Mutter völlig betrunken hatte?

Vera schluchzte, nicht minder heftig als in der letzten Nacht.

»Er war bestimmt bei einer anderen!«

Nein, sie musste ihrer Tochter sagen, was los war.

»Vera, ich weiß, dass er nicht bei einer anderen war. Ich habe ihn gestern zufällig beim Perser getroffen, und da hat er ziemlich gebechert. Ich glaube, der lag diese Nacht einfach sturzbetrunken im Bett und konnte nicht mehr ans Telefon gehen.«

Das mit dem Hausflur ließ sie dann doch lieber weg.

»Hast du mit ihm gesprochen?«

Veras Frage zeigte, dass sie nicht damit rechnete, dass sie und Alsberger sich freiwillig in ihrer Freizeit zusammen an einen Tisch setzen würden. Das hätte Maria bis gestern Abend auch noch gedacht.

»Ein bisschen.«

Das Schluchzen ihrer Tochter hörte schlagartig auf.

»Und, hat er etwas über mich gesagt?«

Sie schaute Maria erwartungsvoll an.

Was sollte sie jetzt sagen. Ja? Nein? Am besten einfach bei der Wahrheit bleiben. Aber dass Alsberger Stein und Bein geschworen hatte, dass er sich niemals mehr bei Vera melden würde, war nun wahrscheinlich auch nicht gerade die Botschaft, die ihre Tochter aufmuntern würde.

»Ja, hat er.«

»Was denn, Mama? Nun sag doch schon!«

»Na, so dies und das.«

»Mama, nun sag es mir schon! Auch wenn es etwas Schlimmes ist! Du musst es mir sagen! Du bist schließlich meine Mutter!«

»Also, dass du zu wenig isst, zum Beispiel.«

Das war unverfänglich. Da hatte Alsberger ja auch völlig recht. Das predigte sie Vera schon seit Jahren.

»Und was sonst?«

»Und dich nicht warm genug anziehst.«

Maria überlegte. Vielleicht war das hier ja jetzt *die* Chance, um mit ihrer Tochter einmal über das Thema Ängste und Beziehungen zu reden. Vielleicht quälte sich das Kind ganz furchtbar, brauchte ihre Hilfe.

»Und dann …« Maria stockte. Nun die richtigen Worte finden. »Dann hat er noch gesagt, dass du vielleicht die Trennung von deinem Vater und mir nicht ganz verkraftet hast. Dass du vielleicht deshalb Probleme mit Beziehungen …«

Maria beendete den Satz nicht. Vera sah aus wie eine Katze, die zum Sprung ansetzte. Und die ihr, ohne Zweifel, gleich die Augen auskratzen würde.

»Wie bitte? Mein Freund – mein *Ex*freund«, korrigierte Vera sich, »trifft auf meine Mutter, und die beiden haben nichts Besseres zu tun, als darüber zu reden, dass ich eine Macke habe, weil meine Eltern ihre verkorkste Ehe beendet haben?«

»Vera! Ich bitte dich! Das hast du jetzt ganz falsch verstanden. Ich meine nur, das wäre doch ganz verständlich, wenn die Sache mit Papa und mir dir vielleicht ein wenig Angst gemacht hätte. Alsberger und ich, wir sorgen uns nur um dich.«

»*Ihr* sorgt euch um mich!« Die Empörung in Veras Stimme war nicht zu überhören. »Das wird ja immer besser! Es ist unglaublich! Unglaublich! Wenn hier jemand Probleme hat, dann doch wohl du! Und er! Oder findest du das normal, dass eine Mutter mit dem Exfreund ihrer Tochter hinter deren Rücken lästert? Über ihre *an-*

geblichen psychischen Probleme diskutiert? Das hätte ich nicht von dir gedacht!«

Vera stand auf, ging in ihr Zimmer und knallte die Tür so hinter sich zu, dass das Geschirr im Schrank klirrte.

Hätte ich doch nur meine Klappe gehalten, dachte Maria. Mit jedem Wort, das sie zu einem von den beiden sagte, wurde die Sache nur noch schlimmer. Sie sollte sich aus den Angelegenheiten ihrer Tochter ganz raushalten. Ein für alle Mal.

Auch das Gespräch mit Ferver lief anders, als Maria es sich gedacht hatte.

Der Giftzwerg behauptete steif und fest, er habe sie bei ihrem letzten Zusammentreffen darüber informiert, dass er Kollegen zu ihrem Schutz abgestellt hatte. Was das Theater jetzt sollte? Ihr zuliebe sei man um Unauffälligkeit bemüht gewesen, nachdem sie vor Jahren einen riesigen Aufstand gemacht habe, als einmal Personenschutz für sie angeordnet wurde. Dass ihre Tochter fälschlich für eine verdächtige Person gehalten wurde, tue ihm leid. Allerdings sei sie vermummt gewesen und dadurch natürlich sehr auffällig. Man könne dem Kollegen Baumert da wirklich keinen Vorwurf machen.

In der Tat hatte Maria die Vorstellung, dass irgendein Kollege seine Nase zu ihrem Toilettenfenster reinsteckte, um zu sehen, ob alles in Ordnung war, noch nie als besonders angenehm empfunden. Sie konnte sich auch noch gut daran erinnern, wie sehr sie sich damals aufgeregt hatte.

Übrigens lägen die Ergebnisse für den gestrigen anonymen Brief vor. Alle hätten auf Fervers Bitte hin mit Hochdruck an der Sache gearbeitet. Ob sie das überhaupt zu schätzen wisse? Die Kollegen hätten sicherlich genug anderes zu tun. Da reiße man sich ein Bein für sie aus, und sie beschwere sich!

Das Ergebnis sei eindeutig: gleiches Papier, gleiche Schrift auf dem Kuvert. Auch diesmal alles selbstklebend, Umschlag wie Briefmarke. Poststempel aus Mannheim. Drei verwischte Fingerabdrücke, die man nicht identifizieren könne. Vielleicht vom Täter, vielleicht vom Briefträger. Der Graphologe vermute, dass die Schrift auf dem Umschlag wahrscheinlich von einem Rechtshänder mit der linken Hand geschrieben worden sei, um einen Verfremdungseffekt zu erzielen.

»Frau Mooser, ich kann mich nur wiederholen: Mit diesem Anonymus ist nicht zu spaßen!«

Maria tat es inzwischen fast leid, dass sie voller Empörung in Fervers Büro gestürmt war. Sie merkte, dass der kleine Fastglatzkopf sich anscheinend wirklich Sorgen machte. Sollte er mal tun, was er für gut hielt. Solange niemand mehr ihre Tochter in die Mangel nahm. Die Tatsache, dass Vera sich nun wirklich einmal warm genug angezogen hatte und gleich als vermummt und damit als verdächtig galt, gefiel ihr allerdings nicht besonders. Hoffentlich zog das Kind daraus keine falschen Schlüsse.

Die Uhr zeigte schon fast zehn, und Alsberger war noch nicht aufgetaucht. Erst als Maria mit Mengert in Arthurs Büro saß, um zu beraten, wie sie weiter vorgehen wollten, steckte er den Kopf zur Tür herein. Seine Gesichtsfarbe konnte man auf der Farbpalette wohl am ehesten zwischen gallengelb und leberkrankgrün einordnen.

»Du siehst aber echt scheiße aus!«, lautete Mengerts Begrüßung.

»Kannst du eigentlich noch was anderes außer Fäkalsprache?«, ranzte Maria ihn an. Der Umgangston einiger Kollegen ging ihr manchmal wirklich auf die Nerven.

Arthur schaute kurz auf und fuhr in seinem Bericht fort.

»Die Spurensicherung hat in Herrn Bortellis Wohnung nichts Verdächtiges finden können. Und im Wagen auch nicht. Zumindest bisher. Ein paar Sachen sind noch zur Untersuchung im Kriminaltechnischen Institut in Stuttgart. Haare, die offensichtlich nicht ihm gehören können. Aber vielleicht sind die von seinem Sohn, der ihn alle zwei Wochen besuchen kommt.«

»Ach!«, rutschte es Maria heraus. Von einem Sohn hatte Bortelli nie etwas gesagt. Aber wann auch. Außer an dem Sonntagnachmittag, als sie zusammen Angelika Harmfelds Adressbuch durchgegangen waren, hatten sie ja nun kaum miteinander geredet.

»Ein siebzehnjähriger Junge«, bemerkte Arthur. »Auf jeden Fall gibt es nichts, was einen Tatverdacht erhärten würde. Auch keine rote Mappe. Ich denke, wenn die Ergebnisse aus Stuttgart vorliegen, wissen wir endgültig Bescheid.«

Er suchte in seiner Ablage, während er weiterredete.

»Leider war auch in den Papieren, die Frau Lettra mitgebracht hat, nichts zu finden, was uns weiterbringen könnte. Alles Unterlagen für irgendwelche Trainings. Teilweise Zettel mit Stichworten, auf denen sie wohl Ideen für neue Seminare skizziert hat.«

»Und darauf soll dieser Bortelli so scharf gewesen sein, dass er ihren Schreibtisch durchsucht?«, fragte Mengert.

»Wenn das überhaupt stimmt.« Maria hatte so langsam ihre Zweifel, was die Glaubwürdigkeit von Frau Lettra anging. »Ruf diese Lettra an, Mengert. Sie soll hierherkommen, und dann nimmst du sie dir mal vor.«

Dieter Mengert mochte zwar viele Eigenheiten haben, über die Maria sich aufregte, aber in einem war er unschlagbar: Leute im Verhör so weit zu bringen, dass sie auch noch die allerletzte Lüge ihres Lebens gestanden. Und wenn die Lettra ihre Geschichte über die Rivalität zwischen Bortelli und Angelika Harmfeld etwas zu sehr ausgeschmückt hatte, dann würde Mengert es am ehesten aus ihr herausbekommen.

Arthur hatte gefunden, was er suchte. Er zog eine Klarsichthülle aus einem Stapel und reichte sie Maria. »Vielleicht ist das etwas für uns, ich weiß es nicht.«

In der Hülle steckte ein Papier, auf dem eine Art Diagramm aufgemalt war. In der Mitte, umkringelt, stand das Wort »*Kommunikation*«, davon abgehend Pfeile und Worte wie »*Sender*«, »*Empfänger*«, »*Ich-Botschaften*« und einiges mehr.

»Nicht das da. Das da unten.« Arthur deutete auf den rechten unteren Blattrand. Dort stand in der gleichen Schrift:

» 500.000 – Gewinn?«

Maria reichte das Blatt weiter. »Und, irgendeine Idee, was das bedeuten soll?«

»Ich glaube, sie hat sich gerne am Rand mal Notizen gemacht«, antwortete Arthur. »Vielleicht zu Dingen, die gar nichts mit dem zu tun hatten, an dem sie gerade gearbeitet hat. So wie die Telefonnummer in dem Australienkatalog. Da sitzt man an was, denkt an etwas anderes und kritzelt es auf dasselbe Blatt. Schreibt es schnell auf, weil man es nicht vergessen will.«

»Vielleicht hat sie sich überlegt, wie viel Gewinn sie mit fünfhunderttausend Euro machen kann? Wenn Sie sie zum Beispiel in Aktien anlegt oder so«, spekulierte Mengert. »Heidelberger Cement sag ich da nur. Oder fünfhunderttausend waren schon der Gewinn von irgendetwas.«

Maria seufzte. *500.000 – Gewinn?* Das konnte nun wirklich alles Mögliche bedeuten.

Mengert angelte nach einer Büroklammer, die auf Arthurs Schreibtisch lag, und schaute seinen Kollegen herausfordernd an.

»Oder sie hat überlegt, wie viel man mit fünfhunderttausend Büroklammern verdient, wenn man sie gerade biegt und dann als Edelzahnstocher verkauft!«

Arthur warf ihm einen bösen Blick zu. »Leg sie wieder hin.«

Das Telefon klingelte.

»Ja, die ist hier.« Arthur reichte Maria den Hörer. »Wie immer. Für dich.«

Es war Herr Wies von der Pforte.

»Da hat eine Frau angerufen. Eine Frau Franske. Sie hat gesagt, sie sollen heute bis fünfzehn Uhr vorbeikommen. Sonst würde sie die Karte wegwerfen. Sie wüssten dann schon Bescheid. Aber auf keinen Fall später als fünfzehn Uhr.«

Maria legte auf. Was sollte das denn jetzt schon wieder? Versuchte die Franske nun, sie zu erpressen? Damit, dass sie Beweismittel vernichten würde, wenn Maria nicht sofort bei ihrem ersten Anruf antanzte?

»Arthur, sind die Fotos mit der Schwier in dem Auto fertig?«

»Die können sie erst heute machen. Gestern war die Kollegin nicht im Dienst, und sie haben sie auch nicht erreicht.«

Maria überlegte kurz. Wenn es wirklich eine Postkarte von Amelie Harmfeld aus Frankreich gab, hatte sich die Sache wahrscheinlich sowieso erledigt. Am besten klärte sie es gleich.

»Wir fahren zur Franske. Alsberger, Sie kommen mit.«

Bei dieser Aktion war es besser, jemanden an der Seite zu haben, der mit alten Drachen gut zurechtkam. Das sparte ihr vielleicht die nächste Beschwerde. Und ihr Verdacht gegen Alsberger wegen der

Briefe hatte sich nach dem gestrigen Abend ziemlich in Luft aufgelöst. Nein, das konnte sie sich wirklich nicht vorstellen. Alsberger würde höchstens mal in der allergrößten Not in einem Drogeriemarkt Haargel oder ein Männerparfum mitgehen lassen, aber so etwas Hinterhältiges wie diese Briefe, das passte einfach nicht zu ihm.

Sie hatten Arthurs Büro noch nicht ganz verlassen, als sein Telefon erneut klingelte.

Arthur meldete sich, um dann Maria wortlos den Hörer hinzuhalten.

Wieder war es Herr Wies.

»Hier ist eine Frau Brandis, die Sie gerne sprechen möchte.«

Katja Brandis hatte nur wenig Zeit. Sie habe noch einiges zu erledigen und müsse schon übermorgen zurück nach Singapur. Die dunkelhaarige Frau sah aus, als wäre sie einer Modezeitschrift entstiegen. Und war, bis auf Frau Lettra, eine der wenigen Personen, die Angelika Harmfeld anscheinend wirklich gemocht hatten.

Die sorgfältig, aber dezent geschminkte Frau trug einen grauen Hosenanzug mit hellblauer Seidenbluse darunter. Um den Hals eine Silberkette, die Maria fatal an die erinnerte, die ihr vor Kurzem noch die Beileidswünsche der Kollegen eingebracht hatte. Bei Katja Brandis wirkte sie so, wie sie wirken sollte: ein geschmackvolles Accessoire, das den Gesamteindruck stilvoll abrundete. Dass sie erst heute Morgen dem Flugzeug entstiegen war, sah man ihr wirklich nicht an. Frau Brandis schien eindeutig der Drei-Wetter-Taft-Typ zu sein. Auch durch zwölf Stunden Flug nicht zu verwüsten.

Alsberger, immer noch leicht grünlich im Gesicht, rückte seinen Stuhl zurecht und starrte wieder genauso vor sich hin wie vor einigen Tagen, als er bei Harmfeld fast auf dem Sofa eingeschlafen war. Jetzt wusste Maria auch, was Alsberger am vorherigen Abend gemacht hatte, wenn er sich in dieser Verfassung befand.

Ja, sie sei mit Angelika wirklich gut befreundet gewesen, berichtete Frau Brandis auf Marias Nachfrage. Sie hätten sich während des BWL-Studiums in Mannheim kennengelernt. Das harte Studium habe sie zusammengeschweißt. Außerdem seien sie beide deutlich älter gewesen als die anderen Studierenden. Da habe man schnell zueinandergefunden.

Seitdem sie in Singapur war, hätten sie nicht mehr ganz so viel Kontakt gehabt, wenn, dann meist über E-Mail.

»An dem Tag, als Frau Harmfeld ermordet wurde, hat sie angegeben, dass sie am Abend zu Ihnen fahren wollte. Wir vermuten, dass sie Sie vor ihrem Mann als Alibi benutzt hat, um zu verheimlichen, was sie wirklich vorhatte. Wussten Sie darüber Bescheid?«

Katja Brandis zupfte den rechten Ärmel ihrer Seidenbluse unter dem Jackett hervor, sodass er die gleiche Länge wie der linke hatte. »Nein, davon wusste ich nichts. Aber Angelika hat schon mal kleine Notlügen benutzt, wenn es notwendig war. Da war sie recht pragmatisch.«

»Wissen Sie etwas von einem Verhältnis, das sie hatte?«

»Kann schon sein, dass es da jemanden gab. Kurz nachdem ich nach Singapur bin, hat sie mir mal eine Mail geschickt, dass da ein ganz süßer Typ wäre, der sie anbaggert. Aber mehr hat sie darüber nicht geschrieben. Wenn da was war, dann war es sicher nicht die neue große Liebe.«

»Wissen Sie etwas über die Ehe der Harmfelds? Gab es viel Streit? Vielleicht wegen Affären von Frau Harmfeld?«

Katja Brandis lachte. »Ganz sicher nicht. Klaus ist doch, was Frauen angeht, selbst ganz der Typ Jäger und Sammler. Nein. Die beiden passten einfach nicht zueinander. Angelika machte den Mund auf, wenn ihr etwas gegen den Strich ging. Hatte ihren eigenen Kopf. Und Harmfeld braucht eher so ein Mädchen, das bewundernd zu ihm aufschaut und ansonsten die Klappe hält. Ich glaube, die beiden waren sich ziemlich einig, dass es keinen Zweck mehr hatte mit ihnen.«

»Wie war denn Frau Harmfelds Beziehung zu Männern überhaupt?«

»Ihre Beziehung zu Männern überhaupt? Na, ganz normal, denke ich.«

Katja Brandis schien mit der Frage nicht viel anfangen zu können.

»Es liegen uns Aussagen vor, dass Frau Harmfeld«, Maria überlegte kurz, wie sie es ausdrücken sollte, »sagen wir mal, sich recht aufreizend verhalten hat.«

»Wer hat Ihnen das denn erzählt? Diese Harke, die da oben mit im Haus wohnt?«

»Auch. Genauso wie der Kollege von Frau Harmfeld.«

Frau Brandis stieß einen verächtlichen Laut aus. »Wenn Sie sich als Frau nicht in ein Neutrum verwandeln, sobald Sie Erfolg haben, heißt es doch sofort, dass Sie sich hochgeschlafen haben. Intelligent, erfolgreich und attraktiv, das ist für einige von diesen kleinen Neidern einfach zu viel.« Ihre Stimme klang verärgert. »Und diese Exschwiegermutter, die da mit im Haus lebt, die hatte doch nur Stress, dass Angelika besser mit Amelie zurechtkommen könnte als sie selbst. Die benutzt ihre Enkeltochter, damit sie da oben nicht den ganzen Tag allein in ihrer Bude hocken muss. Weil sie sonst vor Einsamkeit umkommt. Angelika hat versucht, Amelie von ihr abzunabeln. Aber diese Frau hat das hintertrieben, wo sie nur konnte. Hat der Kleinen Geld zugesteckt und sie gegen Angelika aufgehetzt.«

»Der Kollege von Frau Harmfeld hat angegeben, dass sie mit Kunden, nun, sagen wir mal, zumindest geflirtet hat, um Aufträge zu bekommen.«

Frau Brandis zupfte erneut, nun deutlich erbost, am Seidenblusenärmel.

»Na und? Was ist daran schlimm? Wenn ein Mann mit einem Kunden abends ein Bier trinken geht oder ihm Karten für ein Fußballspiel besorgt, dann ist er das pfiffige Kerlchen. Eine Frau, die einen Kunden anlächelt oder mit ihm was trinken geht, ist ein Flittchen oder was? Und was das ›zumindest‹ angeht, kann ich Ihnen versichern: Angelika hatte klare Grenzen. Und die hat sie mit Sicherheit auf der Arbeit nie überschritten. Dafür war sie zu klug. Angelika wusste genau, was sie wollte und was sie nicht wollte.«

Maria kam sich nach Katja Brandis' Entrüstungssturm fast ein wenig wie eine Verräterin vor. Wie ihr Gegenüber sie einschätzte, war ihr ziemlich klar: das berufsbedingt weibliche Neutrum. Die Sache war nur die, dass sie sich auch in jedem anderen Job oder auch ohne Job am liebsten so angezogen hätte, wie sie jetzt angezogen war. Bequem, praktisch, unauffällig. Und gerne in Blau. Blaubeerblau.

»Wissen Sie, ob Frau Harmfeld für irgendetwas eine größere Summe Geld benötigte?«

»Angelika hat immer Geld gebraucht. Das war vielleicht ihre einzige wirkliche Schwäche. Mit Geld konnte sie nie gut umgehen. Zumindest nicht mit ihrem eigenen.«

»Haben Sie eine Ahnung, ob sie plante, mit jemandem zusammenzuziehen?«

»Ja, natürlich!«

Nun blickte auch Alsberger auf.

»Mit mir!«

»Mit Ihnen?«, fragte Maria erstaunt.

»Ja, wir haben immer wieder mal darüber geredet. Ich habe noch drei Monate in Singapur, dann komme ich wieder zurück nach Deutschland, diesmal in die Filiale nach Mannheim. Angelika wollte sich mal umschauen und sich melden, wenn sie was gefunden hätte, was in Frage kam.«

»Wollten Sie vielleicht auch mit ihr zusammen nach Australien fliegen?«, schaltete sich Alsberger ein.

Die junge Frau schaute ihn verblüfft an. »Woher wissen Sie das?«

Als Maria wenig später zusammen mit Alsberger auf dem Weg zu Frau Franske war, herrschte im Auto zunächst peinliche Stille. Aber Maria hatte keine Lust darauf, die nächsten Fahrten schweigend zu verbringen. In der Vergangenheit hatte Alsberger ihr zwar manchmal viel zu viel geschwätzt, aber so war es auch nicht gut. Besser die Peinlichkeit direkt ansprechen, dann ging sie vielleicht weg.

»Da haben Sie aber gestern Abend ganz schön gebechert«, sagte sie in belanglosem Tonfall.

Ihr Assistent schaute sie kurz an. Das mit der Peinlichkeit hatte sie schon ganz richtig erfasst. Sein Gesichtsausdruck sagte alles.

»Ich hoffe, ich habe keinen Blödsinn erzählt.«

»Och.« Maria zögerte einen kleinen Moment. Ein bisschen unangenehm sollte es für Alsberger ruhig sein. »Es ging so.«

»Es tut mir leid. Was immer ich gesagt habe. Wirklich, tut mir leid.«

»Schon gut. Vergessen wir die Sache einfach.«

»Genau. Vergessen wir die Sache einfach.« Alsberger nickte. Seine Erleichterung war nicht zu überhören. Schnell wechselte er das Thema. »Die Aussage von Frau Brandis spricht ja eher gegen die Theorie, dass ein verschmähter Liebhaber den Mord begangen hat. Frau Harmfeld wollte mit ihr zusammenziehen und wegfahren, nicht mit irgendeinem Typ.«

»Dass Frau Harmfeld die Affäre nicht allzu ernst genommen hat, heißt ja nicht, dass es für den Mann genauso war. Manche Männer verlieren eben den Halt unter den Füßen, wenn sie zurückgewiesen werden.«

Maria hätte gerne Alsbergers Gesicht gesehen, aber sie vermied es, ihn anzuschauen. »Oder die pragmatische Frau Harmfeld hat den Liebhaber benutzt, um an Geld zu kommen. Da gibt es sicher viele mögliche Varianten, wie man jemanden erpressen kann. Sei es nun die Ehefrau, die nichts wissen darf, oder irgendwelche sexuellen Abartigkeiten. So wie es in dem Klatschzeitungsartikel stand, den Bortelli erwähnt hat.«

»Rivalität unter Kollegen finde ich da als Mordmotiv mindestens genauso gut.«

»Sie wollen wohl unbedingt, dass der ›psychologische Schmierlappen‹ schuldig ist, was?«

Alsberger schwieg. Ob ihm gerade dämmerte, dass dieser Ausdruck von ihm stammte?

Frau Franske öffnete in rosafarbener Kittelschürze und mit mädchenhaftem Lächeln. Im Treppenhaus roch es penetrant nach Essen. Irgendetwas mit Kohl musste dabei sein.

Nachdem sie im Schneckentempo hinter der alten Dame die Stufen zu ihrer Wohnung hochgestiegen waren, hatte Alsbergers grünliche Gesichtsfarbe den Tageshöhepunkt erreicht.

Kaum waren sie oben, fragte er nach der Toilette und ließ Maria mit dem Drachen im Flur stehen. Die alte Frau schaute ihm mit besorgtem Blick hinterher.

»Er sieht heute aber nicht besonders gut aus«, flüsterte sie ihr zu.

»Kann schon sein.« Maria verspürte keine Lust, sich auf irgendwelche vertraulichen Gespräche über ihre Mitarbeiter einzulassen.

»Kommen Sie doch mit in die Küche, meine Liebe. Ich bin gerade dabei zu kochen. Manchmal koche ich mir etwas vor. Das teile ich dann in kleine Portionen und friere es ein. Sehr praktisch, wenn man allein ist. Für eine Person, da lohnt es ja nicht, jeden Tag was Neues zu machen.«

Frau Franske ging vor in die Küche, einen länglichen Schlauch, an dessen Ende sich durch ein großes Fenster ein wunderschöner Blick in den Garten bot. Sie wies auf einen der beiden Stühle, die an einem kleinen Küchentisch standen. Der Tisch verschwand unter einem weißen Wachstischtuch, das mit roten Herzen übersät war. Ein Brettchen mit klein gewürfeltem Speck stand darauf.

»Es muss doch wunderbar sein, tagsüber mit anderen Menschen zusammen sein zu können«, schwatzte die alte Dame munter weiter, während sie mit einem Holzlöffel im Topf herumrührte.

»Frau Franske, Sie hatten angerufen. Wegen der Postkarte.«

»Ich weiß, meine Liebe, ich weiß!«, sagte Frau Franske in einem Tonfall, als freue sie sich, sich noch an ihren Anruf erinnern zu können.

»Können Sie mir diese Karte bitte zeigen?«

»Gleich, meine Liebe, gleich. Nur nicht so ungeduldig, Sie bekommen Ihre Post schon noch.«

Frau Franske ließ vom Kochtopf ab und setzte sich mühsam auf den anderen Küchenstuhl. Sie schaute Maria mit ihrem freundlichen Alte-Damen-Gesicht an. Irgendwie war ihr dieser prüfende Blick äußerst unangenehm. Hoffentlich kam Alsberger bald von der Toilette.

»Es tut mir leid, dass Klaus sich beschwert hat. Das wollte ich nicht, wirklich nicht.«

Mit einer Entschuldigung hatte Maria nun gar nicht gerechnet. Vor lauter Überraschung fiel ihr nichts ein, was sie darauf hätte erwidern können. Die alte Frau nutzte es, um genauso schnell das Thema wieder zu wechseln.

»Das ist doch sicher schön, so nette Kollegen wie diesen jungen Mann zu haben, nicht wahr?«

»Frau Franske, wir kommen wegen der Postkarte.« Nur nicht irritieren lassen.

Doch die alte Dame hatte anscheinend keine Lust, über die Postkarte zu reden. »Wenn man Kollegen hat, ist man den ganzen Tag mit netten Menschen zusammen.«

Frau Franske blickte auf die Herzchentischdecke. Nachdenklich rieb sie mit ihrem Zeigefinger über irgendetwas, das auf dem Wachstuch klebte und das sie dann in kleinen Fetzen abzog.

»Allein sein ist nicht schön, nicht wahr? Vor allem nicht an den Abenden«, sagte sie und nickte dabei, so als müsse sie ihre Aussage noch einmal bestätigen. »Und an den Wochenenden. Diese langen, langen Wochenenden, wo man dann so gar nichts mit sich anzufangen weiß.«

Sie seufzte leise und schaute wieder hoch, mit einem solch elend traurigen Blick, dass sogar Maria nicht umhinkonnte, mit der Alten Mitleid zu haben. Katja Brandis lag mit ihrer Vermutung völlig richtig. Daher wehte der Wind. Die alte Franske hatte Amelie gebraucht, um nicht einsam zu sein. Jetzt, wo die Enkelin weg war, bestellte sie eben die Polizei ein, wenn sie sich allein fühlte.

»Frau Franske, wenn Sie sich einsam fühlen, dann ...« Weiter kam Maria nicht.

»Wieso ich? Ich rede doch nicht von mir.« Die alte Dame sah sie erstaunt an. »*Ich* fühle mich nicht einsam. Ich habe Klaus, Amelie, die netten Nachbarn. Nein, meine Liebe, ich fühle mich wirklich nicht einsam! Ich rede von *Ihnen*!«

Frau Franske wies auf Marias rechte Hand, die auf dem Tisch lag. »Man kann noch die Einkerbung sehen, wo der Ring gesessen hat. Sind Sie geschieden, oder ist er gestorben?«

Für einen Moment hatte Maria das Gefühl, als hätte ihr jemand mit aller Wucht die Faust in die Magengrube gerammt. Noch bevor sie zum Gegenangriff ausholen konnte, hörte sie zum Glück, wie Alsberger die Toilettentür aufschloss. Sie holte tief Luft. Jetzt musste ein Wunder geschehen, damit sie nicht ausfallend wurde. Ein Wunder an Selbstkontrolle.

Ihr Assistent erschien im Türrahmen.

»Alsberger, klären Sie mit Frau Franske die Sache mit der Postkarte. Ich muss auch mal verschwinden.«

Sie stand auf, ging in den Flur und schloss sich in der kleinen Gästetoilette ein. Maria fluchte in Gedanken, schimpfte, wünschte dem Giftzahn die Pest an den Hals. Was für ein boshafter Mensch! Wie gemein diese Alte doch war!

Als sie sich wieder einigermaßen beruhigt hatte, kehrte sie in die Küche zurück. Sie hörte gerade noch, wie Frau Franske sagte: »Und die Frau: Ach Gott, ich habe die Shrimps vergessen!« Dann brachen Franske und Alsberger in Gelächter aus.

»Wenn Sie die Postkarte haben, gehen wir jetzt, Alsberger!«
Die beiden schauten sie an.

»Der war echt gut!«, sagte der junge Mann zu Frau Franske, immer noch lachend. Er nahm etwas an sich, das auf dem Tisch lag, steckte es in seine Jackentasche und stand auf.

Maria ging ohne Gruß zur Tür. Nur weg hier.

»Geben Sie mir die Karte«, fuhr sie Alsberger an, sobald sie aus dem Haus waren.

Alsberger griff in seine Jackentasche. Er reichte ihr ein undefinierbares aufgequollenes Stück Pappe. Es hätte auch ein postkartengroßer Bierdeckel sein können. Maria starrte auf das Etwas in ihrer Hand.

»Spülbecken!«, sagte Alsberger, der ihren ungläubigen Blick bemerkt hatte. »Sie ist ihr ins Spülbecken gefallen. Aber keine Sorge. Man kann noch genug erkennen.«

*

Er fuhr mit dem Zeigefinger ihre Rundungen nach. Hoch, runter, hoch. Ganz sanft geschwungen. Wie eine Hügellandschaft. So hatte er es auf Bildern von der Toskana gesehen. Wunderschön war sie. Alabasterfarben. Das war genau das Wort, das zu ihrer Haut passte. Alabasterfarben und weich wie Samt. Die halbe Nacht war er durchgefahren. Hundemüde war er. Aber er wollte auf keinen Fall einschlafen. Keine Sekunde wollte er versäumen.

Karina drehte sich um und lächelte ihn an. Er berührte mit seinen Lippen ihre Schulter. Sie roch nach Sommer. Nach Rosen und Lavendel. Er vergrub sein Gesicht in ihren Haaren. Weich waren sie. Weich wie Seide. War das nicht genauso gut, wie den Wind auf der Haut zu spüren? Oder das Meer zu riechen?

Nein, dachte Kai Hansen. Das hier, das war noch viel besser.

Die Bürde der Schuld

Arthur hatte seine Lesebrille aufgezogen und inspizierte die Postkarte.

»Das könnte tatsächlich ›Mallemort‹ und ›17.10.‹ heißen. Dann wäre sie einen Tag vor dem Tod von Angelika Harmfeld in Südfrankreich aufgegeben worden. Die Unterschrift ist auf jeden Fall gut zu erkennen. Zumindest belegt es, dass diese Amelie dort unten war.«

»Vielleicht hat sie sie ja auch jemandem gegeben, der sie einwirft«, überlegte Mengert. »Hat sie hier geschrieben und ihren Hintern gar nicht aus Heidelberg wegbewegt.«

Maria lehnte an der Wand, da Mengert schneller als sie gewesen war und den letzten freien Stuhl in Arthurs Büro besetzt hatte. Die Tatsache, dass keiner der drei Männer auf die Idee kam, ihr seinen Platz anzubieten, besserte ihre Laune nicht. Auch die anderthalb Stunden Erholungspause, die sie sich vorher im Restaurant des Kaufhofs am Bismarckplatz gegönnt hatte, hatten die Spuren, die Frau Franskes Attacke bei ihr hinterlassen hatten, nicht auslöschen können.

»Mengert, geh mal in mein Büro, und hol den Ordner, der da auf dem Tisch liegt. Da sind die ganzen Berichte drin.«

Mengert stand widerwillig auf und verschwand. Maria setzte sich auf seinen Platz.

»Hat sich die französische Polizei gemeldet?«

Arthur beantwortete ihre Frage mit einem Kopfschütteln. »Ich habe auch nicht den Eindruck, dass die sich da wirklich engagieren. Wahrscheinlich kann man nur abwarten, bis die junge Dame von selbst wieder auftaucht.«

Mengert kam wieder herein mitsamt Ordner.

»Du sitzt auf meinem Platz!«

»Ach, ich habe nicht gesehen, dass der an deinem Hintern festgewachsen wäre.« Maria blätterte kurz in der Akte. Sie musste ja wenigstens so tun, als hätte sie sie gebraucht. »Was hat diese Lettra gesagt, Mengert?«

»Die war nicht davon abzubringen, dass Bortelli der Harmfeld gedroht hat. Ich habe sie ziemlich in die Mangel genommen, aber sie ist bei ihrer Aussage geblieben. Nur die Sache, dass Bortelli sich für ihre Kündigung starkgemacht hat, das fiel ihr dann doch noch ein.«

Arthur zuckte mit den Schultern. »Aussage gegen Aussage. Und es gibt keinerlei Beweise, die gegen Herrn Bortelli sprechen.«

»Eins war allerdings interessant.« Inzwischen lehnte nun Mengert an der Wand, nicht ohne sich mit dem Fuß abzustützen und dabei wahrscheinlich einen dieser schmuddeligen Schuhabdrücke zu hinterlassen. »Sie hat erzählt, dass Bortelli und die Harmfeld sich am Anfang wohl supergut verstanden haben. Bortelli sei eine Zeit lang richtig nett zu ihr gewesen. Wann das genau aufgehört hat, konnte sie nicht sagen.«

»Aha!« Alsberger schien mit einem Mal hellwach zu sein. »Natürlich! Daran haben wir noch gar nicht gedacht! Was, wenn Bortelli der verschmähte Liebhaber ist? Das kann doch gut sein. Erst umwirbt er sie, sie lässt sich vielleicht auch mit ihm ein, dann weist sie ihn irgendwann ab, und er fängt an, Krieg gegen sie zu führen.«

»Genau!«, pflichtete Mengert bei. »Und dieser Psycho kriegt im Büro mit, wie sie wegen einer Wohnung oder einer Reise für zwei Personen rumtelefoniert, und denkt, es geht um einen anderen Typ. Dann wühlt er in ihrem Schreibtisch rum, um rauszukriegen, was da los ist.«

»Von Eifersucht zerfressen!«, ergänzte Alsberger. »Und bei dem Diabetologen ruft er an und jammert was von Unterzucker, um sich ein Alibi zu besorgen.«

»Nun kriegt euch mal wieder ein.« Irgendwie behagte Maria diese Theorie nicht sonderlich. »Immerhin gibt es ja noch eine Zeugin, die jemanden zu einer Zeit in Tatortnähe gesehen hat, in der Bortelli ganz sicher noch nicht da sein konnte. Diese Person könnte genauso gut der Täter sein. Oder die Täterin.«

»Oder es war eben einfach nur ein Zufall.« Arthur hatte Mengert im Visier, als er das sagte. »Nimm deinen Fuß von der Wand, Dieter! Hier sieht es sowieso schon aus wie Sau, und den nächsten Anstrich gibt es bestimmt erst wieder in zehn Jahren.«

Arthur hatte recht. Sowohl mit dem möglichen Zufall als auch mit dem Anstrich in frühestens zehn Jahren. Trotzdem: Es gab schließlich noch andere Verdächtige!

»Macht ein bisschen Dampf dahinter, dass wir endlich die Fotos mit der Schwier bekommen. Und dann fahren wir noch einmal zu dieser Verkäuferin. Vielleicht ist die Karte ja wirklich nur ein geschickter Versuch, Amelie Harmfeld ein Alibi zu besorgen, und die Franske hat damit absichtlich vor unserer Nase rumgewedelt, damit wir darauf anspringen. Außerdem muss man immer noch daran denken, dass sie es ja ganz anders angestellt haben könnte. Ohne Enkelin. Mit einem Auftragskiller zum Beispiel«, sagte Maria.

Alsberger schüttelte den Kopf. »Diese harmlose alte Dame! Unmöglich! Wie soll die denn Kontakt zu solchen Kreisen bekommen?«

»Harmlos?« Maria konnte es nicht fassen. »Alsberger, besitzen Sie denn nicht den kleinsten Funken Menschenkenntnis?«

Als sie den Blick ihres Assistenten sah, wusste sie, dass das jetzt genau einer der wenn auch seltener werdenden Momente war, in denen er sie hasste.

Sobald Maria wieder in ihrem Büro saß, rief sie Vera an. Doch ihre Tochter ging weder an ihr Handy noch ans Festnetztelefon. Gestern Nacht hatte sie noch gesagt, sie wolle vielleicht ein paar Tage bleiben, bis sie wieder ganz gesund wäre. Maria hatte sich gefreut. Aber vielleicht hatte Vera es sich nach dem Streit heute Morgen doch anders überlegt. Auf jeden Fall schien ihre Tochter zurzeit nicht mit ihr reden zu wollen.

Sie legte gerade den Hörer auf, als Arthur, ohne zu klopfen, die Tür zu ihrem Büro aufriss. Dass Arthur sich von seinem Stuhl erhob, war schon ein seltenes Ereignis, dass er nicht anklopfte, deutete auf eine Katastrophe hin.

»Er ist da!«, sagte er und schnappte nach Luft.

»Wer?«

»Dieser anonyme Anrufer. Er hat sich unten an der Pforte gemeldet.«

Doch keine Katastrophe!

Vor Maria saß ein dünner, flachsblonder junger Mann in einer ausgebleichten Jeansjacke. Er mochte vielleicht gerade Mitte zwanzig sein. Neben ihm eine etwas füllige, hübsche junge Frau mit langen, nach dem leichten Orangeton zu urteilen, offensichtlich hennagefärbten Haaren. An ihrem Ohrläppchen baumelte ein ungefähr fünf Zentimeter langer silberner Ohrring, der ein leises Klimpern hervorbrachte, wenn sie den Kopf bewegte.

Die junge Frau hieß Karina Bechtelmeier, der junge Mann Kai Hansen. Der viel gesuchte anonyme Anrufer, der Angelika Harmfelds Leiche gefunden hatte! Kai Hansen sah so aus, als würde er darauf warten, gleich aufs Schafott geführt zu werden. Dabei hatte er für die Tatzeit ein Alibi. Einen heftigen Streit mit der hennagefärbten Freundin im »Hemingway's« mit mindestens zwanzig Zeugen, wie Karina Bechtelmeier wortreich zu berichten wusste.

»Ich habe ihm gesagt, dass er das hier klären soll. Sonst muss er ja immer Angst haben, dass Sie doch mal draufkommen, dass er der Anrufer war. Außerdem hat er ja nichts Schlimmes getan. Der Kai, das ist ein ganz lieber Mensch. So lieb!«

Karina Bechtelmeier warf dem lieben Menschen neben ihr einen schwärmerischen Blick zu.

»Er kann ja nichts dafür, dass diese Frau da oben lag. Er wollte ja nur eine Kiste abladen. Eine einzige Kiste, mehr nicht. Und da war nur Papier drin, das wäre irgendwann verrottet. Ist ja Naturmaterial. Das kann doch nicht strafbar sein. Für ihn war das ganz schrecklich, dass er die da gefunden hat. Er stand unter Schock. Nur deshalb ist er weg. Manchmal dauert so ein Schock ganz schön lange.«

Kai Hansen hatte noch kein Wort gesagt. Und machte auch nicht den Eindruck, als ob er jemals den Mund aufmachen würde, solange diese Frau hier für ihn redete. Maria entschied sich, die Plaudertasche vor die Tür zu setzen. Frau Bechtelmeier war mit der Maßnahme nicht ganz einverstanden, aber es blieb ihr nichts anderes übrig, als sich zu fügen.

»Vergiss das mit dem Handy nicht!«, wies die junge Frau ihren Freund im Hinausgehen an.

»Und, was ist das mit dem Handy?«, fragte Maria, als sich die Tür hinter Frau Bechtelmeier geschlossen hatte.

Kai Hansen griff zögerlich in seine Jackentasche und holte ein kleines silberfarbenes Handy hervor. Er legte es auf den Tisch.

»Das habe ich da oben gefunden. Meine Kiste ist mir hingefallen und ausgekippt. Weil ich doch über die ...«, der junge Mann schluckte, »... die Tote gestolpert bin. Fast drauf gefallen bin ich ja. Ich war so erschrocken, da habe ich schnell alles wieder aufgehoben, und da muss das Handy dabei gewesen sein.«

Er schaute sie mit leicht gesenktem Kopf an, sodass die Fransen seines Ponys ihm in den Augen hingen. Maria hätte ihm am liebsten ein Haarklämmerchen verpasst.

»Ich habe es einmal angehabt. Nur einmal ganz kurz. Ich wollte mal sehen, ob es noch funktioniert. Sie hat ihre SMS gespeichert.«

»Und?«

»Ich meine, sie hat ja da an diesem kleinen Bach gelegen. Der heißt doch Höllenbach oder Hellenbach oder so. In der Nähe von der Grillhütte.«

»Und weiter?« Maria wurde ungeduldig. Sie hasste es, wenn sie den Leuten jedes Wort einzeln aus der Nase ziehen musste.

»Ich habe nur die letzte SMS gelesen. Da hat sie sich verabredet da oben.«

»Sie haben sie ja wohl hoffentlich nicht gelöscht, oder?«

Kai Hansen schüttelte den Kopf so heftig, dass seine Ponyfransen hin und her wackelten. Maria nickte Alsberger zu, der den Raum verließ, um wenige Sekunden später mit ein paar durchsichtigen Plastikhandschuhen wiederzukommen. Er griff nach dem Handy, stellte es an und drückte einige Tasten.

»Aha«, sagte er.

»Was denn nun?«, herrschte Maria ihn an.

»Hier, die letzte, die gespeichert ist: ›Muss dich unbedingt sehen. Mittwoch 17.30. Höllenbachweg, Grillhütte. Kein Rückruf! A.‹«

»Und erfahren wir heute noch, an wen das ging?« Wollte Alsberger sie in den Herzinfarkt treiben?

»Die Nummer steht hier drüber.« Alsberger las sie vor.

Maria griff nach dem Telefon und wählte. Gleich würde sie wissen, ob Bortelli mit in der Sache drinhing. Ob sie einem Schwindler aufgesessen war. Oder ob sie es sich völlig unnötigerweise mit einem der wenigen Männer verscherzt hatte, die ihr in den letzten dreißig Jahren Avancen gemacht hatten.

Ein Freizeichen ertönte. Es dauerte eine Weile, dann wurde der Anruf auf eine Mailbox geleitet. Sie lauschte der Ansage.

»Na und?«, fragte nun Alsberger.

Maria legte den Hörer auf. »Mist«, fluchte sie, und es kam aus tiefstem Herzen.

Ihr Assistent sah sie etwas verwundert an. »Also wer?«, fragte er. »Wessen Anschluss ist es denn jetzt?«

Sie holte tief Luft. »Röttke! Das war die Mailbox von Rainer Röttke!«

Eine halbe Stunde später stand sie mit Alsberger vor Röttkes Kanzlei. Mengert und ein weiterer Kollege saßen in einem zweiten Wagen, der am Straßenrand geparkt war. Maria wusste nicht, ob sie Verstärkung brauchen würden, aber sicher war sicher.

Die Sekretärin öffnete, und Röttke empfing sie, anscheinend gut gelaunt. Als sie Platz genommen hatten, blickte er erwartungsvoll von Maria zu Alsberger.

»Womit kann ich Ihnen noch helfen? Ich dachte, wir hätten schon alles besprochen?«

»Herr Röttke, ist es möglich, dass Sie uns über Ihre Beziehung zu Frau Harmfeld nicht die ganze Wahrheit gesagt haben?«, fragte Maria.

Mit einem Mal wirkte der Anwalt nicht mehr ganz so freundlich. »Was soll das? Wollen Sie mir irgendetwas unterstellen?«

»Sind Sie ganz sicher, dass Sie uns nicht noch etwas erzählen möchten?«

»Ich habe Ihnen alles gesagt, was ich weiß. Ich habe dem nichts hinzuzufügen!«

»Schade!«, entgegnete Maria. »Wir wissen nämlich, dass Sie sich mit Frau Harmfeld am Höllenbach getroffen haben. Am Mittwochabend.«

Für einen kurzen Moment sah sie die Panik in Röttkes Augen.

»Vielleicht unterlassen Sie lieber Ihre völlig unhaltbaren Vermutungen.« Sein Tonfall war scharf geworden.

»Das sind keine Vermutungen, Herr Röttke, wir haben Beweise. Handfeste Beweise. Ich denke, es ist besser, wenn Sie uns zur Polizeidirektion begleiten.«

Röttke war einen Moment still. Seinem Gesicht war keine Regung anzumerken, als er nickte.

»Wie Sie wünschen«, sagte er. Der Rechtsanwalt stand auf und ging voraus in den Flur. »Ich sage nur noch meiner Sekretärin Bescheid.«

Maria und Alsberger folgten ihm. Er öffnete die Tür, hinter der die Sekretärin eben verschwunden war. Stimmengemurmel drang aus dem Raum. Dann laut vernehmbar ein überraschtes »Herr Röttke!«.

Maria stieß die nur angelehnte Tür auf, sah die offene Glastür und im gleichen Moment Röttke, der draußen am Fenster vorbeilief.

»Er ist einfach weg!«, stammelte die Sekretärin.

Alsberger hatte die Situation erfasst und war zur Haustür gestürzt. Röttke rannte zur Straße, wo die Autos geparkt standen. Inzwischen hatte auch Mengert reagiert, war aus dem Auto gesprungen und versuchte Röttke von hinten festzuhalten. Beide stürzten, es gab ein kurzes Gerangel, dann lag Röttke mit dem Gesicht nach unten auf dem Boden. Mengert bändigte ihn unsanft, indem er ihm das Knie in den Rücken drückte.

Nun war auch Maria bei den Autos angekommen. Sie japste nach Luft.

»Das«, schnaufte sie, »das war ein blöder Fehler, Herr Röttke. Ein ganz blöder Fehler.«

Röttke hatte mit seinem Anwalt telefoniert, der bald darauf aufgetaucht war und viel Wind machte. Sie hatten den Verdächtigen zwei Stunden lang in die Mangel genommen. Sofern das überhaupt möglich war. Der schöne Rechtsanwalt hatte offensichtlich beschlossen zu schweigen. Mit trotzigem Gesichtsausdruck saß er da und beantwortete keine einzige ihrer Fragen. So würden sie nicht weiterkommen. Dann sollte der Herr eben erst einmal nachdenken. Maria ließ ihn in die Notarrestzelle bringen. Manche Menschen wurden sehr gesprächig, wenn sie eine Nacht hinter Gittern verbracht hatten. Und Röttke machte auf sie den Eindruck, als wäre er genau der Typ, der das nur schlecht aushielt.

Morgen würden sie ihn dem Haftrichter vorführen. Sie hatte keine Zweifel, dass der einen Haftbefehl erlassen und Röttke in Untersuchungshaft wandern würde. Die Spurensicherung war dabei, seine Büroräume und sein Haus zu durchkämmen. Wenn es irgendwo auch nur eine Wimper von Angelika Harmfeld gab, sie würden sie finden.

Maria fühlte sich wie zerschlagen. Es war Zeit, nach Hause zu gehen.

Sie versuchte noch einmal, Vera zu erreichen. Der Streit mit ihrer Tochter hing wie eine dunkle Wolke über ihr. Maria hatte, bevor sie die Wohnung verließ, einen Zettel geschrieben, dass Vera den Glaser wegen der Scheibe in der Haustür anrufen sollte. Einen lieben Gruß hatte sie auch draufgeschrieben.

Aber ihre Tochter meldete sich nicht.

Diesmal klopfte Maria brav an die Tür, als sie Arthurs Büro betrat.

»Ich geh jetzt, Arthur. Alsberger macht noch den Bericht für Ferver fertig.«

Arthur, der irgendetwas in seinen Computer eintippte, schaute hoch.

»Mach doch auch Schluss«, schlug sie vor. »Die Sache ist gelaufen. Jetzt müssen wir nur noch Röttke weichklopfen oder warten, bis die Spusi was findet. Also, ab nach Hause.«

Aber Arthur bestand darauf, dass er erst noch Ordnung auf seinem Schreibtisch schaffen müsse.

Auf dem Heimweg kaufte sie in einem der kleinen Läden auf der Römerstraße allerlei Gemüse, Brot, jede Menge Oliven und in der Metzgerei zwei riesige Steaks. Sollte Vera noch da sein und sie es schaffen, sich mit ihr zu versöhnen, würde sie sich mal wieder an den Herd stellen und ihre Tochter ein bisschen verwöhnen. Maria wünschte sich heute nichts sehnlicher als einen friedlichen, gemütlichen Abend. Und den am liebsten mit Vera.

Mit drei Plastiktüten bepackt bog sie in die Dantestraße ein, den Blick auf den Boden gerichtet, in Gedanken versunken. Ob Röttke wirklich geglaubt hatte, er wäre weit gekommen? Aber Maria hatte in solchen Momenten, in denen ein Täter erkennen musste, dass es für ihn vorbei war, schon die skurrilsten Dinge erlebt. Da schien irgendwie das Großhirn auszufallen. Einmal hatte jemand einen Fluchtversuch unternommen und sich in der Toilette eingeschlossen, dabei wohl aber vergessen, dass es dort kein Fenster gab. Viele rasteten völlig aus und schlugen um sich. Mengert hatten sie nach solchen Aktionen schon zweimal im Krankenhaus verarzten müssen.

Ein ungewöhnliches Licht ließ Maria hochschauen. Ein rotierendes Licht, das die Umgebung gespenstisch erleuchtete. Und Unheil verkündete. In der Straße stand ein Rettungswagen mit offener Heckklappe. Aber er stand nicht irgendwo in der Straße! Er stand vor ihrem Haus!

Vera, schoss es ihr durch den Kopf. Sie ließ die Tüten fallen und rannte los. *Rauchen gefährdet Sie und die Menschen in Ihrer Umgebung.* Die Menschen in ihrer Umgebung! *Das* hatte der Briefeschreiber damit gemeint! Er war gekommen und hatte ihrer Tochter etwas angetan! Sie lief, so schnell sie konnte, das Herz klopfte ihr bis zum Hals. Sie sah die Sanitäter mit einer Trage aus dem Haus kommen. Auf der Straße hatte sich ein kleiner Menschenauflauf gebildet.

»Vera!«, rief Maria voller Angst. »Vera!«

Die Leute sahen erstaunt zu ihr. Sie stürmte auf die Trage zu. Sah einen Frauenarm, der schlaff herabhing. Ein weißes Tuch bedeckte die zierliche Gestalt. Nur das Gesicht schaute hervor.

Es war das Gesicht einer alten Frau!

Frau Meister, die über ihr wohnte. Die Augen geschlossen. Die Haut aschfahl.

»Nun gehen Sie doch bitte zur Seite!« Der Sanitäter warf ihr einen ärgerlichen Blick zu.

Wie in Trance ging Maria einen Schritt zurück, starrte der Trage hinterher.

»Furchtbar, nicht?« Herr Meltzer hatte sich aus der kleinen Gruppe gelöst und neben sie gestellt. Beide schauten sie zu, wie die Sanitäter die Nachbarin in den Wagen schoben.

»Stellen Sie sich das mal vor, Sie muss schon an die drei Tage da oben in der Wohnung gelegen haben. Im Wohnzimmer. Da ist sie zusammengebrochen. Bestimmt ein Schlaganfall. Ihre Schwester hat versucht, sie anzurufen, und ist dann nachsehen gekommen, weil sie sich Sorgen gemacht hat.« Herr Meltzer schüttelte traurig den Kopf. »Die wird nicht mehr, das sag ich Ihnen. Das mit der Wohnungsnot in Heidelberg, das regelt sich bald von ganz allein. Da brauchen sie die Bahnstadt nicht mehr. In fünf Jahren, da sind wir hier aus dem Haus auf jeden Fall alle unter der Erde.«

Maria warf ihm einen irritierten Blick zu.

»Na, Sie vielleicht noch nicht. Sie sind ja noch jung.«

Der Wagen fuhr immer noch nicht los. Am Ende war Frau Meister ja vielleicht schon tot. Oder starb gerade jetzt in diesem Augenblick. Maria war schockiert. Sie mochte die Nachbarin, auch wenn sie nicht besonders viel miteinander zu tun gehabt hatten. Frau Meister war früher immer so nett zu Vera gewesen.

»Haben Sie denn nichts gehört? Sie wohnen doch direkt unter ihr. Das muss doch gerumst haben, als die gefallen ist. Sie hat wohl den Tisch mit umgerissen.«

Herr Meltzer sah Maria fragend an. Sie antwortete nicht.

Natürlich hatte sie etwas gehört! Ganz genau hatte sie es gehört! Aber sie hatte nur diesen blöden anonymen Schmierfinken im Kopf gehabt! Sich vor Angst halb in die Hosen gemacht, weil irgendein Idiot meinte, ihr drohen zu müssen.

Maria drehte sich wortlos um und ging den Weg zurück. Sammelte auf, was aus den Plastiktüten auf den Gehweg gefallen war. Als sie zurückkam, war der Krankenwagen endlich losgefahren. Der kleine Pulk hatte sich aufgelöst. Herr Meltzer stand vor der Treppe, die zum Haus führte, und wartete auf sie. Er hielt ihr die Tür auf.

»So ist das eben«, sagte der alte Herr pragmatisch. »Irgendwann müssen wir alle mal ins Gras beißen.«

Dann verschwand er die Treppe hoch.

Die Scheibe in der Wohnungstür war repariert. Auf dem Küchentisch lag ein Zettel von Vera. »*Bin bis morgen bei Christine. V.*« Christine war eine alte Schulfreundin ihrer Tochter, die auch in Stuttgart wohnte. Wahrscheinlich heulte Vera sich dort gerade über ihre schreckliche Mutter und ihren noch schrecklicheren Freund aus. Sie konnte es ihr nicht verübeln.

Maria verstaute die Lebensmittel im Kühlschrank. Vielleicht sollte sie noch ein paar Schritte spazieren gehen, das würde ihr guttun.

Aus den paar Schritten wurde ein längerer Marsch. Wie getrieben lief sie immer weiter, bis sie schließlich in Handschuhsheim angekommen war, dem nördlichsten der Heidelberger Stadtteile. Hier kam sie immer wieder gerne hin. Irgendwie wirkte der kleine Ort so friedlich. Obwohl das nicht unbedingt den Tatsachen entsprach, wie der Mord am Höllenbach zur Genüge bewies. Wobei die Handschuhsheimer wahrscheinlich immer behaupten würden, dass die Leichen von den Neuenheimern waren, die sie ihnen böswillig unterschoben.

Im alten Kern von Hendesse, wie es im Dialekt hieß, gab es nicht nur eine gemütliche kleine Burg, schmale Gässchen und manch schönes altes Fachwerkhaus, sondern vor allem auch jede Menge Kneipen, in denen man gut essen konnte. Vielleicht sollte sie noch irgendwo einkehren? Die Gefahr, hier auf Alsberger zu treffen, war sicher gering. Da war sie jetzt wohl weit genug gelaufen.

In der Mühltalstraße studierte sie die Karte vom »Löwen«, dem »Alt Hendesse« und dem gegenüberliegenden »Roten Ochsen«. Klang alles nicht schlecht. Auf der Suche nach weiteren Lokalen bog sie in die Kriegsstraße ein. Nein, das machte nicht den Eindruck, als ob hier noch was kommen würde. Da musste sie wohl wieder zurück. Doch dann hörte sie Musik.

Als sie sich umdrehte, sah sie hinter sich das große Kirchenportal. Das musste die Friedenskirche sein. Hier war sie einmal bei einem Konzert gewesen. Und ganz offensichtlich kam auch jetzt die Musik aus der Kirche.

Maria zog die schwere Holztür auf und schaute neugierig hinein. Das Kirchenschiff lag im Halbdunkel, nur der Bereich des Altars war hell erleuchtet. Dort drängten sich sicher an die achtzig Frauen und Männer, alle mit Notenblättern in der Hand. Ein junger Mann, von dem sie nur den Rücken sehen konnte, dirigierte. Anscheinend wurde hier fleißig für irgendeinen Auftritt geprobt.

Ein bisschen Kultur konnte sicher nicht schaden. Bemüht, möglichst leise zu sein, ließ sie sich auf einer der Holzbänke nieder. Es knarrte entsetzlich. Seit Ewigkeiten war sie nicht mehr in einer Kirche gewesen. Maria lauschte dem Gesang. Schön hörte sich das an. Wunderschön. So schön, dass sie sie wieder spürte, ihre Sehnsucht. Das hier mit jemandem zu teilen. Oder jemandem erzählen zu können, dass eine alte Frau vielleicht sterben musste, weil sie sich von einem anonymen Briefeschreiber hatte Angst einjagen lassen. Dass sie sich schuldig fühlte.

Harald Bortelli hatte die Hoffnung geweckt, dass es noch einmal jemanden an ihrer Seite geben könnte. Eine Hoffnung, die wie eine Seifenblase zerplatzt war. Und sie selbst hatte sie zerstört.

Die Musik des Chores schien den hohen Kirchenraum bis in den letzten Winkel zu füllen. Mal dunkel und schwer, mal zart und leise und fast ein wenig tröstend. Tief in ihrem Inneren spürte Maria, dass sie richtig gehandelt hatte. Was hätte es denn für eine andere Möglichkeit gegeben? Gar keine! Sie hatte doch so handeln *müssen*, oder?

Völlig andere Töne schreckten sie aus ihren Gedanken. Sie kamen aus ihrer Jackentasche und klangen grauenhaft elektronisch. Hastig kramte Maria ihr Handy hervor, drückte auf die Taste mit dem kleinen grünen Hörer und eilte aus der Kirche.

»Ja, hallo?«

»Ich bin es, Arthur. Ich habe gedacht, das interessiert dich. Carstensen von der Spurensicherung war eben da. Sie haben auf dem Grundstück von Röttke eine Damenhandtasche gefunden. Mit den Papieren von Angelika Harmfeld drin. Hinter einem Stapel Holz versteckt.«

»Na, das war es dann ja wohl. Aber lassen wir Röttke ruhig mal bis morgen in der Zelle schmoren. Ich denke, das wird ihn gesprächiger machen.«

»Maria, weißt du, irgendwie ist das doch seltsam ...«, Arthur zögerte.

»Was ist seltsam?«

Einen Moment war es still am anderen Ende. »Ach, schon gut. Nur so eine Idee. Reden wir morgen drüber. Mach's gut.«

»Du auch, Arthur.«

Fast hätte Maria schon wieder ihr übliches »Geh nach Hause, Arthur!« angehängt. Aber sie schluckte es runter. Frau Franske hatte mit ihrem giftigen Pfeil ins Schwarze getroffen. Weshalb war sie eigentlich hier? Doch nur, weil sie es heute nicht hätte ertragen können, allein in ihrer Wohnung zu hocken. Und so lange sie deshalb abends bis nach Handschuhsheim lief, solange durfte Arthur auch bis spätnachts in der Polizeidirektion hocken.

Als sie ihre Wohnungstür aufschloss, sah sie einen Zettel, der an der neuen Glasscheibe klebte: »*Fr. Meister: Beinbruch. Schlimm, aber kommt durch. Meltzer*«.

Wahrscheinlich hatte Herr Meltzer mit Frau Meisters Schwester telefoniert. Maria war erleichtert. Es war, als hätte man ihr einen Freispruch an die Tür genagelt. Sie hätte es sich nie verziehen, wenn ihre Nachbarin gestorben wäre, weil sie nicht kapiert hatte, was los war.

Zehn Minuten später lag sie im Bett. Sie lauschte. Ruhe. Kein Mucks war zu hören. Maria machte das Licht aus. Es fiel ihr schwer, sich zu entspannen. Wahrscheinlich würde es noch Wochen dauern, bis sie nicht mehr bei jedem kleinsten Geräusch im Haus hochschreckte. Alles wegen dieses dämlichen Schmierfinken! Sie würde den Kerl finden, der die Briefe geschrieben hatte. Koste es, was es wolle! Das schwor sie beim gebrochenen Bein von Frau Meister!

Und demnächst würde sie Arthur mal auf ein Bier einladen. Nach unzähligen gemeinsamen Dienstjahren war die Zeit reif dafür. Und Bea würde sie fragen, ob sie nicht eine Woche mit ihr in Urlaub fahren wollte. Irgendwohin, wo man um diese Zeit noch wandern konnte. Es war genug mit dem Alleinsein. Und es gab nur eine Person, die daran etwas ändern konnte. Sie selbst.

Gefährliche Enthüllungen

Die Nacht hatte dem schönen Rechtsanwalt tatsächlich zugesetzt. Röttke sah aus wie gerädert. Leider meinte er aber immer noch, alles abstreiten zu müssen. Die SMS habe Frau Harmfeld wohl versehentlich an ihn geschickt. Sein Fluchtversuch gestern: unüberlegt, aus der Panik heraus. Weil er damit rechnete, dass man ihm wegen dieses misslichen Versehens von Frau Harmfeld hier keinen Glauben schenken würde.

Nach dem kleinen Unschuldsvorgeplänkel kam Maria zur Sache.

»Herr Röttke, es nutzt nichts, wenn Sie leugnen. Die Spurensicherung hat gestern etwas auf Ihrem Grundstück gefunden. Etwas, das für uns sehr aufschlussreich war.«

Maria nahm das Foto von der Handtasche aus der Akte und legte es auf den Tisch.

»Die Handtasche von Frau Harmfeld. Inklusive ihrer Ausweispapiere. Nun, was sagen Sie dazu?«

»Das kann nicht sein! Das ist unmöglich! Unmöglich! Hören Sie!«

»Ach, wirklich?«, schaltete Mengert sich ein. Er stand an der Wand und betrachtete Röttke mit abschätzigem Blick.

»Da will mir jemand etwas unterschieben. Diese Tasche habe ich niemals gesehen! Niemals! Untersuchen Sie sie doch. Da können meine Fingerabdrücke nicht drauf sein.«

»Natürlich nicht, Herr Röttke«, pflichtete Maria ihm bei. »Es gibt ja Handschuhe. War die Tasche Ihre Trophäe, die Sie behalten wollten? Eine Erinnerung an eine Frau, die Sie geliebt haben? Und die Sie zurückgewiesen hat?«

»Ich habe sie nicht getötet. Ich war es nicht!« Röttkes Stimme war laut geworden.

Mengert trat an den Tisch und lehnte sich zu ihm rüber. »Dann erzählen Sie uns doch, wie es war. Die Unschuldsnummer kauft

Ihnen sowieso keiner mehr ab. Und wenn Sie weiter die Klappe halten, dann landen Sie garantiert wegen Mordes an Angelika Harmfeld für den Rest Ihres Lebens hinter Gittern. Und Ihre kleine Tochter wird lange, lange auf ihren Papa verzichten müssen. Hören Sie?« Mengert hielt sich mit theatralischer Geste eine Hand hinter das Ohr. »Ich glaube, ich kann sie schon weinen hören.«

Röttke sah zu ihm hoch. »Sie Schwein!«, zischte er.

»Arbeiten Sie endlich mit, Herr Röttke«, schaltete Maria sich ein. »Herr Mengert hat recht. Wenn Sie wirklich unschuldig sind, dann sagen Sie, was los war. Eine andere Chance haben Sie nicht mehr.«

Sie machte eine Handbewegung zu Mengert, die so viel hieß wie: wieder ab in die Ecke. Bei Röttke war sie sich nicht sicher, ob er nicht bei zu viel Druck irgendwann gar nichts mehr sagte.

Maria ließ ihm Zeit. Wartete. Röttke schwieg. Schließlich begann er stockend zu erzählen.

»Es stimmt. Wir hatten etwas miteinander. Einige Wochen. Wir waren ein paarmal zusammen im Bett. Mehr war da nicht. Angelika war manchmal dabei, wenn ich früher mit Klaus Tennis gespielt habe. Dann traf ich sie eines Mittags zufällig im ›Café Schafheutle‹. Wir haben uns danach ab und zu gesehen, und irgendwann sind wir zusammen im Bett gelandet. Eine lockere Geschichte. Sex, sonst nichts. Eigentlich war die Sache beendet.«

»Und warum wollte sie Sie an dem Mittwoch unbedingt sehen?«

»Ich weiß es nicht.« Leise fügte er hinzu: »Ich habe sie nicht mehr gesprochen.«

»Haben Sie eine Vermutung, warum sie nicht wollte, dass Sie zurückrufen?«

»Nein. Aber sie hatte es nicht gerne, wenn man sie anrief. Irgendwie ging ihr das wohl auf den Wecker. Obwohl sie ja angeblich bei Klaus ausziehen wollte.«

»Und warum war Ihre Affäre so schnell wieder beendet? Wollte sie nicht mehr?«

Röttke schaute auf die Tischplatte. Er schüttelte den Kopf.

»Nein, so war es nicht.«

»Wie war es denn dann?«

»Ich bin zum Höllenbach gefahren. Ich war etwas vor halb sechs da. Dann habe ich gewartet. Fast eine ganze Stunde. Aber sie ist nicht erschienen. Da bin ich zurück ins Büro. Ich saß gerade wieder am Schreibtisch, als die Putzfrau kam.«

Hatte Röttke sie jetzt missverstanden, oder wollte er nicht erzählen, wer sich von wem getrennt hatte?

»Schön, dass Sie uns das erzählen. Aber nun noch einmal zu meiner Frage: Wer hat die Beziehung beendet? Und warum?«

Der Rechtsanwalt sah sie mit dem gleichen Gesichtsausdruck an, den sie schon vom Besuch in seinem Büro kannte. Die Mimik so kontrolliert, dass ihm nicht die kleinste Regung anzumerken war.

»Ich habe mich von ihr getrennt. Ich hatte einfach genug von ihr.«

Ihre Blicke trafen sich. Röttke log, das war so sicher wie das Amen in der Kirche.

»Über diese Antwort sollten Sie noch einmal gründlich nachdenken, Herr Röttke. Ich glaube Ihnen nämlich kein Wort!«

Maria gönnte sich eine kleine Pause. Arthur hatte sich mit Grippe krankgemeldet, also suchte sie ihren Assistenten heim, um einen Kaffee zu schnorren.

»Wahrscheinlich hat sie ihn erpresst«, mutmaßte Alsberger. »Mit etwas, was für ihn so schrecklich oder peinlich ist, dass er auf jeden Fall verhindern wollte, dass es rauskommt. Weil dann sein guter Ruf ruiniert gewesen wäre und er seine Kanzlei hätte dichtmachen können. Genau wie Sie vermutet haben. Bestimmt irgendetwas sexuell Abartiges.«

Alsberger schenkte ihr ein. Im Vergleich zu den letzten Tagen sah er geradezu frisch aus. Maria nahm den Kaffee, blieb aber stehen. Alsberger war eben nicht Arthur. Arthurs Büro war so etwas wie die Wärmstube, wo man sich hinsetzte und schwätzte. Hier nicht.

»Haben die von der Spurensicherung sonst noch nichts gefunden?« Der junge Mann schaute sie nicht an, als er das fragte. Er klebte irgendwelche Zettel auf ein Blatt.

»Bis jetzt nichts.« Maria konnte sich jedes Mal maßlos ärgern, wenn jemand mit ihr redete und sie dabei nicht ansah.

Ihr Assistent klebte eifrig weiter. »Übrigens hat Ferver Sie gesucht. Da ist wohl wieder einer dieser Briefe gekommen.«
Sie spürte einen unangenehmen Druck in der Magengrube. Und musste an Frau Meisters blasses Gesicht auf der Trage denken.
Alsbergers Stimme hatte ganz beiläufig geklungen. Vielleicht doch etwas zu beiläufig? Inzwischen verhielt er sich ja wieder völlig normal. Allerdings arbeitete der junge Mann offensichtlich gerne mit Schere und Klebstoff!
»Was machen Sie denn da?«
»Spesenabrechnung.« Er strich den aufgeklebten Zettel sorgfältig glatt.
»Sie sind bestimmt Sternzeichen Jungfrau, was?« Den leicht sarkastischen Unterton konnte Maria sich nicht verkneifen.
Alsberger sah überrascht auf. »Wieso wollen Sie das wissen?«
»Keine Angst, ich schenke Ihnen nichts zum Geburtstag.«
Ihre Bemerkung, dass nur jemand vom Sternzeichen Jungfrau auf die Idee kommen konnte, die Zettel für die Spesenabrechnung so akribisch aufzukleben und sozusagen zu bügeln, verkniff sie sich.
»Arthur scheint es ganz schön erwischt zu haben.« Alsberger klebte weiter.
Und für Arthur war es wahrscheinlich furchtbar, allein zu Hause zu liegen und nicht zur Arbeit kommen zu können. Maria dachte an ihren Vorsatz von gestern Abend und griff zum Telefon.
Nun setzte sie sich doch hin. »Ich ruf ihn mal an.« Vielleicht freute er sich ja.
»Pöltz«, kam es mit jämmerlicher Stimme vom anderen Ende.
»Hallo, Arthur, wie geht es dir?«
»Maria!« Arthur klang überrascht. »Was ist los? Findet ihr was nicht?«
»Wir wollten nur mal hören, wie es dir geht.«
Für einen Moment hatte es Arthur die Sprache verschlagen. »Es geht so. Neununddreißig zwei. Hat der Röttke jetzt gestanden?«
Es war unschwer zu merken, worüber der Kollege nachdachte, wenn er mit Fieber zu Hause im Bett lag.
»Nein, hat er nicht. Er lügt noch rum. Aber sicher nicht mehr lange.«

»Hast du den Bericht von der Technik über die Fingerabdrücke auf dem Handy gelesen?«, fragte Arthur.

»Ja, da sind die von diesem Hansen drauf, wie zu erwarten war.«

»Ja, das schon. Aber eben *nur* die vom Hansen. Zumindest war kein einziger sonst mehr brauchbar.«

Alsberger hatte seine Klebeaktion beendet und rieb genauso akribisch, wie er die Zettel aufgeklebt hatte, mit dem Zeigefinger irgendetwas von seiner Schreibtischplatte.

»Ich wollte dich deshalb sowieso noch anrufen, Maria. Ich meine, das ist doch seltsam, oder nicht? Es hätten doch wenigstens noch ein paar Fingerabdrücke von der Harmfeld drauf sein müssen. Aber alle, außer die vom Hansen, waren völlig verwischt. Und dieser Bortelli …«

»Dieser Bortelli«, unterbrach sie ihn, »ist aus dem Schneider. Heute Morgen war das Ergebnis der DNA-Analyse da. Die Haare, die sie bei ihm gefunden haben und die nicht von ihm sein konnten, sind wirklich von seinem Sohn. Und nicht von Angelika Harmfeld.«

Maria ließ den Hörer sinken. Wie gebannt starrte sie auf Alsbergers Finger.

»Was machen Sie da? Rubbeln Sie da den Kleber weg?«

Der junge Mann schaute sie verunsichert an.

»Na und? Kann ja wohl mal passieren, dass was auf die Tischplatte kommt. Das geht doch wieder ab.«

Aus dem Hörer drang leise Arthurs Stimme. »Bist du noch dran?«

Maria sah wie hypnotisiert auf Alsberger. »Sie bekommen Ihre Post schon noch.« Sie konnte die Worte noch ganz genau hören.

»Ich glaube, ich weiß jetzt, wer die anonymen Briefe schreibt!«

Alsberger zog einen kleinen Fetzen getrockneten Kleber von der Tischplatte. »Ach, wirklich, wer denn?«, fragte er.

»Die Alte! Frau Franske!«

Es war exakt diese Handbewegung gewesen, die der Giftzahn gemacht hatte, als Maria mit ihr zusammen am Küchentisch saß. Sie hatte Klebstoff vom Wachstischtuch gerieben! Hatte die Spuren ihrer Bastelarbeiten an einem der anonymen Briefe beseitigt.

»Sie bekommen Ihre Post schon noch«, hatte Frau Franske gesagt, als Maria nach der Postkarte fragte. Sie hatte ihr den nächsten Brief angekündigt und sich dabei wahrscheinlich teuflisch amüsiert. Deshalb sollten sie auch bis fünfzehn Uhr da sein! Wahrscheinlich musste die Franske an dem Tag noch irgendwie nach Mannheim kommen, um dort den Brief einzuwerfen.

Was für eine sadistische Alte, die sich ihre Zeit damit vertrieb, andere Menschen in Angst und Schrecken zu versetzen. Na warte, dachte Maria. Dich krieg ich!

Das Stück Papier, das in der Klarsichthülle steckte, war ein Rechteck, das ungefähr ein Drittel der Größe eines DIN-A5-Blattes hatte. Darauf stand ein einziges Wort.

»*Tod*«

Diesmal waren es keine einzelnen, zusammengeklebten Buchstaben. Das Wort war als Ganzes ausgeschnitten worden. Maria drehte das Blatt herum. Auf der Rückseite hatte es eine silberfarbene Beschichtung.

»Was ist das?«

»Ich befürchte, eine Morddrohung«, sagte Ferver mit einer Miene, dass man hätte vermuten können, Maria sei schon im Jenseits.

»Nein, ich meine das Papier.«

»Sonderbar, nicht wahr?« Ferver nahm ihr die Klarsichthülle aus der Hand. »Mir war das auch nicht sofort klar. Aber in der Technik rauchen ja einige der Kollegen, die haben es gleich erkannt. Das ist das Papier aus einer Zigarettenschachtel.«

Jetzt war die Franske anscheinend übergeschnappt.

»Vielleicht hatte unser Anonymus kein Papier mehr zur Verfügung, von dem er sicher sein konnte, dass keine Fingerabdrücke von ihm darauf waren«, spekulierte Ferver. »Aber eins ist nun wohl klar: Es handelt sich um einen Raucher. Auch der Spruch vom letzten Mal, das ist mit Sicherheit jemand, der raucht. Ein starker Raucher wahrscheinlich.«

»Herr Ferver, ich glaube, da befinden Sie sich auf dem Holzweg. Ich weiß, wer es war!«

Fervers »Ja?« klang freudig überrascht. Als sie ihm dann ihre Franske-Theorie dargelegt hatte, war er gar nicht mehr erfreut.

»Frau Mooser, ich bitte Sie! Sie verrennen sich da wieder in etwas! Da arbeitet jemand mit Handschuhen, verwendet selbstklebende Umschläge einer Allerweltsmarke und selbstklebende Briefmarken, um mit seinem Speichel keine DNA-Spuren zu hinterlassen. Da ist doch keine senile alte Dame am Werk!«

»Sie ist nicht senil! Überhaupt nicht. Ich weiß nicht, warum alle Welt immer denkt, mit achtzig wäre jeder senil und harmlos! Diese Alte hat mehr kriminelle Energie als manch anderer, den ich schon hinter Gitter gebracht habe.«

Ferver war nicht zu überzeugen. Rigoros untersagte er alle Maßnahmen gegen Frau Franske. Diskutieren half nichts. Er ließ keinen Zweifel daran, dass er fest davon überzeugt war, dass Maria sich wie bei ihrem letzten Fall nur von persönlichen Animositäten leiten ließ. Und Maria ließ keinen Zweifel daran, dass sie fest davon überzeugt war, dass ihr Vorgesetzter Angst hatte, Herr Harmfeld könnte mit seiner nächsten Beschwerde eine Etage höher gehen. Man trennte sich nicht gerade gütlich.

Danach verhörte Maria Röttke eine weitere Stunde lang, in einer Art, die Mengerts Stil alle Ehre machte. Röttke wiederholte schließlich nur noch roboterhaft, dass er seiner Aussage nichts mehr hinzuzufügen habe. Und verlangte nach seinem Anwalt.

Nachdem Maria einsehen musste, dass sie auch heute mit Röttke nicht weiterkommen würde, fühlte sie sich wie eine lebende Ladung Dynamit mit vor sich hinglühender Zündschnur. Wenn ihr jetzt jemand querkommen würde, wäre ihr das gerade recht. Eine kleine Explosion würde ihr guttun. Sie brauchte dringend Abstand. Schlechte Laune und Hunger waren eine üble Kombination. Aber zumindest gegen den Hunger ließ sich ja etwas unternehmen.

Sie machte sich auf Richtung Bahnhofstraße. Im »Füllhorn«, einem Bio-Markt, fand sie im Bistro einen Platz am Fenster mit Blick nach draußen und, nicht gerade figurfreundlich, mit Blick auf die Speisekarte der kleinen Crêperie, die dort in einer Ecke köstliche Gerüche verbreitete. Nach zwei herzhaften und einem süßen Exemplar dieser dünnen Eierkuchen gönnte sie sich noch einen

Möhren-Orangen-Saft. War bestimmt gut für den Teint und gesund obendrein.

Wie mochte es Vera wohl gehen? Ob sie sie jetzt noch einmal anrufen sollte? Bei Vera musste man nach einem Streit manchmal einfach ein wenig warten, dann hatte sie sich oft schon wieder von selbst beruhigt. Aber vielleicht konnte man diesen Prozess ein wenig beschleunigen.

Maria holte ihr Handy heraus und tippte mühsam eine SMS an ihre Tochter. »Tut mir leid! Mama«. Vielleicht war es ja wirklich nicht in Ordnung gewesen, dass sie mit Alsberger über Vera geredet hatte. Veras Ausspruch von wegen »verkorkster Ehe« ließ allerdings auch etwas an Taktgefühl zu wünschen übrig.

Egal. Hauptsache, sie konnte mit ihrer Tochter wieder Frieden schließen. Und Vera, die wusste, dass Maria in ihrem Leben bisher vielleicht zweimal eine SMS geschrieben hatte und es hasste, auf diesen winzigen Tasten rumzudrücken, würde es zu schätzen wissen.

Gerade als Maria ihr Handy wieder einstecken wollte, klingelte es. Alsberger meldete sich.

»Frau Röttke ist hier und möchte wissen, warum wir ihren Mann festhalten.«

Das Gesicht der schlanken Frau, die Anfang vierzig sein mochte, wirkte trotz vieler feiner Fältchen um die Augen jugendlich. Ihre kurzen Haare waren von hellblonden Strähnchen durchzogen und zeugten von einer Friseurin, die ihr Handwerk verstand.

Frau Röttke war fassungslos. Ihr Mann verhaftet! Wie ein Verbrecher! Sie habe es von seiner Sekretärin erfahren. Da liege doch sicher ein Irrtum vor. Über das Handy habe sie ihn nicht erreichen können. Es sei ausgestellt. Er hätte ihr doch Bescheid geben müssen. Sie habe doch ein Recht darauf zu erfahren, was da los sei.

Frau Röttke weinte. Maria kramte in ihrer Schreibtischschublade und fand eine Packung Tempos, die sie ihr reichte.

»Frau Röttke, wissen Sie etwas über die Beziehung Ihres Mannes zu einer gewissen Angelika Harmfeld?«

»Was für eine Beziehung? Zu was für einer Frau?«

»Ihr Mann hatte eine Affäre mit einer Frau, die letzte Woche ermordet aufgefunden wurde. Und im Moment ist noch unklar, ob er nicht etwas mit dem Tod dieser Frau zu tun hat. Deshalb wurde er vorläufig festgenommen.«

»Was?« Frau Röttke starrte Maria an, als hätte sie ihr einen Schlag ins Gesicht versetzt. »Das kann nicht sein. Auf keinen Fall!«

»Was kann nicht sein?«

»Er hatte kein Verhältnis mit einer anderen. Das muss eine Verwechslung sein.«

»Nun, ganz so ist es wohl nicht, Frau Röttke. Ihr Mann hat uns gegenüber zugegeben, dass er eine Beziehung zu dieser Frau hatte.«

»Wann soll das gewesen sein?«

»Bis vor einigen Wochen. Oder wissen Sie etwas anderes?«

Frau Röttke antwortete nicht. Sie senkte den Kopf, zerpflückte das Papiertaschentuch in kleine weiße Fetzen. Maria konnte sehen, dass ihr die Tränen wieder über das Gesicht liefen.

»Sie lieben Ihren Mann wohl sehr?«, fragte Maria.

»Nächstes Wochenende sollte der Umzug sein«, sagte die blonde Frau leise.

»Was für ein Umzug?«

»Wir wollten wieder zusammenziehen. Es noch einmal miteinander versuchen.«

»Seit wann sind Sie und Ihr Mann sich wieder nähergekommen?«

»Seit einem halben Jahr vielleicht. Er hat sich so bemüht. Viel Zeit mit mir und den Kindern verbracht. Nicht wie früher, als er nur im Büro war. Da hatte ich immer alles allein am Hals.«

Maria musste sich anstrengen, um die tränenerstickte Stimme zu verstehen.

»Er hat gesagt, er liebt mich. Dass er sich ein Leben ohne mich und die Kinder nicht vorstellen kann. Und dann schläft er mit einer anderen!«

»Und Sie wussten nichts von seiner Beziehung zu Frau Harmfeld?«

Frau Röttke schaute auf. »Glauben Sie, dann hätte ich mich darauf eingelassen, dass er wieder zurückkommt? Was soll ich denn jetzt den Kindern sagen? Sie hängen so an ihm!«

Nicht nur die Kinder, dachte Maria.

Und Röttke? Der hing vielleicht genauso an seiner Familie,

trotz seiner Beziehung zu Angelika Harmfeld. Wollte er noch einmal seine Freiheiten genießen, bevor es zurückging in den heiligen Hafen der Ehe? Hatte Angelika Harmfeld ihm gedroht, dass sie seiner Frau etwas von ihrer Affäre erzählen würde, wenn er nicht zahlte?

Frau Röttke hatte ihnen, ohne es zu wollen, das Motiv für den Mord an Angelika Harmfeld geliefert. Begangen vom liebevollen Familienvater mit mörderischen Abgründen in der Seele.

Maria begleitete Frau Röttke zu ihrem Mann. Das Paar war so mit sich beschäftigt, dass niemand Einwände erhob, als sie im Raum blieb. Was sie sah und hörte, war eine dieser Szenen aus ihrem Berufsleben, die sie lange nicht vergessen konnte.

Röttke erzählt seiner Frau alles von sich und Angelika Harmfeld. Detailliert und unverblümt, so, wie er es ihnen wahrscheinlich nie erzählt hätte. Er bettelte um Vergebung. Weinte. Flehte seine Frau, die mit erstarrtem Gesicht vor ihm saß, an, ihm zu vergeben. Schließlich ging sie. Stand einfach auf, ohne ein Wort.

Röttke sackte auf seinem Stuhl zusammen. Er schlug die Hände vor das Gesicht und rührte sich nicht mehr.

Maria ordnete an, dass man ihn im Auge behielt. Dieser Mann hatte getötet, aus Angst, seine Familie zu verlieren. Nun hatte er sie verloren. Wen würde er als Nächstes töten? Sie hatte das unbestimmte Gefühl, dass es besser war, jetzt gut auf ihn achtzugeben.

Drei Tage waren vergangen. Maria hatte, unter Umgehung einiger Vorschriften, Mengert und Alsberger dazu verdonnert, sich im Wechsel in der Nähe von Harmfelds Haus zu platzieren und Frau Franske zu folgen, falls sie sich vom Fleck bewegte. Alsberger hatte leicht protestiert, aber offensichtlich kein Interesse daran, sich ernsthaften Ärger mit seiner Chefin einzuhandeln.

Röttke blieb dabei, dass er mit dem Tod von Angelika Harmfeld nichts zu tun habe. Auf der Handtasche gab es in der Tat keine Fingerabdrücke von ihm. In seinem Haus hatte man allerlei Spuren von Angelika Harmfeld gefunden. Aber keine Tatwaffe, kein Blut. Die Verbindungsdaten für Röttkes Telefonanschluss lagen inzwischen vor. Sie bestätigten nur, was sie sowieso schon wussten. Röttke hatte nicht telefoniert am Mittwochabend. Weil er zumindest bis achtzehn Uhr dreißig gar nicht im Büro war. Maria war sich sicher, dass er gestehen würde. Es war nur eine Frage der Zeit.

Sie räumte ihren Schreibtisch auf. Dann schrieb sie sich eine Einkaufsliste. Heute Abend würde Vera endlich kommen. Marias SMS hatte genau die Wirkung gezeigt, die sie erhofft hatte. Man hatte sich versöhnt, ohne viel Worte darum zu machen.

Ihre Tochter war wieder gesund. Zumindest körperlich. Ansonsten machte sie immer noch einen angeschlagenen Eindruck. Vera hatte Alsberger mit keiner Silbe mehr erwähnt, aber Maria wusste, dass sie ihm noch nachtrauerte. Sie würde sie heute Abend etwas aufmuntern. Vielleicht mit einem Zitronenhühnchen? Oder sollte sie Beas Rezept für Bandnudeln mit Tomatensoße und kleinen Hackfleischbällchen ausprobieren?

Es klopfte. Die Tür ging auf, und Arthur schaute herein.

»Was machst du denn hier? Willst du deine Bazillen an Bedürftige verteilen?«

Arthur war eigentlich noch drei Tage krankgeschrieben und sah so aus, als würde er eher ins Bett gehören. Ziemlich bleich. Wie eine Mehlwurst. Nur seine Nase schimmerte rötlich.

»Irgendwie war es so langweilig zu Hause. Und Fieber habe ich keins mehr, da hab ich mir gedacht, ich kann auch arbeiten gehen.«

Zwanzig Minuten später herrschte wieder die gewohnte Ordnung in der Abteilung. Maria hatte in der Bäckerei auf der anderen Straßenseite etwas geholt, um Arthurs Gewicht auf den alten Stand zu bringen. Die Kaffeemaschine spuckte und schnaufte. Ein gutes Zeichen. Arthur holte zwei Kuchengabeln aus seiner Schreibtischschublade, und sie machten sich über den Käsekuchen her. Währenddessen erzählte Maria ihm, was inzwischen geschehen war.

»Und wenn der Röttke nun recht hat? Wenn ihm wirklich jemand etwas anhängen will?« Arthur steckte sich ein Stück Kuchen in den Mund und sprach kauend weiter. »Die Fingerabdrücke auf dem Handy waren alle verwischt, außer die von diesem Kai Hansen.«

»Du meinst, jemand anderes hat die SMS an Röttke geschickt? Und dazu das Handy der Harmfeld benutzt?«

Maria hatte Arthurs Bemerkung über die verwischten Fingerabdrücke ganz vergessen. Vor lauter Aufregung über die Entdeckung, dass Frau Franske ihre Tischdecke mit Klebstoff vollgekleckert hatte.

»Könnte doch sein. Jemand, der wollte, dass Röttke dort auftaucht und sich verdächtig macht. Und der hat das Handy abgewischt, damit wir seine Fingerabdrücke nicht entdecken.« Arthur tupfte mit seinem Zeigefinger auf dem kleinen Pappstück herum, auf dem der Kuchen gelegen hatte, um auch den letzten winzigsten Krümel zu erwischen. »Das müsste jemand gewesen sein, der die Chance hatte, an ihr Handy zu kommen.«

»Bortelli«, murmelte Maria. Er hätte wahrscheinlich im Büro die Möglichkeit dazu gehabt.

Maria hatte sich seit dem Abend in der Kirche bemüht, nicht mehr an ihn zu denken. Abgefahrenen Zügen sollte man nicht noch Monate lang hinterherwinken. So ganz geklappt hatte es mit dem Wegdrängen der Bortelli-Gedanken allerdings nicht. Aber es wurde täglich besser. Bea hatte gesagt, sie solle ihn anrufen und sich entschuldigen. Aber das war ihr zu peinlich. Und schließlich hatte sie nur ihre Arbeit getan.

»Genau, zum Beispiel Bortelli.« Arthur nickte. »Und das mit den Briefen. Ob das wirklich diese alte Frau war? Da sollten wir doch vielleicht auch einmal in andere Richtungen denken.«

Maria ahnte schon, was gleich wieder kommen würde. Dass sie sich in etwas verrannt habe. Eine arme, senile alte Frau verdächtige, nur weil sie sie nicht leiden konnte. Mooser, die dickköpfige Ermittlerin. Die aus lauter Boshaftigkeit harmlose Omas in den Knast bringen wollte. Mooser, der Heidelberger Seniorenschreck.

Arthur putzte sich mit einem großen Stofftaschentuch geräuschvoll die Nase. »Gehen wir doch mal so an die Sache heran: Warum lebst du eigentlich noch?«

»Ist das jetzt ein Vorwurf oder was?«

Arthur stopfte das riesige weiße Taschentuch zurück in seine Hosentasche. »Ich meine nur, wenn wir mal davon ausgehen, dass sie nicht von dieser Frau Franske sind, warum hat nicht längst jemand versucht, dich umzubringen, wenn er das wirklich will?«

»Vielleicht weil dank Ferver alle möglichen Kollegen ständig hinter mir herrennen, damit genau das nicht passiert? Oder weil vielleicht deine Annahme, dass die Briefe nicht von diesem Giftzahn sind, nicht stimmt? Die will mich nicht umbringen. Die will mich nur ein bisschen quälen.«

»Oder es ist jemand anderes, der dich nicht umbringen will. Der dir vielleicht nur etwas mitteilen will.«

Arthur hustete mal wieder. Maria befürchtete, dass sie in spätestens drei Tagen die Grippe haben würde.

»Und was bitte schön möchte mir dieser Jemand mitteilen? Dass Rauchen gefährlich ist? Meinst du, das ist jemand von meiner Krankenkasse?«

Das Telefon klingelte. Arthur griff zum Hörer.

»Wetten, dass das für dich ist?«

Es war Alsberger.

Frau Franske hatte das Haus verlassen. Und stand nun in Handschuhsheim am Hans-Thoma-Platz. An der Straßenbahnhaltestelle. Von dort aus konnte man direkt bis nach Mannheim fahren.

»Wissen Sie eigentlich, weshalb das Ding OEG heißt?«, fragte Mengert.

Sie standen in einiger Entfernung von der Haltestelle Edingen-West, das Auto unauffällig geparkt. Alsberger war mit dem anderen Wagen zur nächsten Haltestelle vorgefahren. So hatten sie es jetzt schon seit dem Heidelberger Hauptbahnhof gemacht, wo Maria und Mengert dazugestoßen waren und die Verfolgung aufgenommen hatten.

Frau Franske saß immer noch in der Bahn. In der OEG, wie man sie hier nannte. Eigentlich war es die Linie 5, eine Überlandstraßenbahn, mit der man von Weinheim über Heidelberg nach Mannheim fahren konnte. Wenn man viel Zeit hatte.

»Ich glaube, das heißt ›Oberrheinische Eisenbahn-Gesellschaft‹ oder so«, antwortete Maria, ohne die Straßenbahn eine Sekunde aus den Augen zu lassen. Sie konnte die alte Dame im vorderen Wagen sitzen sehen. Mit jeder Haltestelle, der sie sich Mannheim näherten, fühlte Maria sich in ihrem Verdacht bestätigt. Frau Franske war auf dem Weg, einen Brief einzuwerfen.

Und wenn nicht? »Es handelt sich um einen Raucher«, hatte

Ferver gesagt. Sie sträubte sich gegen den Gedanken. Wollte ihren anderen Verdacht eigentlich lieber begraben. Aber so war es nun mal: Alsberger rauchte. Und wusste, wie man Spuren vermeiden konnte. Wusste er vielleicht von Vera, dass es ihre Mutter war, die ihr geraten hatte, die Sache mit dem klebrigen Kaugummi zur Sprache zu bringen? War er einfach ein guter Schauspieler? Auch noch nach vier Weizenbier?

Am Hauptbahnhof in Mannheim blieb die Straßenbahn einige Minuten stehen. Mengert hatte in einem Rondell wenige Meter entfernt geparkt, sodass sie die Türen der Bahn im Blick behalten konnten. Menschen über Menschen quollen heraus. Als das größte Gedrängel abgeebbt war, sah Maria sie.

Frau Franske kam vorsichtig aus dem Ausgang beim Schaffner geklettert. Ihre dürren Beinchen lugten unter einem grauen, wadenlangen Mantel hervor. Am Arm baumelte eine große weiße Handtasche. Mit kleinen Schritten trippelte sie über den Bahnhofsvorplatz auf das große Gebäude mit der imposanten Glaskuppel zu.

Maria sprang aus dem Wagen und eilte auf den Bahnhof zu. Sie nahm den seitlichen Eingang und ging mit schnellen Schritten zur Halle vor, durch die die Franske kommen musste. Für einen Moment fürchtete sie, die alte Frau aus den Augen verloren zu haben. Doch dann sah Maria sie zielstrebig die Halle durchqueren und auf den Ausgang zustreben, der auf Gleis 1 führte.

Sie eilte hinterher. Auf dem Bahnsteig entdeckte sie Frau Franske sofort. Direkt neben der Glastür war ein Briefkasten. Dort stand die alte Dame und kramte in ihrer Handtasche. Maria ging einige Schritte auf sie zu, stand schließlich fast hinter ihr. Als Frau Franske ihre Hand aus der Tasche zog und ein schmales Bündel Briefe in den Schlitz des Postkastens stecken wollte, packte Maria zu.

Die Fratze des Todes

Maria hatte den Eindruck, dass Frau Franske, seitdem sie im Verhörzimmer saß, mindestens um zehn Zentimeter kleiner geworden war. Sie sackte immer mehr in sich zusammen, und wahrscheinlich würde sie in einer halben Stunde gänzlich verschwunden sein. Was Frau Franske selbst sicherlich sehr begrüßt hätte.

Maria hatte der alten Dame, deren Hand in einem hellblauen Wildlederhandschuh steckte, drei Briefe entwunden. Einer ging an den Otto-Versand, einer an die Akademie für Ältere in Heidelberg, und der dritte war an die Polizeidirektion Heidelberg in der Römerstraße adressiert. An Frau Mooser persönlich. In altbekannter Handschrift.

Der Brief war ein Meisterwerk der Bastelarbeit. Auch diesmal hatte Frau Franske als Grundlage für ihre Ausführungen das Innenpapier einer Zigarettenschachtel benutzt. Aber die Klebearbeiten hatten sich deutlich gesteigert. In der Mitte befand sich das winzige Bild einer halb bekleideten Dame im Liegestuhl, das anscheinend aus dem Bademodenteil eines Katalogs ausgeschnitten worden war. Rechts und links daneben, aus einzelnen Buchstaben zusammengestückelt, die Worte »*HASS*« und »*STERBEN*«.

Die alte Dame zögerte noch etwas mit ihrer Bildinterpretation.

»Also, ich frage zum letzten Mal: Was soll das?« Maria saß ihr mit verschränkten Armen gegenüber.

»Muss ich jetzt wirklich etwas sagen?«, fragte Frau Franske und warf Alsberger, der dabeisaß, einen verschüchterten Blick zu.

»Es wäre schon besser, wenn Sie es uns erklären würden«, erwiderte der junge Mann freundlich. »Sehen Sie mal, es ist doch sehr unerfreulich, wenn man solche Briefe erhält. Und wir würden gerne verstehen, warum Sie sie geschickt haben.«

Alsbergers Geschwafel ging Maria auf die Nerven. Frau Franske brauchte keinen Seniorenschongang mit extra Weichspüler. Frau Franske brauchte klare Worte.

»Wissen Sie eigentlich, dass wegen dieser Briefe meine Tochter zusammengeschlagen wurde und eine alte Frau fast gestorben ist?«
»Das versteh ich aber nicht. Wie kann denn so etwas passieren? Ich habe die Briefe doch nur an Sie geschickt?«
Die Alte versuchte es mal wieder mit der Naivchentour. Maria tippte mit dem Zeigefinger auf ihre Bastelarbeit.
»Also: Was soll das?«
Frau Franske schaute erneut verunsichert zu Alsberger, der ihr aufmunternd zunickte. »Ehrlich?«, fragte sie.
Maria lehnte sich wieder zurück, holte tief Luft und erwiderte nichts.
Die alte Frau schüttelte mit betrübter Miene den Kopf. »Ich weiß es schon wieder nicht. Manchmal mache ich Dinge und weiß hinterher gar nicht mehr, was das soll. Stellen Sie sich vor, letztens habe ich doch meinen Hausschlüssel in den Mülleimer geworfen! Das ist einfach so. Ich kann Ihnen nicht sagen, warum. Ich wüsste es ja selber gerne.«
Marias Geduld war am Ende.
»Aber ich kann Ihnen sagen, warum Sie diese Briefe geschickt haben, Frau Franske. Weil es Ihnen Spaß macht, andere Menschen zu quälen! Weil Sie ein ...«
Alsberger räusperte sich.
Okay, okay, dachte Maria. Ruhig bleiben. Sie schluckte ihre Bemerkung von wegen »kleines, mieses, widerliches, intrigantes Biest« runter. Jetzt nicht explodieren. Das brachte gar nichts. Wenn sie hier ausfällig wurde, kam die Franske damit nur in eine bessere Position. Dann war der Giftzahn am Ende wieder das Opfer.
»Sie haben mir Briefe geschickt, in denen Sie mir gedroht haben. Ich soll nicht zu neugierig sein. Ich, oder wie hieß es in Ihrem zweiten Machwerk so schön, Menschen in meiner Umgebung könnten gefährdet sein. Jetzt das hier! Eine Frau, die gehasst wird und sterben muss? Wollen Sie mich umbringen, Frau Franske?«
»Aber meine Liebe, wie kommen Sie denn auf diese seltsame Idee?« Die alte Dame schüttelte mit mütterlich-mitleidsvollem Gesichtsausdruck den Kopf. »Ich glaube, Sie sind ein bisschen egozentrisch, kann das sein?«

»Sie haben recht. Beziehen wir das Ganze einmal nicht auf mich. Beziehen wir doch nur einmal dieses neueste Werk von Ihnen auf Angelika Harmfeld.«

Wer das kriminelle Potenzial besaß, anonyme Briefe zu schreiben, der war sicherlich auch noch zu anderen Dingen fähig. Zum Beispiel, einen Mord zu begehen. Oder sich die passenden Helfer dafür zu suchen. Vielleicht saß Röttke ja doch zu Unrecht in U-Haft?

Maria schob das Papier etwas näher zu ihr hinüber.

»Was sehen wir? Eine attraktive Frau – daneben die Worte *HASS* und *STERBEN*. Musste Angelika Harmfeld vielleicht sterben, weil Sie sie gehasst haben? Wissen Sie, es gibt viele Mörder, die geradezu stolz auf ihre Tat sind. Die nicht gerne möchten, dass man ihren Mord jemand anderem zuschreibt. Die es nicht lassen können, sich mit ihrer Tat zu brüsten. Und das, Frau Franske, das sind die wahren Egozentriker!«

Die alte Frau hatte begonnen, am Griff ihrer Handtasche herumzunesteln. Sie wich Marias Blick aus.

»Wie haben Sie es gemacht? Haben Sie jemanden für den Mord bezahlt? Oder steckt Ihre Enkelin mit in der Sache drin?«

Frau Franske schaute auf, und Maria sah, dass sie gleich anfangen würde zu weinen.

»So war es nicht«, flüsterte sie.

Maria wartete. Jetzt hatte sie die Alte so weit. Jetzt würde sie reden!

»Oder vielleicht doch so. Zum Teil zumindest«, fuhr Frau Franske fort. »Es ist vielleicht wirklich so, dass ich ein gewisses Maß an Aufmerksamkeit brauche. Vielleicht ein klein wenig mehr als andere Menschen. Sie haben mir so gut gefallen. So eine kompetente Frau, die mitten im Leben steht. Wissen Sie, meine verstorbene Tochter, die war genauso. Immer gleich oben raus, aber das Herz auf dem rechten Fleck.«

Die alte Frau schaute Maria mit einem Blick an, der sie verunsicherte.

»Sie wären mich doch nie besuchen gekommen, wenn ich Sie darum gebeten hätte. Da habe ich mir eben etwas einfallen lassen, damit Sie kommen. Das mit den Briefen, das vertreibt die Langeweile. Man muss erst die Zeitungen kaufen, alles ausschneiden, dann der lange Weg zum richtigen Postkasten. Ich konnte Ihnen doch nicht schreiben, was ich mir am Mittag gekocht habe oder was ich im Fernsehen gesehen habe. Das hätte Sie doch nun sicher nicht interessiert. So war es doch auch für Sie aufregend, nicht nur für mich!«

Maria war fassungslos. Die Langeweile mit anonymen Briefen vertreiben!

»Und warum nehmen Sie für Ihre Briefe das Papier aus Zigarettenschachteln? Hat es für einen Bogen Briefpapier nicht mehr gereicht?«

»Wissen Sie«, sagte Frau Franske, und ihre Augen verengten sich dabei zu schmalen Schlitzen, »Zigaretten, das ist Teufelskram. Gefährlich sind die. Sehr gefährlich!«

Maria wusste nicht, was sie darauf noch sagen sollte. Vielleicht hatte Frau Franske mit ihrer Selbsteinschätzung ja doch recht. Sie war ein wenig »zement«. Auf jeden Fall war sie krank. Eindeutig. Anders konnte man das wohl nicht mehr nennen.

Nachdem Maria Frau Franske darüber aufgeklärt hatte, dass ihre aufregende Post ihr eine empfindliche Strafe einbringen würde, und das Protokoll geschrieben war, gab es noch einen kleinen Eklat. Maria bestand darauf, dass man die alte Frau nach Hause fuhr. Sie traute ihr inzwischen alles zu. Zum Beispiel auf dem Heimweg zu stürzen, vielleicht ein ganz klein wenig absichtlich, und ihre Blessuren den Verhörmethoden der Polizei unterzuschieben. Nein, sie würden diesen Drachen bis vor die Haustür fahren. Zu zweit. Frau Franske wollte das unter keinen Umständen. Was würden die Nachbarn denken. Sie war doch schließlich keine Verbrecherin. Auch da war Maria anderer Meinung.

Die alte Dame war gerade eilig im Hausinneren verschwunden, als Herr Harmfeld angefahren kam und in die Einfahrt bog. Er musterte den Polizeiwagen.

»Einen Moment noch!«, sagte Maria zu Alsberger, der gerade losfahren wollte. Sie stieg aus und wartete auf Harmfeld, der auf sie zukam.

»Nun, Frau Mooser. Gibt es etwas Neues? Herr Ferver hat mich gestern informiert, dass ein Verdächtiger festgenommen wurde.«

»Nein. Noch nicht. Aber ich denke, wir werden bald Gewissheit haben, ob er der Richtige ist. Wir haben nur Frau Franske nach Hause gebracht.«

»Weshalb bringen Sie sie nach Hause?« Sein Ton wurde ärgerlich. »Haben Sie wieder eine Ihrer Befragungen durchgeführt? Dann hoffe ich nur, dass ich nicht gleich wieder den Notarzt rufen muss. Ich dachte, das hätte jetzt ein Ende?«

»Vielleicht sollten Sie, bevor Sie sich das nächste Mal bei meinem Vorgesetzten über mich beschweren, erst einmal prüfen, ob alle Aussagen Ihrer werten Schwiegermutter der Wahrheit entsprechen. Und außerdem wäre es gut, wenn Sie sich etwas mehr um sie kümmern würden, Herr Harmfeld. Dann bräuchte die Polizei nicht die ganze Post zu lesen, die sie so gerne schreibt.«

»Was für Post?« Harmfeld sah sie verständnislos an.

»Fragen Sie sie doch am besten selbst. Guten Tag, Herr Harmfeld.«

»So, das wäre erledigt«, sagte Maria, als sie sich auf den Beifahrersitz fallen ließ. Hoffentlich bekam die Alte da drinnen jetzt noch mal richtig Ärger. Das war Harmfeld bestimmt oberpeinlich, wenn er erfuhr, was passiert war.

Alsberger schaute sie missmutig an. Egal. Das war nötig gewesen. Dringend nötig. Schon wegen Frau Meisters Bein.

Maria spürte eine tiefe Zufriedenheit. Sie hatte den Kampf mit dem Drachen gewonnen.

Im Rezept stand Thymian. Den hatte sie aber nicht. Maria wischte sich die Finger an der rot karierten Schürze ab. So was Blödes: Thymian! Seit wann kam denn an Hackfleischbällchen Thymian? Dann doch wohl eher Knoblauch.

Mit jedem Fleischbällchen, das Maria zwischen den Händen rollte, mehrten sich ihre Zweifel. Frau Franske hatte sie mit der Aussage, dass es ihr eigentlich nur darum ging, in Kontakt mit ihr zu bleiben, überrascht. Eine Sympathieerklärung, wenn auch auf eine etwas seltsame Art. Damit hatte Maria nun überhaupt nicht gerechnet. Aber sagte die Alte auch die Wahrheit? Oder hatte sie genau das bezweckt, was schließlich eingetreten war? Maria so zu verblüffen, dass sie nicht mehr weiter nachfragte?

Auch Frau Franske hatte wahrscheinlich Gelegenheit gehabt, Angelika Harmfelds Handy zu benutzen. Sie hätte problemlos in die Wohnung der Harmfelds schleichen und es entwenden können. Vielleicht wusste sie durch eine ihrer Lauschaktionen an der Korridortür von Röttke? Hatte die Spur geschickt auf den Liebhaber gelenkt. Und nun spielte sie Katz und Maus mit der Polizei, um sich zu unterhalten. Sicherlich hatte Harmfeld ihr erzählt, dass sie einen Verdächtigen verhaftet hatten. Konnte sie das nicht ertragen? Oder wollte sie einen Unschuldigen vor einer Verurteilung schützen?

Im Flur klingelte das Telefon. Es war Vera. Das Auto sprang nicht an. Nein, mit der Bahn kommen, dass war ihr jetzt zu aufwendig. Nicht böse sein, Mama, nächste Woche dann.

Maria war enttäuscht. Schon wieder klappte es nicht! Sie bemühte sich, am Telefon munter zu klingen, um ihrer Tochter kein schlechtes Gewissen zu machen. Zurück in der Küche, starrte sie in die Pfanne mit den Fleischbällchen. Sollte sie jetzt vielleicht Arthur anrufen und ihn zum Essen einladen? Aber der würde wahrscheinlich vor Überraschung einen Herzinfarkt bekommen. Das musste sie länger vorbereiten. Oder es mal bei Bea probieren? Bestimmt war sie unterwegs. Bea musste man immer Wochen im Voraus buchen.

Es klingelte. Diesmal an der Tür. Wer konnte das denn sein? Als sie den Türöffner gedrückt hatte, sah sie den blonden Haarschopf von Alsberger.

»Ich war gerade in der Gegend«, sagte der entschuldigend, als er die Stufen zu ihrer Wohnung hochkam. Hatte er etwa mitbekommen, dass Vera heute Abend hier sein würde? Sie hatte mit Arthur darüber geredet, bei offener Bürotür.

»Und?«, fragte Maria.

Alsberger konnte sie nun wirklich nicht zum Essen einladen. Das wäre irgendwie unpassend. Außerdem reichte ein gemeinsames Abendessen mit ihm pro Jahr. Auch wenn er ihr keine anonymen Briefe schrieb.

»Mir ist da etwas eingefallen.« Alsberger hatte die Hände in den

Taschen seines hellen Mantels vergraben. Er blieb vor der Tür stehen und machte glücklicherweise nicht den Eindruck, als ob er unbedingt hereinkommen wollte.

»Als ich gestern vor Harmfelds Haus stand, um Frau Franske im Auge zu behalten, da hielt gegen Mittag ein Wagen vor dem Haus. Ein Typ ist ausgestiegen, mit einem Paket unterm Arm, und hat geklingelt. Nach einer ganzen Weile ist Frau Franske an die Tür gekommen und hat das Paket angenommen. Das war derselbe, der mich damals angeranzt hat, als ich versucht habe, zum Balkon von Frau Franske hochzuklettern. Der wegen des Garagentors da war. Ich wusste genau, dass ich den irgendwoher kenne. Als ich eben in der Bäckerei stand, ist es mir wieder eingefallen.«

»Und, wer war es?«

»Ich war doch, bevor ich hierherkam, zum Praktikum in Karlsruhe. Da haben sie den mal festgenommen. Wegen Körperverletzung. Irgendwelche Querelen in der Schmuggelszene. Kornbrecht heißt der. Mathias Kornbrecht. Ich habe Arthur angerufen, und der hat ein bisschen recherchiert. Kornbrecht wohnt jetzt in Weinheim.«

Maria überlegte. »Hat sie länger mit ihm gesprochen?«

»Nein, nur ganz kurz.« Alsberger spähte in den Wohnungsflur.

Frau Franske hatte Kontakt zu jemandem, der schon einmal wegen Körperverletzung festgenommen worden war. Interessant. Die harmlose alte Dame!

Alsberger reckte sich, sodass er über Maria hinwegschauen konnte, und schnupperte. »Sagen Sie mal, das riecht so komisch bei Ihnen!«

Ach du Schreck! Sie ließ Alsberger stehen und rannte in die Küche. Aus der Pfanne qualmte es. Maria zog sie vom Herd, riss das Fenster auf. Als der Rauch sich verzogen hatte, bot sich ein trauriger Anblick. Die liebevoll gerollten Hackfleischbällchen hatten sich in schrumpelige schwarze Kohlestückchen verwandelt.

»Kann ich helfen?« Alsberger war hinter ihr hergekommen.

Na, jetzt wusste er auf jeden Fall, dass Vera nicht da war.

Maria zog die Schürze aus. »Machen wir doch einen kleinen Ausflug nach Weinheim!«

Das hier konnte sowieso keiner mehr essen.

Die graue Fassade des dreistöckigen Hauses hatte ihre besten Tage eindeutig hinter sich. Irgendein Möchtegern-Graffitikünstler hatte seine Schmierereien an die Wand gesprüht. Am Sockel sah man die Spuren, die wahrscheinlich Hunderte von Vierbeinern im Laufe der Jahre hinterlassen hatten.

Im ersten und zweiten Stock brannte Licht. Es gab drei Klingeln. Auf einer stand »M. Kornbrecht«.

Maria drückte auf den weißen Plastikknopf daneben. Nichts rührte sich. Sie klingelte noch einmal. Dann summte der Türöffner, und sie traten in den Hausflur.

»Hallo?«, rief jemand aus einem der oberen Stockwerke.

Sie gingen eine Etage höher.

»Das ist er«, flüsterte Alsberger Maria zu, als sie den Mann am Ende des Treppenabsatzes stehen sahen. Kornbrecht war mindestens einen Kopf größer als Maria und klapperdürr. Aus dem kurzärmeligen T-Shirt schauten allerdings muskulöse Arme hervor.

»Was wollen Sie?« Kornbrecht schien nicht sehr erfreut über ihren Besuch zu sein.

»Mooser, Kripo Heidelberg.« Maria zückte ihren Dienstausweis. »Wir würden uns gerne ein wenig mit Ihnen unterhalten.«

Der Mann baute sich mit verschränkten Armen in der Wohnungstür auf. »Weshalb?«

»Ich glaube, es wäre besser, wenn wir das drinnen besprechen würden.«

Kornbrecht zögerte. Schließlich trat er zurück und ließ sie herein.

Das Zimmer hinter der Eingangstür war knapp zwanzig Quadratmeter groß und wirkte unaufgeräumt. In einer Ecke, rechts neben dem Sofa, standen einige Kartons. Der niedrige Couchtisch war mit Zeitschriften bedeckt, dazwischen ein Teller mit Essensresten, ein überquellender Aschenbecher, eine Packung Zigaretten und eine Flasche Bier. Die Wände waren kahl, die Gardinen vor den Fenstern vergilbt. In Blickrichtung zum Sofa stand ein kleiner Fernseher, in dem irgendeine Sportsendung lief.

Kornbrecht ließ sie Platz nehmen.

»Kennen Sie eine Dame mit dem Namen Franske?«, fragte Maria.

Kornbrecht saß auf der Vorderkante des Sessels. Es war unschwer zu merken, dass ihr Besuch ihn nervös machte. Sein Blick irrte zwischen Maria und Alsberger hin und her, wanderte über den Tisch, zu den Kartons, die neben dem Sofa standen. Schnell und verstohlen.

Er schüttelte den Kopf. »Kenn ich nicht. Wüsste nicht, woher.« Wieder sah er zu den Kartons.

»Weil Sie gestern etwas bei ihr abgegeben haben. In Heidelberg, auf der Bergstraße, erinnern Sie sich nicht?«

Alsberger saß neben ihr und schaute, statt endlich seinen Notizblock hervorzuholen, schon eine ganze Weile auf den Couchtisch. Kornbrecht musterte ihn.

»Ganz schön unordentlich hier«, bemerkte der dürre Mann und begann etwas ziellos, auf dem Tisch herumzuräumen. Schließlich faltete er eine der Zeitungen zusammen und legte sie zur Seite, sodass sie Aschenbecher und Zigaretten verdeckte. Alsberger hatte ihn mit Argusaugen beobachtet.

»Kann ich vielleicht eine von Ihren Zigaretten haben?«, bat er.

Das wurde ja immer schöner! Jetzt schnorrte ihr Assistent schon Zeugen an.

»Ist keine mehr drin«, murmelte Kornbrecht.

»Das stimmt nicht«, entgegnete Alsberger. »In der Packung waren noch jede Menge drin.«

Die beiden Männer starrten sich an. Maria hatte keine Ahnung, was hier gerade ablief. Mit grimmigem Gesichtsausdruck holte Kornbrecht die Zigaretten hervor, zog eine aus dem Päckchen heraus und hielt sie Alsberger hin. Die Packung hatte er mit der ganzen Hand umschlossen, sodass man kaum etwas davon sehen konnte.

»Legen Sie die Packung hin«, sagte Alsberger und hielt Kornbrecht weiter im Blick, als wolle er ihn hypnotisieren. »Freiwillig wäre besser für Sie.«

Es dauerte eine Weile. Dann ließ Kornbrecht die Packung fallen. Alsberger nahm sie und zeigte sie Maria, ohne den Mann vor sich aus den Augen zu lassen.

»Keine Steuerbanderole«, sagte er.

Deshalb war Kornbrecht so nervös! Jetzt verstand sie langsam, was hier los war. Und ahnte, warum er ständig zu den Kartons schielte. Schon ungewöhnlich, diese Art der Zimmerdekoration!

Maria stand auf. Es waren fünf Kartons. Der obere war offen.

»Sie erlauben doch«, sagte sie und klappte ihn auf, ohne auf eine Antwort zu warten. Er war voll mit Zigarettenstangen! Sie holte eine heraus und warf sie auf den Tisch.

»Soll ich raten, was in den anderen Kartons ist?«, fragte sie.

»Die sind nicht von mir. Ich habe mir nur eine Packung rausgeholt. Die sind von meinem Chef. Der hatte keinen Platz mehr, deshalb stehen die hier. Ich wusste gar nicht, was drin ist. Ich hab nur mal so aus Neugier reingeschaut.«

»So, so, von Ihrem Chef!« Maria zog die Augenbrauen hoch. »Ich dachte schon, die wären vom Christkind.«

»Nein, wirklich. Ich habe damit nichts zu tun!«

Maria setzte sich wieder. »Wer ist denn Ihr Chef? Den können wir dann ja mal fragen.«

»Herr Harmfeld. Der das Bistro hier hat. Ich arbeite manchmal für ihn, so aushilfsweise.«

Deshalb war Kornbrecht also in Heidelberg gewesen! Er hatte nichts bei Frau Franske abgeben wollen, sondern bei seinem Chef!

»Wollten Sie gestern zu ihm?«

»Ja, aber er war nicht da. Da habe ich eben im Haus geklingelt.«

»Hat Ihr Chef noch mehr von diesen Kartons?«

»Kann sein.«

»Ja oder nein?«, fuhr Maria ihn an.

Kornbrecht zog den Kopf zwischen die Schultern, als erwarte er, gleich geschlagen zu werden.

»Ja oder nein, habe ich gefragt! Machen Sie gefälligst das Maul auf!«

Er nickte, ohne sie anzusehen.

Langsam, ganz langsam setzte sich in Marias Kopf einiges zusammen. *Rauchen gefährdet Sie und die Menschen in Ihrer Umgebung.* Das Papier aus den Zigarettenschachteln. Frau Franskes Bemerkung, sie sei egozentrisch. Und Zigaretten seien gefährlich!

Sie hatte die Briefe falsch verstanden! In den Briefen ging es nicht um sie. Es waren keine Drohbriefe. Es war genau so, wie Arthur es vermutet hatte. Jemand hatte ihr etwas mitteilen wollen.

Frauen, die neugierig sind, leben gefährlich. Vielleicht war damit ja Angelika Harmfeld gemeint? Die zu viel herausgefunden hatte.

Diese Zigaretten hier waren ohne Steuerbanderole ins Land gekommen, sie waren offensichtlich geschmuggelt. Eine der größten Plagen der Zollfahndung. Und ein sehr einträgliches Geschäft. Illegale Importe, meist aus dem Osten. Gefälschte Zigaretten in Originalpackung. Manchmal sogar auch Originalware, die bei der Produktion auf wundersame Weise verschwand. Billig eingekauft, unversteuert eingeführt und hier unter dem üblichen Marktpreis verkauft, mit einer Gewinnspanne, die sich sehen lassen konnte.

Herr Harmfeld hatte neben den Bistros wohl ein weiteres »Unternehmen«. Hatte seine Frau ihn damit erpresst? Die patente Angelika Harmfeld, die ansonsten im Falle einer Scheidung leer ausgegangen wäre? Harmfeld hätte bestimmt genug Möglichkeiten gehabt, an das Handy seiner Frau zu kommen. Und konnte von Röttke gewusst haben.

»Rufen Sie die Kollegen aus Weinheim an. Sie sollen kommen und übernehmen.«

Dann wandte sie sich Kornbrecht zu.

»Kannten Sie Angelika Harmfeld?«

»Die Frau vom Chef? Ich habe gehört, dass sie umgebracht wurde. Tut mir echt leid.«

Kornbrecht sah Marias skeptischen Blick und verstand auch ohne weitere Fragen, worum es ging. »Mit der Sache habe ich nichts zu tun! Das müssen Sie mir glauben! So was würde ich nie tun!«

»Ach, und was war das in Karlsruhe, als man Sie wegen Körperverletzung festgenommen hat?«

»Vielleicht mal 'ne Prügelei, ja. Aber Mord? Niemals! So was mach ich nicht!«

»Wusste Frau Harmfeld von den Zigaretten?«

»Sie war vor ein paar Wochen mal im Bistro. Der Chef war nicht da. Sie ist runter zum Keller. Aber der ist immer abgeschlossen, wenn noch Ware da ist. Sie wollte unbedingt da rein. Ich habe gesagt, ich muss erst den Chef anrufen, ob das in Ordnung ist. Da ist sie total sauer geworden. Der Boss hätte gesagt, sie soll da unten was nachsehen. Ob ich ihr unterstellen würde, dass sie lügt. Da hab ich ihr den Schlüssel gegeben.«

»Haben Sie das Ihrem Chef erzählt?«

»Na sicher.«

Mit einem Mal war es entsetzlich warm in dem vollgepackten Raum. Maria hatte den Eindruck, keine Luft mehr zu bekommen. Sie ging zum Fenster, schob die nikotingelben Vorhänge zur Seite, und riss es auf. Angelika Harmfeld hatte nicht ihren Liebhaber erpresst, sondern ihren Mann. Hatte er sie umgebracht? Oder vielleicht doch sein Handlanger Kornbrecht?

Die alte Franske hatte auf jeden Fall mitbekommen, dass Angelika Harmfeld ihren Mann wegen der Zigarettengeschichte erpresst hatte. Wusste sie auch, wer der Mörder war?

Maria hatte Harmfeld gegenüber Andeutungen über die Briefe gemacht. Er konnte nicht verstanden haben, worum es ging. Oder vielleicht doch? Was würde er tun, um zu verhindern, dass seine illegalen Geschäfte aufflogen?

»Wir müssen nach Heidelberg, Alsberger, sofort!«

Alsberger hatte das Gaspedal bis zum Anschlag durchgetreten. In einem irrwitzigen Tempo rasten sie über die A5 Richtung Heidelberg.

»Als ich die Glimmstängel auf dem Tisch liegen sah, ist es mir wieder eingefallen. Die Sache in Karlsruhe damals hatte auch mit Zigarettenschmuggel zu tun. Irgendeiner hat eine Lieferung nicht bezahlt. Und Kornbrecht hat ihn dafür halb totgeschlagen. Aber nachher wollte keiner gegen ihn aussagen, und sie mussten ihn wieder laufen lassen.«

Der Wagen flog dahin. »Und Harmfeld, erinnern Sie sich, als wir damals bei ihm waren? Der hat genau das Gleiche gemacht wie Kornbrecht. Hat die Zigaretten verschwinden lassen. Nur geschickter. Er hat sich eine angesteckt und die Packung in die Hemdtasche gesteckt. Und ich habe gedacht, der wäre zu geizig, mir eine anzubieten!«

»Alsberger, halten Sie die Klappe und konzentrieren Sie sich aufs Fahren.«

Maria hatte Angst. Angst, dass sie gleich in der Leitplanke landen würden. Angst, dass sie Frau Franske ans Messer geliefert hatte. Für ihre dämliche, engstirnige, kleinkarierte Rache!

Als sie sich Harmfelds Haus näherten, sahen sie in einem Wagen am Straßenrand Mengert mit einem Kollegen sitzen. Maria hatte sie schon von unterwegs aus dorthin beordert. Aber sie würde selbst hineingehen, zusammen mit Alsberger. Es war besser, nicht mehr Wind als nötig zu machen. Vielleicht war da drinnen alles ganz friedlich.

Sie klingelte bei Frau Franske. Nichts passierte. Dann schellte sie bei Harmfeld. Hinter einem der Fenster hatte sie von der Straße aus Licht sehen können. Er musste zu Hause sein.

Es dauerte einige Zeit. Dann öffnete er.

»Frau Mooser und Kollege!«, begrüßte Harmfeld sie jovial. »Hat Ihr Verdächtiger inzwischen gestanden?«

»Wir würden uns gerne noch einmal mit Ihnen unterhalten. Und mit Ihrer Schwiegermutter.«

Maria hatte das dringende Bedürfnis, sich davon zu überzeugen, dass der Giftzahn wohlauf war.

»Tut mir leid, heute passt es wirklich nicht. Meine Schwiegermutter fühlt sich nicht wohl. Sie kommen besser ein andermal wieder.«

»Es ist wichtig, Herr Harmfeld, sehr wichtig!«

»Ich sagte doch schon: Es ist sehr schlecht. Kommen Sie morgen wieder.«

»Zwei Minuten können Sie doch sicher erübrigen? Wo es doch um den Mord an Ihrer Frau geht.«

Harmfeld schien verstanden zu haben, dass sie nicht gehen würde.

»Aber wirklich nur kurz. Ich habe wenig Zeit.«

Als sie ins Wohnzimmer kamen, sah Maria sie auf dem Sofa sitzen. Frau Franske sah aus wie ein gerupftes Hühnchen. Klein und verloren wirkte sie in den weißen Polstern. Auf dem Tisch standen eine Whiskyflasche und ein Glas. Die alte Dame sah sie mit bleichem Gesicht an. Und sagte kein Wort. Da wusste Maria, dass etwas nicht in Ordnung war.

»Und, womit kann ich Ihnen weiterhelfen?«

Harmfeld war neben dem Sofa stehen geblieben, auf dem die alte Frau saß.

»Wir haben eben mit einem Mitarbeiter von Ihnen gesprochen,

Herrn Kornbrecht. Er hat uns erzählt, dass Sie Zigaretten bei ihm lagern. Zigaretten, die bei der Einfuhr nicht ordnungsgemäß versteuert wurden.«

»Ach Gott!«, stieß Harmfeld aus. Und ließ sich neben seine Schwiegermutter auf das Sofa fallen. »Bitte, nehmen Sie Platz.« Sein Ton war deutlich freundlicher geworden.

»Das hat man davon, wenn man Leuten eine Chance geben will.« Harmfeld griff nach dem Glas und nahm einen Schluck der bräunlich golden schimmernden Flüssigkeit. »Mir war bekannt, dass Herr Kornbrecht eine, nun sagen wir mal, etwas schwierige Vergangenheit hat. Irgendwann tauchte er im Bistro auf und fragte nach Arbeit. Er hat mir erzählt, dass er vorbestraft ist und wie schwer es für ihn sei, Fuß zu fassen, wo er doch nichts lieber wolle, als mit ehrlicher Arbeit sein Geld zu verdienen. Er tat mir leid. Aber ich hätte mir eigentlich denken können, dass so einer mit seinen krummen Geschäften nicht aufhört. Dumm von mir! Und jetzt haben Sie ihn erwischt, und ich soll als Sündenbock herhalten.«

Harmfeld stellte sein Glas zurück und lachte bitter auf. »Das hat der Herr sich ja prima ausgedacht.«

»Und was machen dann die Kartons mit geschmuggelten Zigaretten im Keller Ihres Bistros, Herr Harmfeld? Alle von Herrn Kornbrecht?«

Während Maria ihre Frage aussprach, fiel ihr Blick auf den großen Flachbildfernseher, der hinter Harmfeld an der Wand stand. Der Fernseher, den er am Abend des Mordes gekauft hatte. Sein Alibi!

Natürlich! Wie hatte sie nur so dämlich sein können! Diesen hypermodernen Fernseher hatte sie vor nicht allzu langer Zeit schon einmal in einer anderen Wohnung gesehen. Genau das gleiche Modell. Sie hatte mit der Nase davorgestanden, zusammen mit den Kollegen der Spurensicherung, und keinem war es aufgefallen!

»Seit wann haben Sie diesen Fernseher, Herr Harmfeld?«

»Das wissen Sie doch! Ich habe ihn an dem Abend gekauft, an dem meine Frau starb.«

»Sind Sie da sicher?«

»Na, die Quittung haben Ihre Kollegen selbst geprüft, das müssten Sie doch eigentlich wissen.«

»Sind Sie ganz sicher, dass Sie *diesen* Fernseher wirklich an *diesem* Tag gekauft haben?«

»Natürlich. Was soll das?«

In den Polstern neben Harmfeld regte sich Frau Franske, die bislang keinen Laut von sich gegeben hatte.

»Ich glaube, da irrst du dich, Klaus.« Ihre Stimme war leise. Wie die eines Kindes, das eingesteht, etwas Verbotenes getan zu haben. »Ich war unten im Keller. Zwei Tage bevor Angelika starb. Das weiß ich noch ganz genau, es war doch mein Geburtstag. Ich wollte etwas aus dem Vorratskeller holen. Da stand das Gerät schon bei euch im Keller. Du hattest eine Decke darübergelegt, erinnerst du dich nicht mehr? Ich habe noch gedacht, es wäre vielleicht ein Geschenk für mich.«

Harmfeld reagierte erst gar nicht. Dann konnte man zusehen, wie sich sein Gesicht mit jedem Atemzug mehr vor Wut und Hass verzerrte.

»Du Miststück!«, presste er schließlich hervor. »Du verlogenes altes Miststück!«

»Es reicht, Herr Harmfeld«, stoppte Maria ihn. »Sie werden uns jetzt begleiten. Sie sind vorerst festgenommen. Sie stehen unter Verdacht, Ihre Frau Angelika Harmfeld ermordet zu haben!«

Maria stand auf. Harmfeld schaute sie einen Moment an. Dann ging alles blitzschnell.

Er griff nach der Flasche, die vor ihm stand, schlug sie mit voller Wucht auf die Kante des Tischs, sprang auf, packte Frau Franske an den Haaren und riss ihren Kopf nach hinten. Den scharfzackigen Rest der abgebrochenen Flasche drückte er ihr an den Hals.

Die alte Frau wimmerte.

»Halt die Schnauze, du Dreckstück!«, schrie Harmfeld. Er zerrte sie ein, zwei Meter zur Seite, bis er nicht mehr zwischen Sofa und Tisch stand.

Maria stockte das Blut in den Adern. Jetzt nur nichts Falsches sagen! Ruhig bleiben! Sie musste ruhig bleiben. Zumindest äußerlich.

»Herr Harmfeld, das ist doch zwecklos. Das macht Ihre Lage nur schlimmer«, brachte sie in beschwichtigendem Tonfall hervor.

»Halten Sie die Klappe und gehen Sie zwei Meter zurück. Die

Hände nach oben! Beide! Wehe, einer macht eine falsche Bewegung. Sonst steche ich ihr das Ding sofort in den Hals!«, schrie Harmfeld.

Maria ging einige Schritte rückwärts, ohne ihn aus den Augen zu lassen. Alsberger erhob sich langsam aus dem Sessel.

Zeit schinden, ging es ihr durch den Kopf. Dafür sorgen, dass der Mann sich beruhigte. Mit ihm reden.

»Ihre Frau wollte Sie erpressen, nicht wahr? Sie hat den Hals nicht vollgekriegt!«

»Gehen Sie zum Telefon!« Harmfeld machte eine Bewegung mit dem Kopf zum Sideboard. »Sie bestellen mir jetzt einen Wagen. Und einen Koffer mit zweihundertfünfzigtausend Euro drin. Los!«

Maria bewegte sich vorsichtig weiter rückwärts. Sie griff zum Telefon und rief Mengert auf seinem Handy an. Erklärte ihm in kurzen Sätzen, was los war. Sie war sich sicher, dass in wenigen Minuten das Haus umstellt und alle Straßen in der Umgebung abgesperrt sein würden.

»Die Hände wieder nach oben!«

»Sie haben keine Chance, hier wegzukommen, das wissen Sie doch.«

»Halten Sie endlich das Maul!«, schrie Harmfeld. Er riss Frau Franskes Kopf noch weiter nach hinten. Die kleine Frau, die ihm gerade bis zur Brust reichte, gab einen erstickten Laut von sich.

»Ihr Drecksweiber, ihr wisst auch immer alles besser, nicht wahr? Gierig war sie, ganz genau. Da hat die kluge Frau Kommissarin mal was kapiert. Angelika wollte was abhaben vom Batzen. Hochgehen lassen wollte sie mich! Mich!«

»Aber Sie waren klüger! Ein wirklich guter Plan, das muss man Ihnen lassen. Haben *Sie* Röttke die SMS geschickt und die Handtasche auf seinem Grundstück versteckt?«

»Röttke, dieser Idiot! Der wäre doch durch das letzte Schlammloch gekrochen, wenn Angelika gepfiffen hätte. Ich wusste, dass er kommen würde.«

»Und Ihre Frau haben Sie zu einer Zeit an den Steinbruch bestellt, als Sie sicher sein konnten, dass Röttke schon wieder weg war. Intelligent gemacht! Aber wie haben Sie es geschafft, dass sie dort hinfährt?«

»Auf ihre Gier vertraut! Was denn sonst! Mitmachen sollte sie, wenn sie was vom Kuchen abhaben will. Die nächste Lieferung annehmen.«

»Und statt der Lieferung kamen *Sie*!«

Die Melodie von »Mission: Impossible« ertönte aus Marias Jackentasche. Harmfeld schaute irritiert zu ihr. Nur zu ihr. Alsberger nutzte den Moment. Er stürzte mit einem Satz auf ihn und riss ihn mitsamt Frau Franske zu Boden. Die alte Frau schrie voller Angst auf.

Maria zog ihre Waffe. Das Menschenknäuel wälzte sich vor ihr auf dem Teppich. Schließlich rollten die beiden Männer in wildem Kampf zur Seite, weg von Frau Franske. Maria sah Harmfelds Hand, die immer noch die Flasche umklammerte. Voller Blut.

»Aufhören, oder ich schieße!«, schrie sie. Dann zielte sie auf die Decke.

Der Knall war ohrenbetäubend. Das Menschenknäuel vor ihr erstarrte. Die beiden Männer rührten sich nicht mehr.

»Lassen Sie die Flasche fallen und drehen Sie sich auf den Rücken!«

Im Zeitlupentempo öffnete Harmfeld die Hand. Der Flaschenstumpf fiel zu Boden.

Alsberger hatte sich mühsam aufgerichtet. Blut lief aus den Wunden in seinem Gesicht und an seinem Hals. Er blickte zu Frau Franske. Die alte Frau lag regungslos am Boden.

Dann sackte auch Alsberger in sich zusammen.

Eine Blaubeere räumt auf

Maria hatte Harmfeld keine Sekunde lang daran zweifeln lassen, dass sie sofort schießen würde, wenn er sich auch nur einen Millimeter bewegte. Sie rief Mengert an. Dann war alles ganz schnell vorbei.

Inzwischen wimmelte es von Polizeibeamten und Sanitätern. Alsberger war wieder zu sich gekommen. Zum Glück waren seine Kratzer nur oberflächlich. Er saß auf dem Sofa und sah ziemlich mitgenommen aus.

Frau Franske lag immer noch auf dem Boden, hatte aber mittlerweile die Augen wieder aufgeschlagen. Der Notarzt war dabei, ihr irgendeine Flasche anzuhängen. Maria trat einen Schritt näher.

Als Frau Franske sie sah, streckte sie den Arm nach ihr aus. Sie beugte sich hinunter zu der alten Frau, nahm die kleine knochige Hand und hielt sie fest.

»Schön, dass Sie gekommen sind. Ich wäre sicher bald ganz zufällig die Treppe runtergefallen«, flüsterte die alte Dame und lächelte schwach.

»Warum die Briefe? Warum haben Sie es mir nicht einfach gesagt?«

»Wegen meiner Kleinen. Amelie. Ich hatte Angst, dass sie mit mir nichts mehr zu tun haben will, wenn ich ihren Vater ins Gefängnis bringe.«

Frau Franske zog Maria ein Stück näher zu sich heran. Nur mühsam brachte sie Wort für Wort hervor: »Klaus hat mich nur geduldet. Er hat mich nie gemocht. Ich habe doch nur noch Amelie. Wenn sie mir das nun nicht verziehen hätte?« Sie hob den Kopf. Ihre Stimme war kaum noch zu verstehen. »Bitte! Lassen Sie mich nicht allein! Ich will nicht allein sterben. Bleiben Sie bei mir. Bitte!«

»So ein Quatsch, Sie müssen doch nicht sterben!«

Maria wartete darauf, dass der Arzt ein paar beruhigende Worte sagte. Aber der schwieg. Sie spürte, wie die Hand der alten Frau erschlaffte. Sah, wie ihre Lippen blau wurden. Frau Franske hatte die Augen wieder geschlossen.

Der Krankenwagen raste in waghalsigem Tempo durch Heidelberg. Maria fuhr hinterher. Stand im Klinikflur und wartete, während die Ärzte auf der Intensivstation um das Leben der alten Frau kämpften. Es dauerte Ewigkeiten. Dreimal fragte Maria eine Schwester, ob es etwas Neues gebe. Dreimal bekam sie die gleiche Antwort: schwere innere Verletzungen. Gebrochene Rippen, die die Lunge verletzt hatten. Der Zustand sei kritisch. Sehr kritisch.

Alsberger lag zwei Stock tiefer. Er sollte eine Nacht zur Beobachtung bleiben. Harmfeld hatte ihm bei dem Kampf sein Knie in den Unterleib gerammt, was wohl nicht allen Organen gutgetan hatte. Maria beschloss, kurz nach ihm zu sehen.

Sie lief das Treppenhaus hinunter. Grauenhaft fühlte sie sich. Sie war traurig und wütend. Doch sie wusste nicht mal, auf wen sie eigentlich wütend sein sollte. Aber dass irgendetwas hier grundlegend schieflief, das wusste sie mit Sicherheit. Da oben lag eine alte Frau, die Angst hatte, allein zu sterben. Die sich an sie geklammert hatte wie eine Ertrinkende. Und die sich vor lauter Sorge, den einzigen Menschen zu verlieren, von dem sie sich geliebt fühlte, in tödliche Gefahr gebracht hatte. Da unten lag Alsberger, genauso allein in seinem Zimmer. Obwohl es jemanden gab, der ständig an ihn dachte. Da war Maria sich sicher. Und Vera saß zu Hause und blies Trübsal. Blödsinn war das. Es gab sowieso schon viel zu viele Menschen, die allein waren. Und eigentlich nicht allein sein müssten.

Sie hatte sich geschworen, sich in Veras Leben nicht mehr einzumischen. Aber das hier, das war jetzt eine Ausnahmesituation. Sie würde nicht zusehen, wie ihre Tochter sich unglücklich machte.

Maria blieb stehen, holte das Handy aus der Tasche und wählte Veras Nummer. Inzwischen war es fast Mitternacht. Es klingelte etliche Male. Dann hob Vera ab.

»Hallo, Schatz. Ich bin's, Mama. Erschreck dich jetzt nicht, aber ich muss dir etwas Wichtiges sagen.«

»Was ist denn los? Ist dir nicht gut?« Die eben noch verschlafen klingende Stimme ihrer Tochter war voller Sorge. »Ist etwas passiert?«

»Mit mir ist alles in Ordnung, Vera, keine Bange. Aber Alsberger hat es erwischt.«

Maria berichtete kurz, was passiert war. Sie schmückte Alsbergers Verwundungen etwas aus. Und dann ergänzte sie das Geschehene um eine winzige Kleinigkeit.

»Er war eine Zeit lang bewusstlos. Als er wieder zu sich kam, hat er gesagt, ich soll dich anrufen. Und dir sagen, dass er dich liebt und dich jetzt braucht. Und dass ihm alles furchtbar leidtut. Ich hatte es völlig vergessen, sonst hätte ich mich schon viel früher gemeldet. Aber die ganze Aufregung und alles!«

»Wo ist er?«, fragte Vera.

Alsberger lag auf dem Bett und starrte in den Fernseher. Sein Gesicht war halb von einem weißen Verband verdeckt.

»Und, wie geht es ihr?«, fragte er, als Maria eintrat.

»Schlecht. Sie ist bei dem Sturz schwer verletzt worden. Vielleicht schafft sie es. Vielleicht auch nicht.«

Alsberger nickte stumm.

»Die Tabakkrümel am Tatort, die waren nicht von mir«, sagte er dann unvermittelt, mit dem Tonfall eines Schuljungen, der vor der Lehrerin trotzig seine Unschuld beteuert.

»Nein. Die waren sicher von den Umladeaktionen. Ist vielleicht mal was kaputtgegangen.«

»Dieser Harmfeld hat uns die ganze Zeit nur an der Nase rumgeführt. Von Anfang an. Von wegen, das Auto seiner Frau habe Mucken gemacht und deshalb hat sie den Transporter genommen! Und die Sache mit ihren Affären! Manipuliert hat der uns!«

»Tja, aber er war so dumm, die Rechnung ohne seine Schwiegermutter zu machen.« Maria schaute auf die Uhr. Sie wollte wieder hoch.

»Ich bin mit schuld, wenn sie stirbt.«

»So ein Blödsinn, Alsberger. Wenn Harmfeld ihr nicht die Flasche an den Hals gehalten hätte, wäre das nicht passiert. *Er* ist schuld, nicht Sie.«

Alsberger blieb still. Jetzt musste sie es wohl sagen. Hoffentlich war ihr Assistent noch nicht so fit, dass er ihr gleich an die Gurgel sprang. »Alsberger, da gibt es noch etwas, was ich Ihnen erzählen muss.« Maria räusperte sich. »Also, meine Tochter kommt gleich. Genau genommen, kommt sie wohl zu Ihnen«, begann sie vorsichtig. »Ich habe sie angerufen. Und ihr gesagt, dass Sie mich darum gebeten hätten, weil Sie sie lieben. Und dass Ihnen alles leidtut, das habe ich auch noch gesagt.«

»Was?« Alsberger setzte sich auf.

»Bevor Sie sich jetzt aufregen, überlegen Sie erst mal. Sie können Vera sagen, dass das nicht stimmt. Dann habe ich einen mordsmäßigen Ärger am Hals. Verdientermaßen. Aber vielleicht habe ich ja auch nur etwas getan, was Sie aus verletztem Stolz nicht tun konnten. Was aber sein musste. Vera liebt Sie. Ich kenne meine Tochter. Und ich will, dass sie glücklich ist. Und wenn Sie noch etwas für sie empfinden, dann halten Sie gleich einfach die Klappe und freuen sich.«

Alsberger hatte es die Sprache verschlagen. Fassungslos starrte er sie an. Maria drehte sich wortlos um und ging.

Zwei Etagen höher setzte sie sich auf einen der Stühle, die im Flur standen. Und wartete. Nach anderthalb Stunden ließ man sie zu Frau Franske. Überall schienen Schläuche aus der kleinen alten Dame zu kommen. Um sie herum standen Geräte, die in regelmäßigen Abständen leise Geräusche von sich gaben.

Ab und zu kam eine Schwester herein. Die Zeit verging im Schneckentempo. Irgendwann musste Maria eingeschlafen sein. Als jemand eine Hand auf ihre Schulter legte, wachte sie auf. Es war Vera.

Ihre Tochter strahlte.

»Es geht ihm schon viel besser, Mama. Er kann vielleicht morgen nach Hause«, flüsterte sie und schlang die Arme um ihre Mutter. Da war es mit Marias Fassung vorbei. Sie fing an zu heulen.

Bestimmt nur die Hormone.

In den nächsten Tagen wechselte Vera sich mit ihr an Frau Franskes Bett ab. Und schließlich auch Alsberger. Maria konnte nicht die ganze Zeit bleiben. Aber Frau Franske sollte spüren, dass jemand an ihrer Seite war. Sie kam, sooft es eben möglich war.

Nach drei Tagen schlug der Giftzahn die Augen wieder auf. Und erzählte Maria mit schwacher Stimme, wie sie – ganz zufällig – mit angehört hatte, wie Angelika Harmfeld ihren Mann wegen seiner illegalen Geschäfte erpresste. Dass sie Unterlagen hätte, die alles beweisen würden. Wie Klaus Harmfeld seiner Frau Zusagen machte, unter der Bedingung, dass sie mitmachte.

Am siebten Tag flirtete Frau Franske mit dem Oberarzt, am neunten hatte sie es geschafft, dass die Schwester scherzend bei ihr eine Dreiviertelstunde am Bett saß und einen Rüffel bekam, weil sie ihre Arbeit vernachlässigte. Am zehnten spuckte der Drache schon wieder Feuer.

»Dass Sie das aber auch nicht verstanden haben, meine Liebe!«

Frau Franske, die immer noch aussah, als wäre sie halb tot, ansonsten aber ausgesprochen rege war, erläuterte mindestens zum vierten Mal ihre Briefe.

»Dabei bin ich ja immer deutlicher geworden. Und der letzte, der war doch am allerdeutlichsten. Da liegt diese junge, attraktive Frau im Liegestuhl. Da konnte es sich doch nur um Angelika handeln. Das muss Ihnen doch klar gewesen sein, dass Sie das nicht sind. Die Worte »*HASS*« und »*STERBEN*«. Das alles auf dem Zigarettenpapier. Das hieß doch eindeutig: Die Grundlage von allem sind die Zigaretten, deswegen wurde sie gehasst, und deshalb musste sie sterben!«

Maria holte tief Luft. »Also, *so* eindeutig war das nicht. Ich finde, Ihre bildnerischen Künste lassen doch einiges zu wünschen übrig.«

»Ach, Sie sind auch immer so kleinlich.« Frau Franske zupfte an ihrem Nachthemd und wechselte leicht verärgert das Thema. »Meine Liebe, dürfte ich Sie wohl um einen Gefallen bitten? Ich hätte so gern ein hübsches Nachthemd. Falls mal Besuch kommt, wissen Sie.«

Na prima, dachte Maria, und ich gehöre dann wohl zum Personal. »Vielleicht mit einem Blumenmuster drauf. Oder etwas aus Seide. Mit ein bisschen Spitze am Ausschnitt. Das steht so einem zierlichen Typ wie mir immer gut.« Sie musterte Maria mit kritischem Blick. »Sie tragen sicher Frotteeschlafanzüge, nicht wahr?«

Jetzt reichte es.

»Nein, sie sind aus Flanell, um genau zu sein. Und jetzt sag ich Ihnen mal was: Ich habe mir hier nicht die Tage an Ihrem Bett um die Ohren geschlagen, um mich beleidigen zu lassen. Ich weiß, dass ich in Ihren Augen der bodenständige Blaubeertyp bin, aber wenn Sie jetzt wieder anfangen, mir das ständig unter die Nase zu reiben, dann komme ich nicht mehr. Nie mehr! Auch nicht, wenn Sie hier einsam und allein ins Gras beißen. Haben wir uns da verstanden?«

Frau Franske strich ihre Bettdecke glatt. Es dauerte eine Weile, dann nickte sie.

»Aber das mit dem Typ, das sehen Sie falsch«, sagte sie schließlich. »Für mich sind Sie nicht der bodenständige Blaubeertyp. Wobei das vielleicht auch ganz gut passen würde, aber diesen Typ kannte ich noch gar nicht.«

Ach! Da hatte Frau Franske wohl ihre früheren Ausführungen schon wieder vergessen.

»Also, welcher dann?« Maria würde es über sich ergehen lassen. Wahrscheinlich konnte der Giftzahn nicht anders. Die Gemeinheiten mussten einfach raus. Mal sehen, in welche Kategorie sie denn heute fiel. Vielleicht mausgraues Mauerblümchen mit Samaritereinschlag?

Zum Glück hatte Amelie Harmfeld sich gemeldet und war auf dem Weg nach Heidelberg. Sollte die sich demnächst um die Alte kümmern!

»Ehrlich gesagt, kenne ich keinen Typ, der auf Sie passen würde.« Frau Franske schaute Maria mit ihren wasserblauen Augen an und lächelte. »Sie sind eben so, wie Sie sind. Und ich finde, Sie sind sehr nett. Man merkt es nur nicht sofort.«

Ein Pfleger kam herein, schüttelte das Kissen auf und nahm das Frühstückstablett mit. Frau Franske schenkte ihm ein entzückendes Lächeln.

»Ist der nicht niedlich?«, flüsterte sie Maria zu, kaum dass der junge Mann das Zimmer verlassen hatte.

Am Abend fuhr Maria nach Mannheim. Allein. Es gab dort jemanden, den sie noch einmal sprechen wollte.

Man hatte in den Lagerräumen von Harmfelds Bistros jede Menge geschmuggelter Zigaretten gefunden. Kornbrecht hatte sich den ein oder anderen Karton abgezweigt. Mit allem anderen habe er nichts zu tun. Es dauerte eine ganze Weile, bis er endlich ausspuckte, wo er an dem Tag war, an dem Angelika Harmfeld ermordet wurde. Und sie bekamen es nur aus ihm heraus, weil Kornbrecht schließlich dank Mengerts Nachhilfe kapierte, dass es für ihn noch ungünstiger war, in einen Mordfall verwickelt zu sein als in Zigarettenschmuggel.

Kornbrecht hatte am Tag des Mordes gegen neunzehn Uhr dreißig die neue Lieferung aus Polen angenommen. Einmal im Monat, immer am dritten Mittwoch, wurde geliefert. Diesmal nicht am gewohnten Ort. Der Fahrer wurde bezahlt, die Kartons, in denen angeblich Wurstkonserven waren, umgeladen. Oben im Karton befand sich eine Schicht Konservenbüchsen, dann kamen etliche Lagen Zigarettenstangen. Unten im Karton war jeweils eine dünne Eisenplatte, damit das Gewicht wieder stimmte. Die Ware wurde umgeladen und dann direkt an die verschiedenen Stellen verteilt, an denen verkauft wurde. Ein Teil ging in Harmfelds Bistros über die Theke, ein Teil wurde in einer Reihe kleinerer Läden in Mannheim und Heidelberg zumeist an Stammkunden weiterverkauft.

Während Kornbrecht redete, schwieg Harmfeld beharrlich. Aber das, was er preisgegeben hatte, als er die Kontrolle über seine Schwiegermutter und anschließend über sich selbst verloren hatte, reichte völlig aus, um ihn für einige Zeit hinter Gitter zu bringen.

Maria hätte nur gerne von ihm selbst gehört, wer ihm sein Alibi verschafft hatte. Harmfeld hatte den Fernseher für seine Wohnung schon Tage vorher gekauft und im Keller versteckt. Um ihn dann am Abend des Mordes, kurz bevor die Kumpels kamen, noch neu verpackt aus der Ecke zu zaubern. Aber er brauchte eine Quittung über den Kauf, mit passendem Datum und passender Uhrzeit. Maria wusste, wer sie ihm besorgt hatte. Und wer sein Handlanger bei dieser Intrige war, bei der ein Unschuldiger seinen Kopf für den Mord an Angelika Harmfeld hinhalten sollte. Aber sie wusste auch, dass sie es nicht würde beweisen können. Noch nicht.

Sie drückte auf die Klingel. Hinter der Tür waren Geräusche zu hören. Er war zu Hause.

»Oh, die Frau Kommissarin, welch freudige Überraschung!« Bortelli blickte mit einer übertriebenen Geste an ihr vorbei. »Und heute ganz ohne Begleitung!«

Sie nahm auf demselben Stuhl Platz, auf dem sie auch das letzte Mal gesessen hatte. Nein, trinken wollte sie nichts.

»Sie kannten Harmfeld, nicht wahr?«, begann sie ohne Umschweife.

»Ich denke, die Sache hat sich geklärt?« Bortelli legte lässig den Arm über die Sofalehne. »Aber, um Ihre Frage zu beantworten: nein. Ich kannte ihn nicht.«

»Sie haben Klaus Harmfeld geholfen. Und er Ihnen. Indem er dafür gesorgt hat, dass Angelika Harmfeld wieder aus der Unternehmensberatung verschwand. War es nicht so?«

»Nur weiter! Das ist wirklich sehr interessant!«

»Harmfeld wusste, dass seine Frau irgendwo Unterlagen hatte, die ihn belasten. Beweise für seine illegalen Geschäfte. Er konnte sie aber nirgendwo finden. Er brauchte jemanden, der im Büro danach suchte. Sie waren in der roten Mappe, die Sie haben verschwinden lassen. Und er brauchte jemanden, der den Fernseher für ihn besorgte. Oder besser gesagt: eine Quittung mit passender Uhrzeit. Das musste möglichst spät an diesem Mittwoch passieren. So spät, dass Harmfeld als Täter nicht mehr in Frage kam.«

»Sie haben wirklich eine blühende Fantasie! Faszinierend!«

»Hatten Sie eigentlich keine Skrupel, sich den Fernseher dann hier in die Wohnung zu stellen?«

»Ich weiß gar nicht, was Sie gegen meinen Fernseher haben! Ein wunderbares Gerät! Ein Sonderangebot von Saturn. Ich schätze, der steht jetzt hier in der Gegend in ungefähr hundert bis zweihundert Wohnungen. Und ich kann mir ehrlich gesagt nicht vorstellen, dass das strafbar ist.«

»Sie haben wohl gedacht, Sie hätten mit Harmfeld zusammen den perfekten Mord inszeniert? Nur ist leider nicht alles so gelaufen, wie Sie es sich vorgestellt haben. Pech, dass die bei Frikolin wollten, dass Sie früher kommen. Und noch größeres Pech, dass Harmfeld die Nerven verloren hat. Haben Sie eigentlich Geld für

Ihre Handlangerdienste bekommen, oder war es Ihnen genug, dass Sie Angelika Harmfeld los waren?«

»Ich bewundere Sie!« Bortelli klang amüsiert. »Was Sie sich so alles ausdenken! Die Sache hat nur einen Haken: Sie können nichts davon beweisen. Denn wenn Herr Harmfeld und ich so nah am perfekten Mord gewesen wären, dann hätten wir doch sicher für alle Fälle vorgesorgt. Dann gibt es keine Fingerabdrücke von mir auf dem Kassenbon. Und natürlich habe ich bar bezahlt, vielleicht ja sogar mit seiner Kreditkarte. Aber das haben Sie ja sicher schon überprüft. Was könnte uns denn sonst noch das Genick brechen?«

»Ich sage Ihnen, was Ihnen das Genick brechen wird: Irgendwann wird Harmfeld auspacken. Spätestens dann, wenn er von der Staatsanwaltschaft das Angebot bekommt, sein Strafmaß zu mindern, wenn er seinen Mittäter nennt. Oder bis wir herausgefunden haben, woher Sie sich kannten.«

»Na, dann warten wir doch einfach mal ab.« Bortelli musterte sie. »Vielleicht gehen wir ja in der Zwischenzeit mal zusammen essen. Was halten Sie davon?«

»Nein danke«, sagte Maria.

Sie stand auf und ging. Da traf sie sich doch lieber mit dem Kurpfälzer Giftzahn.

*

Auf dem Heidelberger Marktplatz herrschte reges Treiben. Obwohl sich der November schon dem Ende näherte, waren es in der Sonne an die fünfzehn Grad. Mindestens. Sie hatten mit Glück noch einen der letzten freien Tische vor der »Max Bar« ergattert.

Demnächst war seine Verhandlung wegen dieser Handygeschichte. Aber der Anwalt meinte, es würde nicht so schlimm werden. Wegen des Schocks und so.

Er schaute zu Karina und nickte. Karina redete jetzt seit einer halben Stunde ununterbrochen. Es war unglaublich, wie viele Wörter sie hervorbringen konnte. Ganze Berge von Wörtern. Er hatte sich gefragt, ob das an der Sonneneinstrahlung hier lag. Vielleicht vergrößerte sich dadurch das Sprachzentrum im Gehirn. Die Italiener redeten ja auch immer so viel.

Mit seiner neuen Strategie kam er eigentlich ganz gut zurecht. Wenn Karina ein freundliches Gesicht machte, während sie erzählte, dann nickte er ab und zu. Oder sagte »Aha« oder »Hm«, wenn sie eine Pause machte. Blickte Karina ernst drein, schüttelte er langsam den Kopf. Dann konnte man auch manchmal »Ach nein« murmeln. Seitdem klappte es wirklich viel besser zwischen ihnen. Ein Nordlicht und eine Süddeutsche, da musste man halt Kompromisse schließen.

»Möchten Sie noch einen Cappuccino?«, fragte die Bedienung. Kai Hansen nickte. Und blinzelte in die Sonne.

Ich danke

Herrn Kurzer, Pressesprecher der Polizei Heidelberg, der mir auch bei diesem Fall wieder alle neugierigen Fragen mit viel Geduld beantwortete,

Christel Steinmetz und Marion Heister vom Emons Verlag für die angenehme und konstruktive Zusammenarbeit,

Vita und Conny für erste Anregungen und Korrekturen, den Austausch über Heidelbeeren, Blaubeeren und sprachliche Besonderheiten im Süddeutschen,

Joachim für seine Unterstützung, mit der er ganz wesentlich dazu beigetragen hat, dass diese Geschichte entstanden ist und ein Kurpfälzer Giftzahn zum Leben erweckt wurde.

Marlene Bach
ELENAS SCHWEIGEN
Broschur, 192 Seiten
ISBN 978-3-89705-435-6

»Mit viel Einfühlungsvermögen schildert die Autorin ihre Charaktere, tupft ein ausgewogenes Maß Lokalkolorit hinzu und jongliert geschickt mit den Verdächtigen.«
Badische Neueste Nachrichten

»Flüssig geschrieben, wunderbar erzählt, kurz gefasst und nicht geschnörkelt verfolgt der Leser die Geschichte zweier Mütter und ihrer Sorgen mit dem Nachwuchs. Fazit: Mehr als ein Krimi ... anspruchsvoll geschrieben!«
www.deutsche-krimi-autoren.de

Rainer Martin Mittl
MANNHEIMER DRECK
Broschur, 288 Seiten
ISBN 978-3-89705-433-2

»Was das von Rainer Martin Mittl in seinem Debütroman ›Mannheimer Dreck‹ liebevoll charakterisierte Ermittlerduo herausfindet, treibt dem Leser immer wieder die Gänsehaut auf die Glieder.«
Badische Zeitung

Rainer Martin Mittl
BRÜDERCHEN KOMM STIRB MIT MIR
Broschur, 304 Seiten
ISBN 978-3-89705-488-2

»Durch die originellen und schlüssigen Charaktere, durch den Sinn für komische Situationen und eine einfallsreiche spannende Handlung, die stets überraschende Wendungen nimmt, bietet das Buch erstklassige Krimiunterhaltung. Der Kriminalroman bietet deutsche Krimiunterhaltung vom Feinsten.« WDR4, Buchtipp

www.emons-verlag.de